岩井圭也

文身（ブンシン）

岩井圭也
李彥樺　譯

目錄

作者序

自己的人生是由自己作主，這樣的感覺是從何而來？

回顧過去三十多年的人生，也會有種自己選擇了一切的感覺。不管是就讀的大學、任職的公司，或是身旁的伴侶，全是我親手選擇。

奇妙的是，每當我得出這樣的結論，心中都會湧出一絲懷疑。

我選擇了那間大學，是因為父親曾在吃飯時提到那間大學的校名。我決定去那間公司上班，是因為母親是該公司產品的愛用者。我會與現在的伴侶相遇，是因為朋友的介紹。沒有一件事，是我獨自作出抉擇。在這層意義上，我只是受到周圍的人影響，隨波逐流地生活。

而且，大部分的時候，我都不是選擇的一方，而是被選擇的那一方。我之所以為現在的我，是不斷受到他人選擇的結果。我感覺有一股巨大的力量，在決定著我的人生，或許只能稱為命運吧。

我的心中不禁湧起強烈的無力感。

即使如此，我還是鼓勵自己，要有自信。別的事姑且不提，我不是當上小說家了嗎？沒受到任何人的強迫，全憑自己的意志力不斷寫著小說，才能成為小說家，不是嗎？學校、公司、家庭……這些只不過是「環境」，但我能成爲小說家，完全是自己的選擇及努力的成果，完全出於自己的自由意志。

然而，每當我這麼說服自己，都會感到一股冷風鑽過心靈的縫隙，腳下的地面彷彿隨時會消失，莫名不安。

現實與虛構的分界線在哪裡？自從當上小說家之後，我一直思考著這個問題。直到今天，我依然沒找到答案，甚至不知道是否有得出答案的一天。思考分界線在哪裡之前，或許該先思考到底有沒有分界線。

有一種類型的文學作品，稱爲「私小說」，作者以自身經驗爲基礎，把「私」（我）帶進小說的世界裡。拋開道德與廉恥的包袱，將自己內心的想法及祕密和盤托出，使其昇華爲具有文學價值的內容。閱讀這樣的私小說，不僅會感到意境深遠，有時還會讓讀者產生類似偷窺的興奮感。

不過，希望大家思考一個問題。以私小說的名義發表的作品，究竟哪些部分是事實，只有作者本人才知道。不，或許連作者本人也搞不清楚。私小說的世界，往往是由記憶碎片所混雜拼湊而成。就像在虛實混合而成的奇美拉（幻想中的合成獸）前，沒人能看出其眞面目。

爲了正面對抗這種不可能性，我寫下《文身》。我一心一意地寫著稿子，不斷嘗試與登場人物對話，一回過神，已成為一部長篇小說，簡直像是有人借用我的大腦和雙手進行創作。

現在，讓我們回到最初的問題。自己的人生是由自己作主，這樣的感覺是從何而來？還有——

寫下這部小說的人，到底是誰？

序幕

那是一場虛僞又無趣的喪禮。

牆上高掛著黑白相間的鯨幕(註)，出席者的表情各自不同。大型出版社的董事在冷靜中流露出一絲悔意，與死者頗有交情的電影導演難過地緊閉雙眼，來歷不明的中年婦人不住哽咽啜泣。

說穿了，他們不過是一群演員，站在這座名爲「須賀庸一喪禮」的舞台上。和尚的誦經聲就像是炒熱氣氛的舞台音樂，遺照與棺木都是舞台上的大型道具。雖然眾人的服裝以黑色爲主，但各有各的變化與點綴，這宛如搶戲般的行爲更令人心生厭惡。

坐在喪主席上的我，彷彿是舞台劇的唯一觀眾。喪禮就這麼枯燥乏味地進行著，完全沒有令人眼睛一亮的劇情轉折。出席者上了香，都會來到我的面前，與我簡單交談幾句，接著轉身離去，露出終於辦完事的表情。當中有些人會對著我絮絮叨叨地訴說往事，有些人還會拉著我的手溫言鼓勵，但我連他們的名字都不知道。

我在這些人眼中的價值，只是須賀庸一的女兒而已，根本沒人眞心想要安慰我。如果有人帶著一絲眞誠，要麼是對我父親的過去一無所知，要麼就是腦筋太差。

攝影機皆不得進入會場內，但是會場外還是停了好幾輛轉播車。這是在喪禮開始之前，葬儀社的人告訴我的。爲什麼會有媒體記者?理由每個人都心知肚明。表面上是爲了悼念在文壇留下巨大足跡的大文豪，其實，他們是來嘲笑這個一身醜聞的男人終於結束悲哀的一生。須賀庸一的商品價値，在今天歸零。

我父親並沒有辦法在榻榻米上安詳而死。他斷氣的地點，是在故鄉的車站月台。第一個發現的人，是車站的員工。據說，他罹患末期的胰臟癌。一個過著浪蕩人生的作家，連死法都要給別人添麻煩。

看著不認識的人一個接著一個對我表達哀悼之意，我心裡厭煩得不得了。維持相同的姿勢讓我全身疲累，腰背也越來越彎了。就在這時，我終於看見一張認識的面孔。他是父親生前的責任編輯，如果沒記錯，應該是姓中村。

這個人滿頭白髮，眼角及嘴角都有著極深的皺紋，比我記憶中蒼老許多。不過，這也是理所當然。最後一次見到他的時候，我還和父親住在一起，那已是三十年前的事。中村說了一句「請節哀順變」，行了一禮，便轉身離去。我愣愣地目送那穿著磨損嚴重的喪服背影。

下一個弔唁者走到我的面前，口沫橫飛地說起悼念之詞。

「許多作家都曾被譽爲『最後的文士』，但我認爲沒有比須賀先生更適合這個頭銜的人。」

我討厭「文士」這個字眼。

這個字眼裡帶有一種「就算過著放蕩生活也該受到讚美」的任性與不負責任。說穿

註：指黑白相間的布塊，多懸掛於喪禮會場，意義類似華人文化中的白布。

了，不過就是個作家，就是個小說家，卻故意使用「文士」這個字眼，流露出難以掩飾的自我膨脹。

稱我父親爲「最後的文士」的人，眼前這個弔唁者不是第一個，也不會是最後一個。刊載在報章雜誌上的那些評論父親的文章，大多會提到這個稱呼，彷彿把這個稱呼當成他的代名詞。

想要形容一個人嗜酒、好女色，而且有暴力傾向，卻不好意思直接說出口的時候，「最後的文士」是一個相當好用的稱呼。由於這個緣故，大家開始使用這個稱呼。我父親並不是一個普通的作家。直到斷氣之前，他都是我最厭惡的文士。

細碎的嘈雜聲響悄悄籠罩著整個喪禮會場。排隊等著上香的人交頭接耳地閒聊，如潮水聲般時大時小。

驀然間，不知從誰口中迸出的一句話，鑽進我的耳中。

「〈深海之巢〉眞是傑作。」

我頓時感覺一股涼意自背脊往上竄。畢竟這是父親的葬禮，大家提及父親所寫的小說，也是很自然的事情。但我還是不禁認爲，作者的女兒就坐在附近，大剌剌地說出這篇作品的題名，實在失禮至極。

自從父親發表了〈深海之巢〉，我的人生可說是毀於一旦。如今在這會場裡的人，不可能不知道這件事。知道這件事的人，甚至遠遠多於讀過小說的人。

那年我十二歲，就讀小學六年級。

當時我在千葉縣的山林裡參加夏令營，忽然有幾個神情緊張的大人飛奔到我的面前，沒有說明來龍去脈，只是催促我回家。他們將我趕入一輛車的後座，載著我回到位於龜戶的住家。

抵達家門口的時候，太陽已下山。門前停著警車，還聚集不少看熱鬧的群眾。大人們不准我進入家中，我接著又被送上警車，載往警署。

「發生什麼事？」我問道。

「妳媽媽被人發現倒在地上。」負責開車的女警回答。

因爲過於疲累與驚嚇，我發起了高燒，被帶到警署內的醫護室。我躺在病床上，直到隔天早上都是半睡半醒的狀態。女警沒說母親死了，但直覺告訴我，母親死了。否則，事情不可能鬧得這麼大。

到了隔天，大人們才告訴我詳情。

母親口吐鮮血，倒在地板上，周圍血跡斑斑。由於桌上擺著一杯麥茶，警方懷疑可能是有人在麥茶裡下毒。

警方在垃圾筒裡找到一只外國進口的老鼠藥空瓶。從母親體內及杯子內側檢測出相同的成分，警方推測母親是喝下含有老鼠藥的麥茶而身亡。如果是日本國內生產的老鼠藥，就算喝下肚也不至於送命，但那瓶外國進口的老鼠藥含有許多對人體有害的成分。

父親被叫進警署，接下來有好一陣子，我沒再見到他。

最後，警方認定母親的死因爲自殺。最關鍵的判斷依據，是一封遺書。遺書上的文字，確實是母親的筆跡。除了母親的簽名之外，只寫了一行文字。

——請將我與母親葬在一起。

這封遺書讓周遭的人都相信母親是自願結束生命。

三個月後，父親發表名爲〈深海之巢〉的短篇小說。

這篇小說的內容大致如下。

作家菅洋市（註）（父親常在作品中用這個人物當他的分身）過膩了枯燥乏味的生活，決定殺害早已沒有感情的妻子。方法是毒殺。菅透過某進口業者取得有毒的老鼠藥之後，以菜刀威脅妻子，要求妻子寫下「請將我與母親葬在一起」的遺書。接著菅把老鼠藥摻入麥茶中，逼迫妻子喝下。成功殺害妻子並僞裝成自殺，菅便離開家裡，前往情婦的身邊。

讀過這篇小說，任何人都會認爲這是作者須賀的殺人告白吧。當時還是小學生的我，之前從未讀過須賀庸一的小說，我讀的第一篇，就是才剛發表的〈深海之巢〉。於是，父親的殺人凶手形象，深深烙印在我的腦海。後來，我陸陸續續讀了一些父親的小說，裡頭描寫的全是他那充斥著暴力及自我本位主義的生存之道。

〈深海之巢〉發表在方潤社出版的文藝雜誌上時，立刻引來抗議的聲浪。「以家人的死亡當作小說題材欠缺考量」「難道要讓認罪的凶手逍遙法外？」「警方應該立刻以殺人罪嫌逮捕須賀」……等等，諸如此類。

然而，父親並未遭到逮捕。

讓這篇作品刊登在雜誌上的編輯，約莫就是中村。打從父親出道，就一直受到他的關照。不過發生那件事之後，他是否仍擔任父親的編輯，我就不清楚了。

經過那起事件，社會大眾認定我父親是真正的人渣。諷刺的是，正因那起事件炒熱了話題，父親的著作賣得非常好。以純文學作家而言，那樣的銷售量幾乎可說是絕無僅有。父親每天對著媒體記者大放厥詞，一到晚上就在燈紅酒綠的世界裡鬼混。

我在小學那段日子遭受的對待，豈止是悲慘二字可以形容。別說是同班同學，連老師及其他同學的父母，直接或間接地都造成了我心理上的陰影。那個貪杯好色的殺人凶手的女兒——即使我後來轉學了，還是沒辦法撕下這張標籤。上了國中之後，母親娘家那邊的親戚願意收養我，讓我與父親斷絕關係，我才能稍微活得有尊嚴一點。

然而，父親仍對我的人生持續造成影響。

好友得知我的身世之後，突然跟我絕交。原本應徵上的工作，突然遭到取消資格。交往一陣子的男友，突然跟我提分手。類似的情況多不勝數。

註：「菅洋市」與「須賀庸一」的日文發音相同。

這全都是父親的錯。

全是那個被吹捧成「文士」的殺人凶手的錯。

出了社會之後的某一天，我在同居男友所訂的報紙上，看到關於須賀庸一的專題報導，據說是爲了紀念父親獲得赫赫有名的文學獎。明明可以置之不理，我還是忍不住讀了幾篇文章。

某個自稱文藝評論家的人物，寫了〈深海之巢〉的書評。他認爲〈深海之巢〉是須賀庸一的代表作，而且以這麼一句話結尾……

——衛道人士再怎麼抨擊他所選擇的道路，也無法撼動這些作品的文學價值。

我不禁失笑。

文學價值？

別笑死人了。要是以爲文學價值能夠充當免罪符，可就大錯特錯了。難道爲了成就文學價值，就可以恣意傷害別人？絕對沒有這種事。那不是我所希望的，也從未允許。我不曾爲了成就文學價值，同意犧牲我的人生。

報紙上刊登了一張父親的肖像照。照片中的父親面對鏡頭，露出厚顏無恥的微笑。一張國字臉，有如墊在魚板底下的木片。厚重的眼皮底下，一對顏色偏淡的瞳眸直視著鏡頭。鼻翼寬闊，嘴唇肥厚，下巴的肌肉鬆弛，長長的白髮梳成大背頭。

看著世上我最厭惡的男人臉孔，我不由得將報紙捏成了一團。

如今，那張照片被放大，成爲掛在牆上的遺照。來弔唁的人一個個仰望父親的遺照，有的誠心祝禱，有的眼泛淚光。如果這不是戲，什麼才是戲？

身爲喪主，我卻如坐針氈，眞想立刻起身回家。若不是父親死前留下那句話，我也不會被迫坐在這種地方，看著這齣荒唐的戲。

——我希望妳主持我的喪禮。

當然，我有權利拒絕，甚至可以當成沒聽到這句話。

可是，在父親眾多的熟人低頭懇求下，我實在沒辦法拒絕。有人告訴我，我什麼也不必做，只要喪禮當天坐在喪主席上就好。於是，我完全沒參與籌備。雖然父親留下一百萬圓治喪，但這麼大規模的喪禮，一百萬圓根本不夠。

看著擠滿人的會場，我彷彿聽見了父親的自吹自擂。從遺照上那副笑容，感覺得到他的傲慢與自戀。

如何？今天有數百人拋下手邊的事情，趕來參加我的喪禮。每個人都在談論我的事，爲我的死感到惋惜，爲我哭泣。我就是這麼有價值的人。

毫不掩飾自己的卑劣齷齪，卻又巧妙地攬榮耀於一身。大搖大擺地坐在名爲放浪形骸的權力之上，傲然睥睨著俗世，深信自己是全人類中唯一擁有這種資格的人。

眞是個骯髒的男人。

直到和尚念完經文，我的眼眶都不曾濕潤。

聽見對講機的鈴聲，丈夫迅速地從餐椅上站起。多半是快遞吧。打從昨晚就滿懷期待的丈夫興沖沖地走向門口。他在網路上買的書，預計在今天送達。

丈夫比我年長三歲，職業是工業設計師。基於工作上的需求，他經常買書。但實體書店除非規模夠大、種類夠齊全，很難找到他想買的書。因此，他的書絕大部分都是從網路上購得。

沒了說話的對象，我獨自坐在餐廳裡，突然想起喪服送洗了，得找一天去拿回來。丈夫並未參加我父親的喪禮。他擔心我無法獨自承受，希望陪我一起參加喪禮，但我直到最後都沒答應。我不想讓丈夫與父親扯上任何瓜葛。他明明知道我的過去，還是願意跟我結婚。我父親是眞正的人渣，丈夫是與父親截然相反的男人。如果沒有遇到他，四十三歲的我恐怕找不到人傾訴對父親那種難以形容的心情，只能過著鬱鬱寡歡的日子。

丈夫走了回來，手上拿著一個相當厚的信封。他一臉納悶地將信封遞到我的面前。

「給妳的。」

「給我的？」

接過信封一看，收件人確實是「山本明日美」。那是印刷字，並非手寫。接著，我的視線移向寄件人的欄位，忍不住發出驚呼。

「怎麼了？」

丈夫繞過餐桌，來到我的身邊，望向我手裡的信封。一看到寄送單，他也發出沉吟。

寄件人的欄位上，印著「須賀庸一」四字。

不久前才剛過世的父親，竟然寄了快遞給我。

那個信封不僅相當厚，而且頗有重量。內容物的欄位寫著「文件」。如果袋裡的東西真的是文件，肯定是厚厚一疊。沉默半晌，丈夫小心翼翼地問：

「妳父親是哪一天過世的？」

老實說，我根本不記得。記住父親過世的日子，對我根本毫無意義。我只記得父親的友人前來懇求我擔任喪主，是上上週的事。郵戳上的日期，是舉行喪禮的一週後。難道是父親的亡魂寄給我的？這未免太荒謬了。我心裡這樣想，手指卻抖個不停，拇指緊緊捏著信封。

「一定是有人擅自用了他的名字。」

「誰會做這種事？」

丈夫問了一個最根本的問題。爲什麼冒用須賀庸一的名字，寄一堆文件給我？我完全想不到答案。唯一的線索，恐怕就是信封裡的文件。

「要不要我來開？」

丈夫見我手指微微顫抖，如此提議。但我搖搖頭說：

「我自己開。」

我不自覺地伸手按著胸口，做了幾次深呼吸。丈夫爲我取來剪刀，我小心地剪開信封的邊緣，避免剪到裡頭的文件。隨著宛如尾巴般的細長紙片飄落桌面，信封內露出一疊厚厚的紙。

那是一疊擠滿密密麻麻手寫文字的稿紙，每張二十行、每行二十字，至少有四百張。每張稿紙的右上角都打了洞，以細繩串起。最上面的第一張稿紙，中央寫著大大的「文身」，旁邊是一行小字「須賀庸一」。字跡不僅潦草，而且相當獨特。

我將一整疊稿紙拿在手裡胡亂翻看，丈夫出聲：

「這是……小說？」

「看起來應該是……」

我從未親眼看過父親寫稿。父親在工作的時候，家人絕對不能進入書房，這是從前一起生活的規矩。

但我知道父親都是親手撰稿。小時候，我好幾次偷偷央求來家裡拜訪的編輯，讓我看父親親筆所寫的稿子。那時候的我，對父親的工作還抱持一些興趣。唯一的印象，是父親的字跡非常獨特。

「這眞的是妳父親寫的嗎？」

「我也不知道。」

我嘴上這麼回答，但心裡幾乎已確信這是父親的筆跡。

那麼，到底是誰、以什麼方式獲得這份稿子？對方爲什麼要把稿子寄給我？難道父親在生前把稿子交給某人，吩咐在他死後送到我的手上？

我抱著那疊稿子，站起身。

「對不起，我想一個人靜一靜。」

丈夫什麼話都沒說，不過看他的表情，我知道他能夠理解。我們住的公寓，除了客廳及臥房之外，夫妻兩人都有自己的房間。我走進四張半榻榻米大的房間，從內側上了鎖。雖然知道丈夫不會擅自開門進來，我仍忍不住想鎖門。

我闔起桌上的筆記型電腦，放下手中的稿紙。一時之間，我感覺頭暈腦脹，呼吸又變得急促。然而我一咬牙，還是翻開第一張稿紙。

我就這麼赤手空拳地跳進父親所寫的文字之海。

第一章　彩虹的骨頭

沉重的灰色雲層籠罩著兩人頭頂上的天空。

庸一以手掌抵著身後地面，愣愣地看著昏暗的大海。海面的景象千變萬化，怎麼看也不會膩。

坐在旁邊的堅次，則是在沙灘上盤著腿，讀著文庫本（註）。不管是在家裡，還是來到海邊，弟弟總是在看書，而且看的都是艱深難懂的文學作品。庸一朝封面瞥了一眼。書名是《帶著孩子》，作者是葛西善藏。庸一雖然是高中二年級的學生，但幾乎不曾好好讀完一本書。

「好看嗎？」庸一隨口問道。

「還行。」

堅次只是嘴裡應著，並未轉頭望向哥哥。庸一也不在意，將視線移回海面。光是聽見弟弟的回應，便已足夠。

這片面對著日本海的無名沙灘，在兄弟倆的心中就像是熟悉的避風港。要是在自家附近隨意走動，一定會被認識的人看見。因此兩人每次蹺課，都會搭電車來到這遙遠的沙灘上。搭電車的車票錢，來自兩人的零用錢。庸一要是沒有錢，堅次就會幫忙出。堅次比庸一小兩歲，拿到的零用錢卻比哥哥多。

沙灘上一個人也沒有。這時的季節並非盛夏，當然也不會有遊客到海邊玩水。

堅次身上的國中制服，跟庸一兩年前所穿的一模一樣。米黃色襯衫、立領外套、寬大的黑色長褲。事實上，庸一身上的高中制服，也沒有太大的差別。再加上兩人同樣理著平頭，遠看簡直就像是穿著相同的服裝。

庸一緩緩起身，拍去屁股上的沙子。庸一的身高將近一百八十公分，學校裡就算是三年級生也不見得有這種身高，但庸一的動作相當緩慢，讓人聯想到大型草食性動物。

「要不要去吃午飯？」

「哥哥，你有錢嗎？」

「有五十圓多一點。」

堅次闔上書本，哼了一聲。每次遇到不開心的事，他都會發出這樣的聲音。

「又得去討錢了。」

堅次的雙眸流露一絲得意之色，讓人聯想到小型的肉食性猛獸。他將小說收進書包裡，在沙灘上站了起來。當堅次站在庸一的身邊時，頭頂只到哥哥的肩膀附近。

庸一知道弟弟會以買書爲藉口，向父母騙取金錢。父母給兄弟倆的零用錢並不多，但每次只要弟弟說想買書，母親總是會再拿出一點錢給弟弟。當然，大部分的時候，堅次是眞的拿那些錢去買書，只是大約每三次會有一次，弟弟謊稱要買書，卻把錢交給哥哥。明明是弟弟的錢，卻進了哥哥的口袋，庸一常爲此感到過意不去。更何況，那還是

註：日本常見的小型圖書出版形式，尺寸大多爲A6，也就是台灣常用尺寸的菊32開。

靠著欺騙父母所取得的金錢。雖然庸一在弟弟的面前已幾乎毫無自尊心可言，仍有些良心不安。

「你不用做那種事。」

「我不做那種事，哥哥哪來的錢吃午飯？」

「肚子餓，忍一下就過去了，我不希望你再撒謊。」

「一餐要吃兩大碗飯的人，說這種話實在沒有說服力。」

就在這時，庸一的肚子發出聲音。空蕩蕩的胃袋在提醒主人該進食了。堅次邁步而行，於是大小兩道人影並肩離開海邊。秋風不斷吹襲著無人的沙灘。

兄弟倆沿著滿是灰塵的道路走了十分鐘左右，來到一家熟悉的中華料理店。店面並不大，店長是中國人，與一個貌似他妻子的女人一同經營這家小小的店。兩人很愛來這家店用餐，因為一碗拉麵只要四十圓，而且就算穿著學校制服走進店內，也不會遭店長責罵。

以木板搭建的簡陋店內，大約坐滿八成的客人。大多數是腳踩厚底襪、身穿作業服的工人。這一帶的海岸線盛行住宅開發，街上不時可看見建築工人來來去去。

吧檯剛好有兩個空位，兄弟倆走過去，坐了下來。庸一剛坐下，立刻對著正在送餐點的中年婦人說：「兩碗拉麵。」中年婦人沒回應，只轉頭朝店長大聲複誦庸一的話。

店長將兩只杯子放在兄弟倆面前，裡頭裝的是半冷不熱的自來水。庸一想也不想，一口氣將水喝乾。等待拉麵上桌的空檔，堅次不時往建築工人的方向窺望。庸一見狀，問道：

「你在看什麼？」

「沒什麼。」堅次含糊其辭。接下來他說出口的話，一如往常帶著三分揶揄。

「哥哥，你眞的不應該讀高中。我很後悔當初沒全力阻止你。」

「讀了高中，至少能拿到高中學歷。」

事實上，這是庸一讀高中的唯一理由。

日本在二戰結束後，國中升高中的升學率年年攀高，如今已達將近七成。父母雖然對庸一不抱任何期待，卻也希望庸一讀高中。尤其是身爲公務員的父親，明知這個兒子不成材，但爲了自己的面子，他還是要求庸一「至少要讀完高中」。

另一方面，父母對堅次則是抱著「理所當然要讀高中」的想法，有時還會在飯桌上對堅次說起考大學的事。雖然競爭激烈，但以弟弟優秀的成績，要考上大學應該不是難事。

「那種高中，不讀也罷。」

堅次這句話說得辛辣，不過以他身爲高材生的立場，這麼說也是理所當然。庸一就讀的高中，是整個學區裡最容易考取的學校，再加上位於郊外，被考生及其他學校的學生戲稱爲「郊外遊樂園」。

「而且哥哥三不五時就像這樣蹺課，能畢業才怪。」

「或許吧。」庸一也不反駁。其實庸一只是陪弟弟蹺課而已，但他沒把這句話說出口。畢竟蹺課是自己的決定，沒有任何人要求他這麼做。

不一會，拉麵送來了。帶了一點污垢的大碗公，擱在泛著油光的桌子上。庸一拿起油膩膩的漆木筷，夾起沒煮透的麵條，連同醬油口味的湯汁一起吸入嘴裡。那湯汁的顏色黑得嚇人，味道極鹹。堅次則是一板一眼地以筷子的尖端，將薄得像紙的豬肉片折疊起來。

這頓午餐不到五分鐘就吃完了。兄弟倆走出店外，天空依然垂掛著厚厚的雲層，跟入店前沒兩樣。那是到處混雜著灰色，顯得暗淡的白色，實在很難想像這片雲層的上方有著廣闊的蔚藍天空。兩人無處可去，只好沿著原路往回走。

「剛剛那些工人，你覺得他們有高中學歷嗎？」

堅次沒來由地問道。

「應該沒有吧。」

「但他們生活不成問題，可以養活妻小。一個人要活下去，根本不需要高中學歷。只要有一技之長，就可以維持生計。」

庸一心裡想著，不知那些工人是否有妻小，不過似乎能理解弟弟想表達的意思。庸一停下腳步，目不轉睛地看著弟弟說：

「你想當工人？」

「我沒那個意思。我只是想說學歷不重要，根本沒必要讀高中。」

堅次聳著肩膀邁開腳步。庸一雖然遲鈍，此時也已恍然大悟。

簡單來說，堅次想表達的是自己的事，與工人無關。堅次不想再上學了。光是讀國中就痛苦萬分，他根本不想繼續讀高中。在弟弟眼中，學校就像監獄，刑期越短越好。

「哥哥……」

「怎麼？」

「你有過想從這個世上消失的念頭嗎？」

面對意想不到的問題，庸一啞口無言。

「我可以看見自己接下來的人生。讀完一所好的高中，再讀完一所好的大學，進入一家大企業，找個女人結婚，生下孩子。平時在東京工作，盂蘭盆節（註）及過年就回來見父母。這種無聊的人生，跟在監獄裡關到死有什麼差別？哥哥，你沒想過要逃獄嗎？」

庸一根本不曉得怎麼回答。堅次這不知該向誰傾訴的心聲，在寒風中消散。拂過頰面的風，宛如亡者的手般冰冷。

註：日本人一年一度迎接逝世的親人靈魂回家，加以供奉的節日，主要是在八月十三～十六日。

那是昭和三十八年（一九六三年）的秋天。

堅次開始蹺課不去學校，是在進入第二學期（註），也就是九月之後的事。在此之前，堅次就常常說出一些批評學校的話，例如「學校只是一座把不成熟的人關起來的籠子」、「在這裡根本無法建立有意義的人際關係」等等。即使如此，堅次還是每天乖乖上學。堅次選擇蹺課，是在對學校徹底失望之後的事。

一、二年級的時候，堅次成績優秀，在學校裡頗有名氣。升上三年級，堅次被班上的不良少年纏上，要求幫助他們作弊。對方提出的作弊手法很單純，堅次在考試時把正確答案寫在紙條上，透過隔壁座位的學生傳給他們。堅次聽完，想也不想地說：

「想要拿到好成績，就乖乖念書。明明是不良少年，還害怕考試不及格？」

堅次不擅長運動，當然也不擅長打架。腦袋裡一堆想法，嘴巴特別厲害。偏偏行事有些魯莽，不懂得瞻前顧後，而且性格孤僻又尖酸刻薄。以他的個性，會說出這樣的話也是理所當然。不良少年們聽了，自然不會善罷甘休。

那天，堅次被不良少年們推來撞去，回到家時全身都是瘀青，但堅次告訴家人是跌倒了。母親放心不下，想聯絡學校，但父親愛面子，阻止了母親。堅次過去很少認同父親獨善其身的自私心態，這次是例外。聯絡校方沒辦法解決任何問題，只會益發激怒加害者。

後來庸一得知眞相，認爲弟弟能夠果斷拒絕，不屈服於威脅，非常爲弟弟感到驕傲。

不久之後，不良少年們找到了另一個協助者。那是在班上成績僅次於堅次的女生。提到這個女生的時候，堅次竟有些吞吞吐吐。依照弟弟的性格，應該會對這種屈服於不良少年的乖乖牌大肆批評一番，但堅次只說了一句：「沒辦法，她是女孩子。」庸一也有些同情那個女生，然而堅次的口氣中，除了同情之外，似乎還帶著憤怒。

第一學期的期末考，不良少年們靠著作弊拿到好成績，但因爲錯的地方都一樣，引起老師的懷疑，作弊的行徑馬上被揭穿。最後，不僅那些不良少年遭到停學，連受威脅的女生也遭到停學。這等於是認定被迫協助者也有罪。

第一次對庸一說出這件事的時候，堅次氣得滿臉通紅。

「怎麼會對遭受逼迫的人也作出停學處分？一個成績好的人，難道會主動幫別人作弊？這不是只要稍微思考就能明白的事情嗎？眞是氣死我了，國中老師的腦袋比猴子還差。」

暑假一結束，不良少年們的停學處分也跟著結束，各自回到學校上課，臉上都是一副滿不在乎的表情，彷彿什麼事也沒發生。唯獨那個女生，到了九月依然不見人影。開學一週之後，班上同學才得知她搬家了。

註：日本的學校爲三學期制，第二學期開始於暑假結束後，約爲九月上旬至十二月下旬。

隔天，堅次一如往常走出家門，卻沒前往學校，而是走向車站。這個時期，日本絕大部分的家庭都沒裝設電話，就算學生曠課、沒有事先打電話請假，也不會引起注意。堅次搭了三站的電車，下車之後在街上閒晃到傍晚，才若無其事地回家。這是堅次爲了表達抗議所做的最大努力。

從此以後，每週有兩、三天，堅次會以同樣的手法蹺課，到鄰近的市鎮遊蕩。零用錢花光了，就藉口「想要買書」向母親討錢。

九月的最後一週，平常沒參加任何社團活動的庸一走出高中校門，瞥見櫸樹的後方站著一個身材矮小的國中生。那是庸一相當熟悉的身影。

「你怎麼會在這裡？」庸一問道。

「在等你。」堅次回答。堅次就讀的國中距離很遠，如果是放學之後才過來，時間上絕對來不及。

「你沒去學校？」

「蹺課。」

堅次說得泰然自若，庸一啞口無語，不知如何回應。

「我們去看電影吧。」

堅次向一臉錯愕的哥哥表明來意。市內的電影院禁止國中生單獨入場，想看電影必須有高中生以上的人陪同。

庸一沉吟了起來，不曉得該答應，還是該責罵弟弟。然而在思考之前，庸一早已知道答案。堅次比自己聰明許多，就算不答應，他也會想辦法溜進電影院。與其任他胡來，不如陪著他，光明正大地看場電影。

「可以是可以，但我沒錢。」

「我幫你出，走吧。」

庸一還沒回答，堅次已邁開腳步。看著弟弟的背影逐漸遠去，庸一突然心生害怕。現在去看電影，回家的時間一定會很晚，而且單獨帶弟弟走進電影院也很不安。但此刻已無法反悔，庸一只好默默跟在聰慧的弟弟的身後。

兩人在高中校門前搭上公車，前往商店街。走向電影院的路上，兄弟倆都沒開口說話。穿過商店街，步入酒家林立的鬧區。第一次在沒有大人陪同的情況下來到這種地方，空氣中瀰漫著汗臭、灰塵及酒味。一群神情凶惡的男人聚集在街道的角落抽菸，煙霧繚繞。

庸一弓起了背，一顆心七上八下。堅次的外貌十足是個孩子，吸引不少路人的視線，他卻走得落落大方，沒有絲毫懼意。

電影院不大，夾在內臟燒烤店與情調酒吧之間。庸一依照堅次的指示，買了兩張美國電影《第三集中營》（註一）的票。說起電影，庸一過去只知道「若大將」（註二），根本沒看過西洋電影。

放映廳裡的座位連一半都沒坐滿。書包沒地方放，只能放在骯髒的地板上。在柔軟的椅子上一坐下，庸一愁眉苦臉地說「我聽不懂英語」。堅次嘻嘻一笑，回答：

「放心，有字幕。」

庸一根本不知道什麼是字幕，但也只能相信弟弟。不一會，開演的鈴聲響起，畫面上首先出現的是其他電影的預告片，以及新聞電影（註三）。

新聞的內容，是關於今年三月震驚社會的「吉展小弟弟綁票案」。庸一從來不看報紙，也不怎麼關心時事，卻聽過這起案子。居住在東京都台東區的一名男童遭到綁架，歹徒向雙親要求贖金。因爲警方的疏失，歹徒趁機逃走，如今過了半年，男童依然下落不明。畫面上出現以淚洗面的母親，和一群表情凝重的警察。看著這令人痛心的新聞，庸一不由得皺起眉頭。

不經意地望向隔壁的座位，只見堅次眼神冷淡，似乎在盤算著什麼。庸一完全猜不出他的心思。

《第三集中營》一開場的畫面，是自高空俯瞰行進中的車隊。坐在前排的觀眾不停抽菸，搞得煙霧瀰漫，庸一耐著性子從頭看到尾，內容卻理解不到一半。只知道故事講述一大群被關在集中營裡的俘虜想挖地道逃走，可是看到後來，庸一連誰是誰都搞不清楚了。

「我們坐著不要出去，還能再看一部電影。」堅次如此提議，但這次庸一不肯答應。畢竟時間很晚了，屁股也坐得隱隱發疼。堅次並未堅持，乖乖站了起來。

走出電影院時，整個鬧區已籠罩在夜色中。路上來來往往全是成年男人，而且多半是醉醺醺的狀態。小酒館亮起霓虹燈，串燒的香氣及菸味不斷自排氣孔散出。不時可看見百無聊賴地站在路邊的女人，但她們看也沒看身穿制服、明顯格格不入的兄弟倆一眼。庸一緊張地東張西望，躲在弟弟的背後。堅次相當沉著，興致盎然地觀察著攤販及拉客的店員。

穿過鬧區不長的街道，周圍突然暗了下來。通往車站的商店街上，絕大部分的店家都已打烊，如此冷清的景象也令人心生恐懼。突然間，背後一輛腳踏車竄過兩人的身旁，庸一嚇得肩膀一震。

「哥哥。」

堅次直視著前方，並未轉頭望向瑟瑟發抖的哥哥。

「你不覺得我們的名字很無趣嗎？」

庸一不明白弟弟爲何突然這麼說，應了一句：「會嗎？」

註一：原名The Great Escape，一九六三年在美國上映。

註二：日本東寶公司於六〇年代推出的一系列青春電影，主演爲加山雄三。

註三：日本二戰前後電視尚未普及，電影院在放映電影前常會播出一些新聞片段，稱爲「新聞電影」（ニュース映画）。

「平庸的庸，堅實(註)的堅。我們的父母眞的思想太保守了。」

尤其是父親，可說是平庸與務實的典型人物。從本地的高中畢業之後，父親進入政府機關工作，與母親相親結婚。最在意自身的面子，平常在家裡頤指氣使，說穿了就是個隨處可見的平凡父親。

「我可不想一輩子待在這種鄉下地方。要我過他們那樣的人生，不如死了乾脆。」

「那你有什麼打算？」

庸一留意著身後的情況，一邊問道。

「我要成爲『地道王』。」

這是個耳熟的詞彙，就出現在剛剛的電影《第三集中營》的字幕上。只是，庸一沒搞清楚有這個稱號的是哪個人物。

「好像有印象，他是哪一個？」庸一問道。

堅次耐著性子回答，並未露出不耐煩的表情。

「地道王」是劇中兩名俘虜「丹尼」和「威利」的綽號。兩人負責挖掘地道，讓俘虜逃走。最後他們駕駛小艇前往港口，成功搭船遠遁，成爲少數沒遭德軍處死的俘虜。

聽了弟弟的說明，庸一終於明白「地道王」的意思。

「『地道王』有兩個人？」

「沒錯，王有兩個。兩個王共用一個稱號。」

「既然如此，你還需要一個同伴。」

堅次沒回答，只是默默往前走。庸一唯一確定的是，弟弟計畫要逃離這個封閉的現實世界。

兩人走到最近的車站，坐上電車。「今天去看電影的事要保密。」堅次提醒，庸一默默點頭。

兩兄弟的家，是位在坡道上的一棟木造雙層建築。一回到家裡，立刻被母親狠狠責罵了一頓。堅次告訴母親，今天晚歸是在圖書館讀書太專心，忘了時間。於是，母親的矛頭指向庸一。

「天都黑了，還不曉得要把弟弟帶回來，你不覺得丟臉嗎？堅次剩下不到半年就要考試了，萬一發生什麼意外，你怎麼負責？」

母親雖然嘮嘮叨叨地罵個不停，發洩心中的焦躁，但並未懷疑兩人根本沒去圖書館讀書。庸一只是一直低著頭，偶爾道歉幾句。從小庸一就負責挨罵。即使是堅次的疏失，庸一也得代替弟弟道歉。

母親訓斥了大約三十分鐘，似乎終於氣消。剛要從榻榻米上站起來，忽然皺起眉，湊到庸一的襯衫袖口聞了聞。

註：日文中的「堅實」爲「務實」、「踏實」之意。

「怎麼有菸味？」

電影院裡一直有人在抽菸，待久了衣服當然會沾上菸味。庸一沉默不語，全身冷汗直流，堅次趕緊說：「閱覽室可以抽菸，很多人都在裡頭抽菸。」母親「喔」了一聲，似乎不太在意，轉身走進廚房。

兄弟倆吃了晚餐，洗完澡，一起在和室裡鋪好兩床被褥。兩人換上穿舊了的浴衣（註一），一同鑽進被窩。最近每天早上的氣溫只有十度左右，不蓋棉被肯定會著涼。一關掉電燈，房內登時有如倒入墨汁般伸手不見五指。由於窗戶放下了遮雨板，外頭的月光也無法透入。

「今晚爸爸不在，算我們運氣好。」

庸一對著眼前的黑暗空間低喃。今天晚上父親去參加一場宴會，恰巧不在家。如果父母都在家，絕對不會只受到這種程度的斥責，父親一定會動手毆打庸一。幸好今天晚上只有母親在家，庸一僅僅挨了一頓罵，並未受皮肉之苦。

「不是運氣好，我是故意選擇今天。」

堅次說得氣定神閒。庸一愣了一下，反問：「你早就知道了？」

「今天吃早餐的時候，那個人說了一句『不用準備我的晚餐』。平常不管加班到多晚，他都會在家裡吃晚餐。只有必須參加宴會的日子，他才會這麼說，所以我才選擇今天。」

「你打從一開始就算計好了？」

「是啊。」

堅次的計畫竟然如此周到，庸一不禁嘖嘖稱奇。弟弟總是這樣，什麼事都在他的預料中，庸一完全比不上。

「下週再去看吧。下次我想看《大小通吃》（註二），那是一部法國片。」

「暫時別去了吧，不然又會挨罵。」

「只要別太晚回來，就不會挨罵。哥哥，跟我一起蹺課吧。我們中午去看，傍晚就能回家，這樣就不會挨罵了。」

聽堅次這麼說，庸一才想起弟弟今天沒上學。直到剛剛爲止，兄弟倆單獨去看電影的不安與興奮，讓庸一完全忘了這件事。

「爸媽知道你今天沒上學嗎？」

「哥哥，你在說什麼傻話？有誰蹺課會告訴爸媽？」

弟弟有些哭笑不得地說道。庸一躺在黑暗中，意識逐漸模糊，只應了一句：「這麼說也有道理。」

註一：一種輕便和服，通常在夏季或沐浴之後穿著。

註二：Mélodie en sous-sol，由亨利・弗努爾（Henri Verneuil）執導的法國電影，於一九六三年上映。

隔天，庸一第一次裝病沒去學校。

今天是久違的晴天，坐在旁邊的堅次，正在讀著志賀直哉的文庫本小說。庸一眺望著秋高氣爽的灰藍色海面，思考著關於弟弟的事。

堅次從小就是個聰明絕頂的孩子。兩歲就看得懂平假名及數字，剛上小學就開始閱讀大人看的小說。叔叔、嬸嬸每次見到堅次，都稱他爲「神童」。事實上，他們這麼叫堅次，有一半也是爲了揶揄頭腦不好、反應遲鈍的庸一。

父母較關愛弟弟，也是無可奈何的事。庸一看開了。如果自己是父親，有辦法給予駑鈍的哥哥和神童弟弟相同的關愛嗎？庸一自認做不到。

庸一不願再想下去，大大打了一個呵欠，在沙灘上躺了下來。每次只要試著努力思考，腦袋就會像起了濃霧，變得白茫茫一片，阻止自己繼續思考。

「你知道彩虹有骨頭嗎？」

堅次看著文庫本，突然問道。

「什麼？」

「就是下完雨，掛在天上的彩虹。那個有骨頭，你知道嗎？」

庸一笑著說：「怎麼可能。」這麼荒誕無稽的話，就算是出自堅次之口，也很難令人相信。庸一再怎麼駑鈍，也知道只有人類、狗、魚之類的動物有骨頭，而彩虹並不是動物。原來堅次也會開這樣的玩笑，庸一感到有些意外。

堅次沉默半晌，忽然闔上書，放在沙灘上，接著從制服口袋取出一顆小石子，擱在書封上。

「這就是『彩虹的骨頭』。」

庸一頓時瞠目結舌。不管怎麼看，那就是一顆普通的小石子，堅次的表情卻十分認眞嚴肅。庸一不禁心想，難道彩虹有骨頭是常識，只是自己不知道？一股不安湧上心頭，於是庸一問：

「你怎麼會有這個東西？」

「不久前在樹林裡發現的。」

庸一再次仔細觀察「彩虹的骨頭」，差不多是手掌勉強可以包覆的大小，表面有許多細孔，看起來有點像浴室用的那種浮石。拿起來掂一掂，比想像中輕。

驀地，庸一想起幫曾祖母撿骨的往事。就是遺體在火葬場火化之後，將骨頭放進骨灰罈的儀式。當時以筷子夾起的遺骨，差不多也是這個樣子。

「你怎麼知道這是彩虹的骨頭？」

「那天下了一場雨，彩虹消失之後，這玩意從天上掉下來，跟圖鑑裡一模一樣。」

「圖鑑裡有記載？」

「嗯，但我忘記是什麼圖鑑了，總之是一本很難懂的書。」

此時庸一已信了八成。既然是寫在很難的書裡的知識，自己不懂也是理所當然。

「不過……不是只有動物有骨頭嗎？彩虹是動物？」

「哥哥，這你就不懂了。不是只有動物才有骨頭，像是植物也有骨頭。」

庸一驚訝地瞪大眼睛，從沒聽過這種說法。

「我們家的南邊不是有一片杉樹林嗎？你覺得杉樹怎能長得那麼高？」

庸一從未想過這種問題，雙臂交抱，陷入沉默。堅次教導般說道：

「因爲有骨頭。地上的雜草就是沒骨頭才長不高。杉樹、松樹都有骨頭，能夠一直往上生長，所以要砍伐很不容易。樹幹內側有和芯一樣堅硬的骨頭，你應該看過砍下來的原木吧？中間那個芯就是樹的骨頭，你不知道嗎？」

庸一不禁低下頭。堅次言之鑿鑿，他感到尷尬又羞愧。

「植物有骨頭，大多數的人都知道，但知道彩虹有骨頭的人意外地不多。畢竟除非到博物館或研究機構，否則很難看到。所以，這玩意挺珍貴的。」

聽完堅次的說明，原本平凡無奇的石子，在庸一的眼裡已成爲稀世珍寶。彩虹的骨頭。如果換成現金，不曉得値多少錢？庸一正想開口詢問，堅次忽然說：

「哥哥，送給你。」

庸一一聽，眼睛睜得更大了，剛剛堅次不是才說完這東西有多珍貴？

「你願意送給我？」

「嗯，哥哥幫了我很多忙。不過，哥哥，你要好好愛惜，千萬別賣掉或送給別人。」

堅次的眼神中流露一絲寂寞。難得找到的寶物，要送給哥哥，當然會有一些不捨。如果拒絕了，弟弟恐怕會更難過，於是庸一老實收下。

「謝謝。」

庸一將彩虹的骨頭放進褲袋。雖然又小又輕，卻相當有存在感。光是身上帶著彩虹的骨頭，庸一就感覺自己似乎變得跟別人不太一樣了。堅次翻開文庫本，繼續看書。兄弟倆就這麼坐在沙灘上，聽著海潮聲度過一個下午。

隔天下起了雨。像這種下雨的日子，當然沒辦法在沙灘上的老地方打發時間。各自離開家門之後，兩人在車站碰頭，討論如何度過這一天。雖說是討論，但掌握主導權的是堅次，庸一只能回應和提問。

「還是去看電影吧。」

堅次下了結論。今天一整天就在電影院度過。庸一沒理由拒絕。

於是，兩人在雨中前往鬧區。庸一身上一毛錢都沒有，電影票錢是堅次出的。由於兩人穿著制服，進入電影院時被剪票的阿姨瞪了一眼，但沒遭到阻止。第一場是內容陰鬱沉悶的法國電影，庸一幾乎是看過就忘，完全不記得內容，堅次卻看得非常認真，一動也不動。

清場的時候，兩人立刻躲進廁所，等了一會，又若無其事地回到座位。第二場是以戰爭為主題的外國電影，庸一同樣覺得沒什麼意思，庸一幾乎是在半睡半醒中度過三個多小時。電影播映完畢，燈光一亮起，庸一帶著一臉倦容說：

「我餓了。」

「噢，再看一部就去吃飯。」

「早就過中午了，我們先去吃吧。」

庸一難得如此堅持，問題是他身上根本沒錢。堅次買了兩人份的電影票，口袋裡也沒剩多少錢。堅次無計可施，只好把最後的一百圓交給庸一，說道：

「拿去買爆米花吧。」

「那種東西怎麼吃得飽？」

「沒有錢了，不然怎麼辦？你不要，就回家吃吧。」

堅次冷冷回答。庸一無奈地到櫃檯買了一盒爆米花。兩人帶著不斷冒出奶油香氣的爆米花躲進廁所隔間，一粒一粒地吃著，等待清場結束。雖然吃得口乾舌燥，但肚子太餓，爆米花竟異常美味。

第三場電影又是《第三集中營》。庸一第二次看這部電影，終於大致理解內容，也能分辨「地道王」丹尼、威利的臉孔。一頭黑髮、身材壯碩的是丹尼，一頭金髮、看起來機靈狡猾的是威利。逃脫的軍官大多被德軍捉回或槍殺了，只有他們成功搭小艇逃走。

——我一定要成爲「地道王」。

堅次曾如此說道。他是眞的想從名爲「枯燥乏味的現實」的集中營逃走，但畢竟是個國中生，還不到能做這種事的年紀。即使是就讀高中的庸一，也得再熬幾年才能出社會。

兩人走出電影院時，太陽早已下山。由於沒怎麼注意時間，根本沒發現已過晚上八點。庸一面色鐵青，至今不管再怎麼晚，都會在七點前回到家。

此時依然下著雨，兄弟倆撐起傘，快步離開鬧區。

「回去可有苦頭吃了。」

「放心，只要說是在圖書館讀書就行了。」

哥哥嚇得不知所措，堅次若無其事地出聲安慰。撒這種謊，雙親眞的會相信嗎？今晚不光是母親，父親一定也在家。庸一沒自信能夠圓謊。

到家的時候，已將近九點。大門上了鎖，兄弟倆按下門鈴，出來開門的是父親。由於屋內的照明造成逆光，看不清楚父親的表情，但感覺得出父親氣得全身發抖。

「進來！」

父親沉聲命令。於是兄弟倆進了門，跟著父親走進房間。父親似乎剛下班回來，身上還穿著襯衫及西裝褲。母親不見人影，或許是躲到廚房了。

父親盤腿坐下，庸一與堅次一同跪坐在父親的面前。父親頭上的毛髮稀疏，但以髮膠梳理得整整齊齊。寬大的額頭上掛著發亮的涔涔汗珠，半開半闔的雙眼閃爍著凶光，輪流望著兩個兒子。那副模樣與《第三集中營》裡的德國士兵有幾分相似。

「這麼晚才回來，你們跑去哪裡鬼混？」

一陣令人窒息的沉默。沒人說話的時候，屋外的雨聲聽起來異常刺耳。

「我們在圖書館一起讀書。」

庸一畏畏縮縮地回答。「身上怎麼有菸味？」父親旋即又問。

「閱覽室可以抽菸。」

堅次又說了一次不久前對母親使用過的藉口。「原來如此、原來如此……」父親嘴裡咕噥著，望向窗戶，神情絲毫未變。敲打著門窗的雨聲彷彿永遠沒有止歇的一刻。

「圖書館今天沒開。」

庸一登時倒抽一口氣，全身劇烈顫抖。爲什麼沒想到這種可能性？只要查一下，馬上就能知道圖書館的休館日。庸一覺得眼前一片漆黑。

「對不起，我撒了謊！」

庸一雙手抵地，額頭緊貼在榻榻米上，一心只想著，無論如何必須保護弟弟。

就在這時，庸一聽見身旁的堅次發出細微的咂嘴聲。抬頭一看，父親已氣得面目歪曲。「啊……」庸一這才驚覺，原來「圖書館沒開」只是父親用來測試自己有沒有說眞話的手段。下一瞬間，庸一的左頰挨了一巴掌。

臉頰的痛楚，庸一早已習慣。從小到大，庸一不知被父親毆打過幾千次。臉上的皮膚變得越來越熱，而且開始發麻。

「你們到底跑去哪裡？」

父親那低吼般的聲音，不再掩飾怒氣。或許是認爲繼續讓哥哥答話只會壞事，堅次開口：

「我們去了電影院。今天放學之後，我們一起去看電影。」

父親一聽，瞳孔驟然縮小，眼珠一轉，朝堅次望來。

「兩個小孩子，竟敢跑去電影院！」

伴隨著野獸般的怒吼，父親的唾沫四處飛散。庸一像烏龜一樣縮起脖子，雖然早已習慣疼痛，卻一直無法習慣面對怒不可遏的父親。父親從不認爲自己的判斷會出錯，一旦發飆，連母親也擋不住。

「堅次，你知道自己是什麼身分嗎？」

「我知道。」

堅次面不改色地回答。

「看看你的同學！國中三年級的學生，念書的時間都不夠了，誰敢去看電影？你居然敢做這種事！」

「爸爸，我的成績有多好，你應該很清楚。」

堅次輕聲說道，父親頓時啞口無言。堅次有著全學年數一數二的優秀成績，這一點連庸一也知道。父親倏地從堅次身上移開視線，太陽穴上的青筋仍隱隱跳動。

「庸一！」

父親無處宣洩怒火，只好把矛頭轉向哥哥。

「你自甘墮落就算了，堅次是馬上就要大考的人，你明白嗎？現在競爭這麼激烈，要是一鬆懈，下場不知會有多慘。」

堅次出生的時期剛好遇上嬰兒潮，同年齡層的人口相當多，不管是升學或找工作，競爭都比往昔激烈。

「對不起，我以後不敢了……」

庸一乖乖低頭道歉，父親朝著庸一的後腦杓又是一拳。不僅疼痛，而且腦袋嗡嗡作響。父親不斷以右拳毆打庸一的頭部，每揮出一拳，庸一的頭就像小雞啄米般上下擺動。

「除了『對不起』，你還會說什麼？庸一，要是堅次沒考上高中，都是你的錯！全怪你帶他去電影院！你當自己是不良少年？你覺得戲弄父母很有趣嗎？你把弟弟的人生搞得一團糟，還有臉活得這麼悠哉！」

「對不起、對不起……」

庸一在道歉的時候，還得小心不要咬到舌頭。一直以來，庸一總是負責道歉的那一個。堅次太優秀，連父親也不敢凶他。父親其實相當膽小，沒什麼工作能力，偏偏自尊心特別強，只敢對妻小動怒。資質駑鈍的庸一，成了父親最佳的出氣筒與沙包。

庸一從小就是這樣的角色。由於頭腦太差，想在須賀家活下去，只能充當父親的沙包。至於堅次，一向是冷眼旁觀。

父親對庸一的暴力行為持續了將近三十分鐘。當一切結束時，庸一只覺得臉上、頭上到處隱隱作痛，分不清被打了哪些地方，但他強忍著沒掉下眼淚。一旦掉淚，父親的暴力行為會更加激烈。幸好父親沒發現兩人蹺課。直到現在，雙親依然認為兄弟倆每天都乖乖到學校上課。

「哥哥，你根本沒必要道歉。」

從父親的房間回到兩人的房間，堅次便這麼說道。假如能像堅次那樣據理力爭，或許不會受皮肉之苦，但庸一眞的不知道該說什麼才好。只要一思考，腦袋就彷彿起了濃霧。一旦遭受斥責，庸一就覺得一切都是自己的錯。

「沒關係，乖乖聽話總不會錯。」

庸一彷彿是在說服自己。

「我想爸爸也是逼不得已，他是爲我們好。」

「才怪，他只是在發洩情緒，你根本沒必要理他。」

堅次駁斥了庸一心中的期盼。

就在這時，庸一的肚子發出響亮的聲音，兩人都聽得一清二楚，飢餓感更是倍增。除了早餐和那盒爆米花之外，今天什麼也沒吃。至於有沒有晚餐可吃，全看父親的心情。在父親作出決定之前，兄弟倆只能在房裡等待。這在須賀家是老規矩了，沒按時回家就得面臨這種下場。

照理來說，堅次應該也飢腸轆轆，但或許是故作從容，臉上絲毫沒有痛苦之色，嘴角甚至有些上揚，彷彿以此為樂。

「我送你的彩虹骨頭，你沒搞丟吧？」

庸一沒答話，直接從書桌的抽屜取出石頭。

「為什麼收在抽屜裡？」

「這麼貴重的東西，當然要收在抽屜裡。」

庸一答得認眞，堅次卻噗哧一笑。庸一將彩虹骨頭放在掌心，愣愣地看著笑個不停的弟弟。半晌之後，堅次斂起笑容，說道：「好了，收回去吧。」於是，庸一乖乖將彩虹骨頭收回抽屜裡。

就在這時，一道腳步聲接近兩人的房間。由於房子老舊，在走廊上每踏出一步，地板就會發出吱嘎聲響。腳步聲止歇的同時，紙門被拉開。只見母親一臉嚴肅地捧著一個托盤走進來。髮絲垂落在她的額頭上，看起來比平常憔悴。

「別出聲，爸爸不准你們吃飯。」

托盤上有兩枚盤子，各放著三個海苔飯糰，還有兩杯粗茶。庸一眼睛一亮，說著「謝謝」，一邊接過托盤。然而，堅次只是默默瞪著母親，直到母親關上紙門。

「得救了。」

「別那麼輕易被收買。」

庸一立刻拿起飯糰大吃一口，堅次語帶不屑。粗茶靜靜冒出熱氣。庸一含著滿嘴的白飯，問道：

「『收買』是什麼意思？」

「意思就是被安撫。那個人準備這些東西不是爲了我們著想，只是想減輕心中的罪惡感。」

堅次偶爾會以「那個人」稱呼父母，彷彿把父母當成敵人。

轉眼之間，庸一已把自己的飯糰吃得一乾二淨，堅次卻一口也沒吃。雖然很想說「如果不餓，你的飯糰給我吃」，但畢竟身爲哥哥，庸一實在說不出口。

「你怎麼不吃？」

「這或許是陷阱。吃到一半他們可能會闖進來，怪我們偷偷拿飯吃。」

庸一不由得上下打量弟弟，彷彿看見一頭珍奇的動物。明明是血濃於水的兄弟，而且住在同一個屋簷下，兩人卻完全不像。哥哥傻里傻氣，不懂得懷疑他人，弟弟卻疑神疑鬼，從不對人卸下心防。兩人幾乎不曾吵架，或許正是因為性格相差太大。

堅次攤開雙手，在榻榻米上躺成大字形。庸一也擺出一樣的姿勢，仰望天花板。電燈的光亮在眼皮底下製造出殘影。

「活著眞是無趣。」

堅次淡淡吐露心中的絕望。當然，他並未失去什麼重要的親友，也沒有什麼生活毀於一旦的遭遇。一個國中三年級的少年，懷抱的只是一種無色透明、沒有任何具體根據的絕望。這個看透人生的弟弟，已不知道接下來的人生有何意義。

「哥哥，我跟你說……」

「什麼事？」

「既然你這麼聽話，與其聽別人的，不如聽我的吧。」

庸一再次目不轉睛地注視著弟弟。那雙瞳眸中，閃爍著一種別有所圖的光芒。堅次似乎不想讓哥哥有機會思考，緊接著說：

「我們要成為丹尼和威利，逃離這個無趣的現實。」

數小時前觀看的《第三集中營》劇情，浮現在庸一的腦海。絕大部分的俘虜都失敗了，唯有兩個「地道王」成功逃離集中營。庸一試著將自己與堅次的模樣投影在電影院的銀幕上。兩人自河岸跳上小艇，朝著大海前進。身上穿的不是軍服，不是作業服，而是學校的制服。那情境似乎也不壞，或者應該說，沒有想像中糟糕。

儘管如此，庸一還是沒辦法完全接納弟弟的主張。

「你要逃走不難吧。再忍耐三年，等你高中畢業，無論想逃到大阪或東京都沒問題。」

「不是那個意思。我的意思是，我不想再當『我』了。」

庸一驚愕得合不攏嘴，愣愣地看著弟弟。

「只要背負著『須賀堅次』這個名字，我的人生永遠無法擺脫這個該死的鄉村。我才不想一輩子當那種小人物的兒子。今天逼我應考，以後就會逼我找工作、結婚、生小孩，我不想要這樣的人生，全部都不要。」

堅次的雙眸流露異樣的神采。那是一種伴隨著黑暗的危險光芒。

「嗯，我決定了。我要拋棄『須賀堅次』的人生。」

堅次說得輕描淡寫，庸一卻感覺得出弟弟是認眞的。明知眼前的道路通往地獄，這個少年也會爲了逃離現實而繼續前進。

「你在胡說什麼啊？怎麼可能做得到這種事？」

「不試試看，怎麼知道做不到？這件事有好好規畫的價值。哥哥，我希望你能幫我，幫我逃離這個世界。將來有一天，我們會在遙遠的他鄉碰面。只要有你幫忙，我一定能順利逃走。」

面對這突如其來的選項，庸一有些不知所措，卻也覺得堅次的提議似乎並不壞。

庸一雖然不擅長思考，仍察覺得出籠罩在迷霧中的未來不怎麼光明燦爛。事實上，庸一對現在的生活沒有太大的不滿。以一個鄉下的家庭來說，現在的生活沒有特別好，也沒有特別差。然而，庸一有種腳下的地層正逐漸下沉的感覺。

庸一沒辦法靠自己活下去。腦筋比別人差，膽子也比別人小，不可能獨力開創出什麼美好的人生。否則，父母不會一天到晚責罵、毆打他。這樣的蠢材，只能聽從別人的指示。不管是十年後，還是二十年後，他只能如此生存，宛若一具活人偶。

「你決定要幫我了嗎？」

不知何時，堅次吃起了飯糰。庸一這才察覺，自己似乎有好幾秒的時間陷入沉思。像這樣心無旁騖地思考，不知是多久以前的事了。

「你打算怎麼做？」

庸一嘴上這麼問，心裡仍拿不定主意。總之，先聽聽他怎麼說吧。被稱爲「神童」的弟弟，絕對不會做出有勇無謀的舉動。

堅次笑了起來，沾著海苔的嘴唇微微彎曲。眼底掠過一抹光芒，宛如在下著大雨的黑夜裡發亮的車頭燈。看著那光芒，庸一感覺潛藏在心中的陰影益發深濃。

「我們找一天仔細談談吧。」

堅次啜起粗茶，結束了這天晚上的對話。

數天之後，堅次在沙灘上訴說的計畫，遠遠超出庸一的想像。天空烏雲密布，沙灘上颼著秋風，庸一感到一股寒意竄上背脊。

「不可能啦。這種事情……怎麼可能做得到？」

「沒有什麼做得到、做不到的問題，而是非做不可，否則一輩子都會受制於他們。」

堅次如此強調，但那計畫實在太過天馬行空，不切實際。秋風漸漸止歇，庸一背上的寒意卻不曾消失。

「你小說看太多了。」

「或許吧，但我們要讓這件事化為現實。」

庸一分不清堅次是認真的，還是在開玩笑。遠方傳來海浪的拍打聲。不斷響起的水聲令人莫名不安，彷彿潮水已逼近腳下。

「別胡思亂想了，這種事怎麼可能化為現實？」

「就算是胡思亂想，只要我們深信不疑，一定能夠讓它變成現實。」

堅次的語氣充滿信心。

「我們都活在虛構的世界裡。每個人都相信著他人的謊言才能活下去。所以不用想得太嚴重，這只是把一個謊言，丟到多得數不清的謊言中。如果這個謊言能讓我們得救，為什麼不試試看？」

「話是沒錯……」

「哥哥只要照著我的話去做就行了，其他的事情我會安排妥當。」

弟弟的這句話，讓庸一下定決心。

相信弟弟絕對不會有錯。到目前爲止，庸一從未見過比弟弟更聰明的人。如果只能聽從別人的指示活下去，當然應該相信最聰明的人。這是庸一得出的最合情合理的結論。

「……能不能再跟我說一次，你打算怎麼做？」

堅次知道哥哥記性不好，耐心地重新說明計畫的每個細節。堅次還找來一張宣傳單，在背面以文字和圖畫輔助。庸一反覆聽了好幾次，逐漸理解每一個行動及台詞的意義。堅次花了三天爲哥哥講解計畫。

「不過，照你這個計畫去做，我的生活能有什麼改變？」

庸一搞懂計畫的內容之後，老實說出心中的疑問。這個計畫無法讓兩人一起逃走，到頭來不過是哥哥幫助弟弟逃走而已。庸一只是單純地說出心裡的想法，堅次卻臭著臉應道：

「沒辦法，要是兩個人同時消失，一定會遭到懷疑。而且這個計畫執行之後，我一生都得隱姓埋名。哥哥，你知道這必須付出多大的代價？難道你也有捨棄姓名的覺悟？」

想逃離這個世界的是堅次，庸一沒有那麼強烈的慾望。

「好、好，我知道了。我只是隨口問一句。」

庸一趕緊安撫弟弟。要是惹惱了堅次，或許計畫執行到一半會被他棄之不顧。這場逃獄的戲碼要順利成功，完全仰賴弟弟。

起初，庸一仍半信半疑，但在反覆練習的過程中，意志越來越堅定。

從小到大，庸一幾乎只在以住家爲中心的半徑十公里的範圍內活動，鎮外就像是幻想中的世界。尤其是出現在電視、電影院的新聞上的東京、大阪，簡直就是夢幻的城市。在那裡什麼東西都能取得，任何夢想都能實現。爲了前往夢幻城市，值得冒一些風險。

兄弟倆約好，在十二月一日星期日執行計畫。

庸一每天都在算著日子，等待這一天到來。

這天早上，堅次在七點半出門，預定搭電車前往相距數站的補習班，參加模擬考。

堅次平時並未上補習班，但他告訴父母，爲了增加考試的經驗，想參加補習班的模擬考。他說雖然有信心不會落榜，不過保險起見，希望至少練習一次。父母當然是二話不說，便答應堅次的要求。

昨天下了一整天的雨，如今雨雖然已停歇，天空仍烏雲密布。這種灰濛濛的天空，是早已看慣了的景色。由於昨天的雨一直下到深夜，柏油路面濕漉漉，泛著黑色光澤。

庸一和母親來到門口，送堅次出門。父親還在房間裡呼呼大睡。堅次徹夜未眠，以帶著血絲的雙眸注視著母親，說道：

「我走了。」

「好，路上小心。」

堅次明顯有些猶豫。這或許是他最後一次和母親交談。他將大衣的鈕釦全扣上了，僵硬地背對敞開的大門，手裡拿著皮革製的書包。冬天的早晨，屋外頗有寒意。或許是母親也有些緊張，竟沒發現堅次的神色有異。

「加油！」

庸一忽然朝弟弟喊道。堅次一愣，轉頭望向哥哥，露出了自信的微笑。這才是在房間裡、沙灘上，庸一看過無數次的，弟弟最眞實的表情。

「放心，不會有問題的。」

堅次似乎下定決心，轉過身，反手關上門。門板撞在木質門框上，發出了聲響。母親隨即走向廚房，沒有任何留戀，唯獨庸一愣在原地。想到弟弟再也無法和母親見面，庸一便感覺雙腿動彈不得。

一如往常的假日，庸一什麼也沒做，只是看著電視。至少在下午四點之前，庸一無事可做。此時的任務，就是盡量自然地度過一天，不引起父母的懷疑。

四點五十分，庸一靠著客廳的牆壁坐著，看起週刊雜誌。雜誌的內容一點也不重要，重要的是讓自己靠近大門。母親坐在和室椅上，看著電視上的黑白畫面。父親待在房間裡，不知在做什麼。

「打擾了！」

剛好四點整，鄰居跑來敲門。

「你們家的堅次打電話過來。」

「我去接吧。」

庸一立即起身，走向鄰居家。由於須賀家沒有電話，如果有事要聯絡，只能向鄰居家借電話。

「喂？」

「哥哥嗎？我是堅次。」

「嗯。」

「我剛考完模擬考。」

「嗯。」

黑色電話機的話筒音量很大，連周圍的人都聽得見。堅次早預料到鄰居可能在旁邊聽著，所以兄弟倆說得煞有其事，不敢稍有鬆懈。如同堅次的劇本，庸一幾乎從頭到尾只要說「嗯」就行了。

「我太小看考試了，完全不會寫。我受夠了，不想再這麼下去。哥哥，你能不能馬上到沙灘來？」

「嗯。」

以這句話為暗號，庸一掛斷電話，向鄰居道了謝，回到自己家裡。接下來，是計畫裡的第一個難關。庸一對客廳裡的母親說：

「我出去一下，堅次有事找我。」

母親露出詫異的表情。庸一沒理會她，走出客廳，披上外套，在門口穿上運動鞋。庸一早已換上隨時可外出的服裝。經過走廊的時候，剛好遇上父親，四目相交，庸一趕緊移開視線，父親也沒說話。

庸一走向停車場的角落，跨上腳踏車，頭也不回地騎了出去。一旦離開家門，接下來就安全了。十二月的寒風颳著雙手，庸一沒戴手套，只是全力踩動踏板。

庸一首先前往自己就讀的高中。這所被戲稱為「郊外遊樂園」的高中，星期日並不會鎖上便門。因為即使是假日，還是會有一些老師到學校辦事情，也有不少體育社團的成員會用操場。庸一將腳踏車停在圍牆邊，若無其事地走進校園。

由於下雨的關係，操場泥濘不堪。庸一瞥了一眼操場，步入校舍。教職員辦公室所在的校舍沒上鎖。庸一爬上空無一人的階梯，來到二樓的走廊上。這裡有一整排的置物櫃，學生可以把教科書及體育服放在自己的櫃子裡。

走廊上一個人都沒有。就算被人看見，也可說是來拿忘記帶走的物品。庸一注意著周遭的情況，一邊取出置物櫃裡的行李。

那是一個褪了色的藍色背包，和兩只布製提袋。

背包裡塞滿從雜貨店買來的衣物、內衣褲、毛巾、肥皂及罐頭。由於不能從家裡帶出來，全是庸一和堅次拿零用錢慢慢購齊。新的背包太貴了，兄弟倆買不起，幸好家裡的倉庫有一個表哥送的舊背包。至於那兩只提袋，則是庸一和堅次自小學一直用到現在的東西。

原本兩手空空的庸一，離開學校時背上多了一個背包，雙手各拎著一只提袋。將提袋塞進腳踏車前面的籃子裡，確認周圍沒人之後，庸一跨上腳踏車，用力踩下踏板。

心臟劇烈跳動，向全身輸送血液。雖然寒風刺骨，庸一卻感覺全身到指尖都在發熱。不知看過幾百次的行道樹，此時卻顯得新鮮而陌生。吐出的氣息化爲白霧，不斷向身後流逝。庸一帶著高昂的情緒，不斷踩著踏板。

庸一將腳踏車停在車站前的機踏車停放區，搭上開往海邊的電車。車廂內的乘客寥寥無幾。庸一坐在座位上，將手提袋放在兩邊，外套的內側已是汗水淋漓。乘客陸續下車，越靠近海邊，車廂裡的人越少。

庸一望向車窗外。每次跟堅次一起蹺課前往沙灘，沿途必定會看見這幕景色。堅次大多在看文庫本，庸一無事可做，總是眺望著車窗外的風景。電車穿過雜木林，越過岩石地帶，眼前出現一片大海。冬天的海面呈深藍色，雖然有些昏暗，仍隱約可見白色水花。不曉得兩個「地道王」搭著小艇抵達海邊時，看見的是否也是這樣的情景？

走出車站時，已是黃昏。就在地平線逐漸從紫色轉變爲黑色之際，庸一來到沙灘上，看見前方一道人影。庸一朝著那道人影走去，片刻之後對方也看見庸一，揮了揮手。

「哥哥，你來得眞慢。這裡好冷，我本來還打算先找個地方避一下。」

堅次縮著脖子說道。沙灘上沒有任何遮蔽物，確實冷得令人難以忍受，再加上附近沒有燈光，沙灘漆黑一片。庸一從提袋裡取出手電筒，照亮腳下。幸好堅次有先見之明，要庸一帶來手電筒。兩人的足跡浮現在手電筒的燈光下。

「你那邊順利嗎？」庸一問道。

「嗯，順利被趕出來了。」

堅次笑著回答。庸一把背包交給弟弟，提袋則幫弟弟拿著。

「好，走吧。」

兩人並肩往海崖走去。先從沙灘走回一般道路，沿著海岸線前進一段距離。那是一條沒鋪柏油的沙石路，路面泥濘，兩人好幾次差點摔倒。走了一會，進入一片雜木林，路面逐漸轉爲上坡，也越來越狹窄。行進的過程中，夜色降臨大地，除了手電筒照亮的區域之外，全是深邃的黑色。

兩人默默朝坡上走去，一股寂寞的感覺無聲無息地自後頭逼近。兩人越走越快，彷佛遭到追趕。拍打在崖壁上的海浪聲越來越大。同樣的海，在沙灘上聽見的海潮聲溫和平穩，但此刻那湍急的水流，恐怕能輕易吞噬一個人的生命。樹木在冬風的吹襲下沙沙作響，好似在警告兩人立刻離開。庸一全身是汗，感覺體內的熱量都從皮膚被帶走了。

走到坡頂，前方可見一座小小的廣場。名義上是瞭望台，其實只是一塊空地，擺了一些原木當椅子，有的鋸成一截一截，有的直接橫放。再往前數公尺就是懸崖邊，但不僅沒設置圍欄，連警告的標語也沒有。

執行計畫前，兩人勘察過現場。好幾次在白天來到此地，不曾遇見任何人。這個地方彷彿已遭附近居民遺忘，不管在這裡做出什麼事，都不用擔心會有人目擊。

堅次構思的劇本如下——

雖然堅次的成績一直很好，被稱爲「神童」，其實他根本不會念書，每次考試都是靠作弊拿到高分。高中的入學考試，堅次也打算依賴作弊，爲了練習作弊的手法，他參加補習班的模擬考。不料，監考老師發現他的作弊行爲，立刻將他趕出會場。所有考生都目睹了堅次作弊的事實。

堅次對將來感到絕望，於是打電話要哥哥到海邊，商量接下來該怎麼做才好。庸一勸堅次向父母和學校的老師坦白一切，但堅次無法忍受自己的「神童」形象毀於一旦，趁庸一不注意逃走了。庸一慌張地尋找弟弟，在夜晚的懸崖上發現弟弟的鞋子和書包。庸一認爲弟弟投海自盡了，連忙報警——

堅次的書包裡有一張從筆記本撕下的紙片，上頭潦草地寫著「爸爸、媽媽，對不起」，以及堅次的簽名。遺書如果寫得太長，反倒不自然，於是堅次只留下這麼一句話。

到目前爲止，計畫進行得非常順利。堅次故意在模擬考時作弊，讓監考老師發現，趕出考場。庸一則在接到電話後離家，去學校取回堅次的行李。此刻，行李都放在懸崖邊的原木上。

「只差最後一步了。」

堅次走向懸崖，脫下大衣，扔向海中。大衣在空中飛舞，落在夜晚的海面上。庸一在後頭拿手電筒照著。鞋子和書包留在懸崖上就行。提袋裡備有另一雙運動鞋。

然而，堅次丟了大衣之後，一直沒走回來。「怎麼了？」庸一問道。

「崖邊如果沒有腳印，會引起懷疑。」

堅次喃喃低語。

「什麼意思？」

「如果是跳崖自盡，崖邊怎麼會沒有我的腳印？」

廣場的地面並未鋪柏油或混凝土，經過昨晚的一場雨，地上濕滑泥濘。每踏一步都會留下清晰的腳印。如果堅次是從崖上跳下去，崖邊應該會有腳印。

「我得走過去才行，手電筒給我。」

堅次接過手電筒，一派輕鬆地邁出腳步，像是在住家附近散步，緩緩靠近崖邊。四下一片漆黑，庸一只能在原地等著，什麼事也做不了。

數秒後，堅次走到懸崖的邊緣。他將書包放在地上，拿著手電筒往下照，凝視著大海。那模樣彷彿受到死神的誘惑，隨時可能往下跳。兩人早已從其他地點確認過這座懸崖的高度。庸一心裡很清楚，一旦從懸崖上掉下去，絕對沒有生還的希望。

「堅次！」

庸一朝著弟弟的背影大喊。堅次緩緩轉過頭。崖邊太暗，看不清表情，但不知爲何，庸一有種弟弟在流淚的錯覺。

庸一想也不想地奔上前。堅次握著手電筒，茫然地看著哥哥，周圍濺起不少泥土。庸一奔到堅次的面前，將堅次緊緊抱住，如果不這麼做，似乎會失去弟弟。堅次有些不捨地朝崖下瞥了一眼，接著望向庸一說：

「我剛剛一度覺得，就算眞的死了也沒關係。」

「蠢蛋，要是你死了，我們的計畫有什麼意義？」

「也對。」

堅次冷笑兩聲，接著脫下鞋子，在地上擺好。

「哥哥，你揹我。」

「爲什麼？」

「我不能留下從崖邊往回走的足跡。」

庸一沒多想便照著堅次的話行動。堅次跳到庸一的背上，庸一一步步離開崖邊。

「從現在起，我死了。」

背上的堅次低語。庸一以雙手撐住弟弟的屁股，默默聽著。

「從今以後，我就是一個幽靈。除了哥哥之外，沒人知道我還活著，再也沒人能束縛我。須賀堅次的平凡人生已結束，我終於自由了。」

堅次不停地說著，彷彿想甩開心中的愧疚。剛剛堅次站在懸崖邊的時候，是不是想像起了父母悲傷的表情？得知堅次跳海自殺，父母一定會哀痛不已。堅次會萌生死意，或許是爲了擺脫對父母的歉意。

庸一在原木上放下堅次，堅次立刻穿上運動鞋。爲了不讓人看出腳印，庸一與堅次穿的是相同款式的運動鞋。堅次揹上背包，兩手各拿一只提袋。接下來，堅次會搭電車前往轉運站，改搭長途巴士前往大都市。堅次身上的旅費，是兩人從小到大存下來的壓歲錢。

「我先去了。」

爲了避免被人發現，兩人不能同時進入車站，庸一讓堅次先離開。

「哥哥，一年後，我會跟你聯絡。」

兩人約定好了，明年十二月，堅次會寫信給庸一。到了後年的春天，兩人就依信中所寫的方式見面。之後，兄弟倆就能展開全新的人生。

「如果到了後年的年初，哥哥都沒收到我的信，表示我死了。到時候哥哥想過怎樣的人生，就由你自己決定吧。」

堅次吐出這句不吉利的話，便走下斜坡，朝著車站前進。庸一想開口，卻不知該說什麼才好，只能默默目送弟弟離開。這種時候，庸一總是很氣自己如此愚笨。

「等一下！」

弟弟大約走了十步，聽見哥哥的呼喚，轉過頭來。四周太昏暗，看不清表情。

「你要不要試著寫小說？」

庸一的嘴裡突然迸出這句話。

「你騙人的技巧這麼高明，乾脆當作家如何？何況你讀過那麼多書，一定沒問題的。」

庸一一口氣說完，感覺心情輕鬆不少。沒有回應，只見眼前的人影緩緩舉起右手。庸一不清楚堅次是否會認眞思考這個建議。事實上，庸一也只是突然萌生這個念頭，並非對弟弟一直有著這樣的期許。

弟弟的身影越來越小，彎過一個轉角，便再也看不見了。接下來，將是庸一最大的挑戰。雖然沒自信騙得過所有的大人，但無論如何絕不能害堅次被抓回來。要是失敗了，一定會懊悔一輩子。

在寒冷的瞭望台上等待的期間，庸一拚命告訴自己。

堅次死了。堅次死了。堅次死了。

庸一不斷重複著，想把這句話深深烙印在腦海裡。弟弟考試作弊被發現，對人生感到絕望，跳海自殺了。堅次的臉孔浮現在黑暗中，接著慢慢被塗成黑色，與周遭景色融爲一體。

堅次死了。堅次死了。堅次死了。

庸一閉上雙眼，輕聲呢喃。雖然寒風刺骨，庸一的額頭卻冒著汗水。那聲音既像是祈禱，又像是哀求。

快死吧，堅次。快死吧，堅次。快死吧，堅次。

少年接近哀號的低喃，與夜晚的蕭瑟風聲混雜在一起。甚至連一些根本不應該存在的記憶，也朦朧地顯現在少年的眼前。

庸一接到堅次的電話，來到沙灘上。聽了弟弟的告白之後，庸一勸弟弟老實說出真相，但堅次怎麼也不肯答應。堅次藉口要到雜貨店買飲料，卻再也沒回來。循著弟弟的足跡追上斜坡，庸一在懸崖上的瞭望台發現弟弟的書包，以及擺得整整齊齊的鞋子。

大約等了三十分鐘，庸一拿著堅次的書包離開瞭望台。下坡的時候，庸一的腳步越來越快，不知不覺變成拔腿奔跑。由於地面泥濘，腳下一個踉蹌，庸一差點整個人摔在地上。

離開漆黑的海岸，不遠處可看見民宅的亮光。庸一確認中華料理店還亮著燈光，朝店門口奔去。兄弟倆在這家店吃過好幾次拉麵。庸一衝進店裡，與看似中國人的店主四目相交。原本靜靜喝酒的客人，都錯愕地轉過頭來。

「請幫我叫警察！」

「發生什麼事？」

貌似店主妻子的婦人，代替沉默寡言的店主問道。

「我弟弟死了。」

婦人一聽，登時大驚失色，從吧檯內跑了出來。庸一以別人聽不見的聲音，不斷喃喃自語。

堅次死了。堅次死了。堅次死了。

一個小時後，父母一同趕到警署。雖然兩人都穿著外出服，但因爲急著出門，襯衫及上衣滿是皺紋，並未熨燙。

庸一坐在玄關大廳的鐵椅上，看見父母卻無力起身，只能輕輕舉起手。他是眞的疲累不堪，並不是演出來的。從奔進中華料理店的那一刻起，一切就亂成了一團。

店主的妻子聽了庸一說的話，立即將庸一帶到警署。庸一在警署裡把事情的來龍去脈說了一遍。不知爲何，警察又要他把相同的話再說一遍，光是說完這兩次，庸一已感到相當疲累。

父母來了之後，庸一又在會議室裡當著父母及警察的面，把同樣的話說了第三次。同樣的話說到第三次，庸一已學會掌握要點。會議室裡的桌上，放著在堅次書包裡發現的遺書。

遺書的效果顯著。庸一明顯感覺得出，得知不是單純的意外事故的瞬間，父母已有堅次不在人世的心理準備。

聽到堅次考試作弊，母親號啕大哭。父親雙手交抱，閉著眼睛。一旁的中年警察不斷在筆記本上寫字。

「拜託你們趕快去找堅次。」

庸一還沒說完，母親已出聲向警察懇求。

「這麼晚了，摸黑搜索很危險，得等到明天早上才行。」

警察一口回絕。母親發了狂似地哀求，頭髮披散在臉上。

「或許他掛在岩石上還活著，拜託你們快去找找，不要這麼快就放棄。」

「我得出多少錢，你們才願意去找？」

連父親也低聲下氣地問道。庸一知道家裡沒什麼錢，不禁感到有些好奇。父親這麼說，到底是打算出多少錢讓警察去救堅次？

「這不是錢的問題。」

警察不由分說地拒絕。母親垂下頭，父親也跟著沉默。整個會議室瀰漫著一股沉重的氛圍，警察或許是打算說些安慰之詞，才要開口，父親忽然站了起來。他踹倒折疊椅，猛然摑了庸一一巴掌。

「都是你的錯！你身為哥哥，竟然把堅次害死了！」

在場的所有人此時都深信堅次死了。

父親的喝罵，讓庸一腦袋裡的現實與虛構變得混淆不清。猶如遭狂風吹襲的沙塔，堅次的形影逐漸在庸一的腦海裡消逝。揹著藍色背包離去的背影迅速褪色，庸一不禁懷疑那是心中的期盼所營造出的幻想。或許堅次眞的從懸崖上跳下去了。

父親再度揮拳，警察立即上前制止，這一拳沒打在庸一的身上。兩人糾纏了好一會，一個喊著「讓開」，另一個喊著「你冷靜點」。母親在一旁掩面哭泣。

到底什麼是現實？什麼是虛構？庸一已分不清。或許自己只是不願接受弟弟已死的事實。跟自己在沙灘上會合，在瞭望台上告別的那個人，眞的是堅次嗎？當初堅次說過的那句話，驀然迴盪在庸一的腦海。

——每個人都活在虛構的世界裡。

「堅……堅次……」

庸一以雙手撐著地板。

「堅次是我害死的……都是我不好……請原諒我……」

庸一將額頭抵在沾滿污泥的地板上，眼淚撲簌簌滑落，肩膀及背部都在劇烈顫抖。這不是演技，而是眞心誠意的謝罪。朝著車站方向離去的堅次，與從懸崖跳入海中的堅次，兩道身影交疊，分不清哪一邊才是眞的。

「爲什麼會發生這種事？」

母親哽咽的話聲自頭頂傳來。

「爲什麼死的不是你？」

母親這句話有如一根針扎在心頭，庸一跪在地上，像昆蟲標本般動彈不得。庸一這才驚覺，自己的內心深處仍對父母抱持一絲期待。過去庸一總是認爲，雖然是腦筋遲鈍的傻大個，但不管怎麼說，父母對自己多少仍有一些關愛。然而，母親的一句話讓庸一徹底醒悟，連這樣的期待也只是自我膨脹。明明在庸一的作證下，堅次的神童形象已完全瓦解，父母卻依舊偏愛堅次。

在父母的眼中，堅次的性命比庸一的性命重要。今天如果死的是庸一，父母一定會暗想：「幸好死的不是堅次。」

庸一幾乎整張臉貼在地板上，獨自承受著母親的哭泣與父親的怒罵。直到一旁的警察看不下去，開口制止「好了」，才結束這段有如置身在暴風雨中的時間。當一切歸於平靜，庸一的額頭早已紅腫。

「總之，晚上什麼也做不了，明天早上會到現場進行搜索。你們今晚可以先回家，或是在附近找民宿住一晚。」

警察強行爲這場看不到終點的鬧劇畫下了休止符。三人在警察的催促下走出會議室。警察轉身離去，只剩下愁雲慘霧的一家三人待在警署的大廳。夜晚的大廳幾乎一個人也沒有，偶爾才有職員經過。

父母像木偶一樣面無表情，以沙啞的嗓音低聲交談。

「都怪妳教育失敗……」

「是你一直逼他考高中……」

庸一只是在一旁聽著。夫妻倆把堅次自殺的原因歸咎於對方。庸一感覺彷彿有重石壓在胸口，卻又不能獨自離去，只好摀住耳朵。父母完全沒想到要回家，竟然在警署裡吵起來，證明兩人都還無法接受事實。

突然間，原本只是低聲說話的父親站了起來，大聲罵道：

「妳竟敢把錯推到我的頭上！教育孩子是母親的責任！庸一不會念書，堅次考試作弊，都是妳的錯！這不是我的責任！妳如果好好教育孩子，就不會發生這種事了！」

偶然經過的男職員皺起眉頭，但父親絲毫沒有察覺。

父親就是這樣的人。一旦遇上麻煩事，他的第一個反應就是推卸責任。他很清楚自己有多懦弱，肩膀上只要有一點責任，馬上會被壓垮。所以，他無論如何都要把錯全推給庸一及母親。

母親先是一陣驚訝，接著以寒冰般的眼神仰望父親。看到母親那種眼神，庸一明白兩人已徹底決裂，無法恢復原本的夫妻關係了。父親罵個不停，母親不再回嘴，庸一卻覺得母親的視線更可怕。

這個家庭已破碎。

庸一懷著一股淡淡的絕望，滿腦子只思考著，今晚與堅次相見的事情，到底是現實還是虛構。

警察在懸崖上的瞭望台發現堅次的鞋子。不久，又在附近的海邊找到堅次的大衣。再加上庸一的證詞沒有任何破綻，最後警方判斷堅次確實是跳崖自殺了。

由於沒發現遺體，並未舉行喪禮，但在父母的心裡堅次已死。爲了維持精神的穩定，他們必須這麼告訴自己。懷抱「堅次可能還活著」的渺茫希望，極度消耗心神。爲了早日回歸平穩的生活，父母選擇放棄希望。

父母將堅次自殺的事情告知學校，校方也將堅次生前經常蹺課的事情告知父母。繼考試作弊之後，父母彷彿再次遭到堅次背叛，錯愕得說不出話。原來從前深信不疑的次男並沒有那麼優秀。當天晚上，父親又在家裡大吼大叫，庸一只能摀著耳朵忍耐。

一家三人幾乎沒有任何對話。雖然同桌吃飯，卻毫無交流。三人都躲進自己的封閉世界裡，不願接受堅次已不在的事實。

庸一不斷思索著相同的問題。那天晚上與堅次相見，眞的是現實嗎？

懸崖上只有堅次走向崖邊的足跡，沒有往回走的足跡。另一方面，庸一的足跡則是從瞭望台走向崖邊，接著又走了回來。堅次沒有往回走的足跡，是因爲被庸一揹在背上。然而，那眞的是事實嗎？庸一已搞不清楚。

隨著日子一天天過去，庸一的記憶越來越模糊。與弟弟交談過的每一句話，宛如滴入水裡的墨汁，逐漸被稀釋了。堅次其實沒有自殺的記憶，會不會只是從心願中萌生出的幻想？

到底哪些是虛構，哪些是現實？

每當感到不安的時候，庸一就會將「彩虹的骨頭」拿在手裡把玩。這小小的彩虹骨頭，是庸一與堅次少數的共同回憶之一。在弟弟提起之前，庸一壓根沒想過彩虹會有骨頭，連植物有骨頭也不知道，幸好到目前爲止不曾因此出糗。

「你知道彩虹有骨頭嗎？」

庸一曾這麼問高中的同學。「你在說什麼傻話？」那同學嗤笑一聲。庸一正要解釋，對方卻自顧自地轉身離去。

冬天過去了，夏天也過去了。這年十月，奧運第一次在日本的東京舉行，電視轉播了各種競技比賽，庸一卻一場也沒觀看。如今幾乎不會有人去打開客廳的電視。

升上高中三年級，庸一必須在升學與就業之間作出抉擇。自從堅次不在了之後，庸一每天都乖乖到學校上課，但成績一直不甚理想。雖然成績勉強維持在全學年的中段程度，不過，那純粹是因爲庸一就讀的是「郊外遊樂園」。

庸一根本不打算讀大學，況且也考不上，就業自然成了唯一的選擇。父母對庸一找什麼工作絲毫不感興趣。在住家附近也好，去大都市也罷，反正只要有工作就行了。

進入秋天之後，大部分的同學已找到工作，庸一卻直到冬天依然拿不定主意，不曉得該找怎樣的工作。如果沒記錯，堅次會在十二月寄信回來。庸一心想，等收到堅次的信，再來決定工作也不遲。

到了十二月一日，堅次離家已屆整整一年的日子，庸一收到一封信。

寄信人是「威利・迪克斯」，那是《第三集中營》中「地道王」之一的名字。母親拿到信，看見陌生的外國人名，卻絲毫不感興趣，只交給庸一，說了一句「你的信」。這段日子以來，父母都已停止思考，每天活得像受到操控的人偶。

看見信封上的名字，庸一不禁屏住呼吸。當初兩人約定，堅次會以這個名字寄信回家。庸一回到房間，拉上窗簾，以木棒將紙門抵住，才撕開信封，顫抖著取出信紙。

〔給丹尼：請到東京都荒川區西日暮里澤部莊二〇一號。〕

那筆跡與遺書上一模一樣，可以肯定是弟弟的筆跡沒錯。

庸一終於放下心中的大石。堅次還活著。一年前在瞭望台上與堅次的對話並非幻想。直到這一刻，庸一才確定記憶中哪些部分是現實。

「東京……」

庸一喃喃自語。原本庸一以為堅次會選擇前往大阪，因為那是距離故鄉最近的大都市。雖然兩人都沒去過大阪，至少說話的腔調比較接近，而且好歹聽過梅田、難波等地名。沒想到，堅次落腳的地點，竟然是更加陌生的日本首都。

「找得到工作嗎？」

庸一躺在榻榻米上自言自語。他就讀的不僅是平凡的鄉下高中，而且是「郊外遊樂園」，會到這種學校來徵人的，大多是縣內的地方企業。不過東京的企業倒也不是完全沒有，庸一越想越樂觀，將那封信塞進了堆滿雜物的抽屜裡。

堅次還活著。光是確認這一點，庸一便感覺輕鬆不少。畢竟庸一可說是把人生託付給了堅次。當初庸一就下定決心，既然一輩子只能聽命行事，與其聽從別人的命令，不如聽從弟弟的命令。庸一並不感到慚愧或丟臉，反倒很感謝弟弟願意肩負起兩人的人生。

如今，父母、親戚、國中的老師和同學都已不認為堅次是神童，唯有庸一知真相。須賀堅次真的是神童，把人生交給弟弟絕對不會有錯。

接下來整整一個月，庸一不斷尋找東京的工作。除了地點必須在東京之外，最好是不必動腦筋的工作。最後，庸一找到了一份在機械製造工廠當作業員的工作，地點在荒川區旁邊的墨田區。原本庸一考慮當建築工人，但還是選擇了工廠作業員，因為工作地點不會換來換去，而且工廠距離堅次的住處很近。庸一投遞了履歷書，對方要庸一在過完年後去面試，地點就在墨田區的工廠兼辦公室。距離工廠最近的車站，是東武伊勢崎線的鐘淵站，庸一從未聽過這個地名。

庸一找母親商量這件事，母親表示可以幫庸一出旅費，讓庸一到東京住一晚，但只能搭乘慢車。於是，庸一在面試的前一天早上出門，幾乎花了一整天才抵達東京。如果有餘力，庸一原本打算到西日暮里與堅次見面，但抵達東京的時候，庸一已筋疲力竭。庸一在北千住找到一家便宜的旅舍，倒在床上呼呼大睡。

隔天早上接受面試時，廠長都只問一些雞毛蒜皮的瑣事。除了庸一之外，還有一個人也來參加面試。那個人相當瘦，戴著眼鏡，看起來弱不禁風。庸一面試完出來，換那個人進去，庸一並不清楚廠長問了對方什麼問題。離開工廠後，庸一立刻搭慢車返回故鄉。

一星期後，庸一收到錄取通知。庸一就這樣找到工作，說起來沒費什麼力氣。這天晚上，一家三人吃晚飯的時候，父親突然歪著那頭髮花白的腦袋，問道：

「你要去東京？」

這一年來，父親的頭上多了不少白髮。過去令庸一膽戰心驚的嚴峻父親，完全喪失威嚴，簡直像變了一個人。自從堅次離開的那天晚上，庸一再也不曾被父親毆打。母親和父親一樣，失去生活的動力。如今兩人看起來都比實際年齡蒼老。

「爲什麼不留在這裡？」

那口氣不是責罵，反而流露出一絲寂寞。母親似乎屏住了呼吸，在一旁靜靜聆聽。庸一嘆了一口氣，應道：

「去哪裡都行，就是不想留在這裡。」

如果換成弟弟，也會說出相同的回答吧。不管是去世上的哪個角落，都好過與猶如行屍走肉的雙親困守鄉下。

「你們別再問了。」

庸一不願再說下去。庸一知道自己的腦筋不太好，隨便亂找藉口一定會被看出破綻。父親不再追問，將視線移向桌上的餐盤。母親嘆了口氣，一句話都沒說，三人繼續吃飯。

到頭來，庸一終究沒能從父母的口中聽見最期待的那句話——「恭喜你找到工作了」。

眼前的兩人，究竟是抱持怎樣的心情把自己撫養長大的？庸一打從心底感到不可思議。

三月中，庸一在國鐵日暮里站下了車。

原本庸一想住工廠的宿舍，但宿舍已無空房，只能在外頭尋找住處。庸一對東京完全不熟，不曉得該在哪裡落腳，於是決定找弟弟商量。

弟弟居住的澤部莊，從日暮里車站搭公車約十五分鐘，但庸一決定從車站步行前往，足足花了一個小時。從未去過的地方，庸一就算看著地圖走也會迷路。此時才剛入春，庸一的額頭上卻冒出涔涔汗水。

好不容易找到的澤部莊，是一棟木造的雙層公寓。走上生鏽的外牆樓梯，便看見一排薄薄的木門。二〇一號室位在二樓的西側角落。門口沒掛出姓氏牌。庸一按下門鈴，響起刺耳的電子鈴聲。

等了不到一分鐘，門開了。探出頭來的人，正是相隔一年數個月未見的弟弟。身穿開領襯衫的堅次，一看見哥哥就笑著說：

「你的頭髮變長了。」

庸一不自覺地摸了摸頭頂。自從參加完畢業典禮，庸一就不曾理髮，但此時他的頭髮也不算非常長，頂多像是稍微長了一點的草坪。相較之下，堅次的頭髮更長，側邊的頭髮幾乎蓋住耳朵，簡直像是典型的不良高中生。

「我正在想你差不多該出現了，進來吧。」

兩人久別重逢，卻沒有感動的對話。這確實是堅次的作風。

庸一踏入門內。狹窄的玄關凌亂地擺著皮鞋、皮底涼鞋，以及離開故鄉的那天晚上穿的運動鞋。屋內是兩個連在一起的六張榻榻米大房間。有兩扇窗戶，但沒有陽台。面對門外走廊的方向，有一座小小的流理台。屋內都鋪著榻榻米，唯獨流理台附近是木頭地板。裡面的房間有一組被褥，看起來又薄又硬，像煎餅一樣。

「你一個人住在這裡？」

「是啊。你從外面看，一定沒想到屋內空間這麼大，對吧？這種距離車站很遠的房間沒什麼人要租，所以租金便宜，而且不用保證人，不過被收了一筆押金。」

一年多未見，堅次看起來幹練許多。或許是在東京的生活，讓弟弟有所成長。弟弟的嗓音低沉了一些，約莫是正值青春期的關係。堅次滔滔不絕地說著，庸一只是凝視著弟弟，問道：

「這段日子以來，你怎麼維持生活？」

「有機會再告訴你。」

堅次盤腿坐在墊被上，庸一也在內側房間的榻榻米上坐了下來。窗戶沒關，不斷有風灌入，與沙灘上的海風截然不同。居然來到陌生的東京，與堅次一同沐浴著春風，庸一感到十分不可思議。

「總之，我們的逃獄計畫算是成功了。」

堅次心滿意足地說道。接著，兩人稍微談起庸一在東京的生活。

「哥哥，你住在哪裡？」

「還沒決定。」

「現在都三月了，你還沒搬家？」

弟弟有些驚訝，庸一搔了搔頭，回答「是啊」。

「既然如此，你乾脆住在我這裡吧？」

「這樣好嗎？」庸一嘴上這麼問，其實心裡一直在期待弟弟說出這句話。這裡有兩間房，住兩個男人不成問題。

「多虧哥哥的幫忙，我才能逃到東京。不曉得這裡離你上班的地點有多遠，但只要你想住，絕對沒問題。雖然是單身公寓，不過房東也不會知道實際住了幾個人。」

堅次淡淡一笑，看起來並不排斥與哥哥同住。

「那麼，我馬上把行李運過來。」

解決了住處這個大問題，庸一感覺心情輕鬆了不少。庸一將手撐在榻榻米上，環顧屋內。從今以後，這裡就是自己在東京的家。一旦有了這樣的想法，各種物品開始引起庸一的興趣。尤其是那座格外搶眼的書架，上頭堆滿文庫本，看起來相當沉重，甚至令人擔心會把地板壓垮。

「你還是這麼愛看書。」

「除了看書之外，也沒什麼事情可以做。」

堅次將視線移向窗邊的一張小矮桌。只見桌上堆著不少書，以及一整疊的稿紙，庸一不禁皺起眉頭。從小他最討厭寫作文，就算只是一千字的讀書心得，也會寫得叫苦連天。堅次察覺庸一的表情變化，拿起那疊稿紙，遞到他的面前。

「這是我寫的小說。」

稿紙上的格子滿是手寫的字跡。雖然潦草，讀起來很吃力，但字跡的特徵與當初的遺書及那封信完全相同。庸一詫異地望向堅次，堅次昂首說道：

「哥哥，我決定聽你的話，當一個作家。」

這是弟弟第一次接受他人的建議。

第二章　最北端

庸一戴著厚手套拿起齒輪。

將大大小小的齒輪迅速穿入軸心，固定之後，便完成了形狀有如變形丸子的驅動軸。接著，以兩支驅動軸組成動力模組，裝入機殼內。主軸穿入軸套內，再套入軸承。

工廠內充斥著各式各樣的噪音。切割金屬的尖銳聲響，以及機械受動力驅動的聲響此起彼落。一般人在這樣的環境裡，一定會忍不住摀起耳朵，但庸一早已習慣。剛開始，耳朵總會被刺耳的聲響搞到失靈，下了工也聽不見其他人的說話聲，如今庸一的耳朵已能明確區分工作上的噪音及說話聲。

人是一種能夠適應環境的動物。這一年來，這是庸一最深刻的體會。

位於墨田區鐘淵的中矢製作所，是一家擁有五十多名作業員的機械製造工廠，主要製造的是金屬加工機械，其中又以車床機爲大宗。車床機是由主軸台、往復軌道、刀塔、夾頭及床台等部位所組成。

庸一的主要工作是組裝主軸台。將事先切割、研磨好的軸芯、齒輪、軸承、軸套組合起來，使其成爲一個組件。庸一並非畢業於工業高中，當初聽到工作內容時，相當不安，自認沒辦法獨力處理這麼複雜的作業。然而，一天工作八小時，持續一星期之後，庸一的身體自然而然地記住所有步驟。雇主想必是知道任何人都做得到，才會向鄉下的平凡高中發出徵人的訊息。

上工不久，庸一便明白面試的時候，廠長爲何只問一些無關緊要的瑣事。工廠需要的是任勞任怨的勞力提供者，只要願意工作，智商或性格如何一點也不重要。

午休的鈴聲響起。等手邊的工作告一段落，庸一才脫下手套。在旁邊作業的森實夫走了過來。森和庸一是同時期進公司的同事，此時兩人都穿著深灰色作業服。森的身材瘦削，看起來像是套上寬鬆衣服的稻草人。由於剛好是同一天接受面試，在數名同時期進公司的同事中，兩人感情最好。

「喂，阿凡！」

「阿凡」是庸一在工廠裡的綽號。當初在新進人員的歡迎會上，大家互相詢問名字，庸一回答「我叫庸一，凡庸的庸」，於是眾人給他取了個綽號「凡庸」。叫了一陣子之後，又縮短成「阿凡」。午休時間，庸一與森並肩走向洗手台。

「今天要不要去洗三溫暖？」

森口中的「三溫暖」，其實是色情場所。

「不要。你還眞是有錢，常去那種地方。」

「我所有的薪水都花在兩腿之間了。」

森以肥皀洗去手上的油污，一邊大聲說道。連他的眼鏡上，也沾了不少油垢。

「我快忍不住了。剛剛在工作的時候，我滿腦子都想著那檔子事。」

森從神奈川縣的鄉下來到東京工作，剛進工廠不久就被前輩帶去「洗三溫暖」，沒想到就這麼迷上了。據說，森從未有機會與女性親密往來，只要付錢就能與女性發生關係的色情場所，在他眼中簡直是天堂。

庸一雖然曾答應森一起去，但走到店門口就打退堂鼓。不是庸一對女人沒有興趣，而是代價實在太大。每去一次，就得花掉十天以上的飯錢。弟弟堅次如今沒有收入，庸一不敢隨便亂花錢。

每天的午休時間，庸一習慣在大眾食堂快速吃完飯，隨即回到工廠休息、抽菸。不過，工廠的休息室只能容納十個人，總是一下就被前輩占據，庸一與森往往只能站在路旁抽菸。庸一喜歡抽的牌子，是一盒三十圓的金蝙蝠（Golden Bat）牌香菸。爲什麼會開始抽菸，庸一已記不得，說穿了就是隨波逐流而已。

「阿凡，你是處男嗎？」

森抽著希望（Hope）牌香菸，一邊揶揄道。他雖然一副弱不禁風的樣子，說起話卻常帶有一股傲氣。這或許是庸一喜歡與他混在一起的原因。

「女人很棒哪，只要上過一次，人生就會完全不同。不僅能夠增長自信，看事情的角度也會完全不一樣。有了經驗之後，我才明白這個道理。累積的經驗越多，我的體悟越多。男人就是要上女人，不然會覺得少了些什麼。」

即使庸一沒回應，森仍絮絮叨叨地說個不停。庸一漫不經心地聽著，默默抽菸。忙了一上午，腦袋有些昏昏沉沉，抽根菸才能讓自己恢復清醒。最近吃完飯如果沒抽菸，他就渾身不對勁。

一小時的午休時間結束，大家各自回到崗位。下午又是不斷重複相同的組裝作業。庸一覺得自己最適合這種不必動腦筋的簡單工作。當過建築工人的前輩告訴庸一，在建築工地工作會被高空作業師傅雞蛋裡挑骨頭，做起來很沒意思，因此庸一深深覺得選擇工廠是正確的決定。

接下來必須一直工作到晚上七點，中間只能短暫的休息。下工之後，可以到工廠附設的大浴場洗澡。許多年輕員工喜歡相約到街上喝酒，庸一則是換回骯髒的作業服，直接踏上歸途。先徒步到鐘淵站，搭東武線電車，接著再轉搭國鐵前往日暮里站，出站後搭公車回到澤部莊。

如今庸一依然與堅次住在一起。事實上，如果在向島一帶租房子，每天通勤會輕鬆許多，庸一當然很清楚這一點，但現在弟弟沒收入，總不能棄他於不顧。何況，堅次就像是庸一人生的掌舵手，分開住絕對沒好處。

庸一拉開薄薄的門板，只見堅次坐在裡頭的房間，面對著桌子寫字。多半是在寫小說吧。避免打擾弟弟，庸一不發一語，默默準備晚餐。雖然相當疲累，但在這個家裡，如果庸一不準備晚餐，就沒晚餐可吃。庸一打開三包囤放的雞汁泡麵，以熱水沖泡開來。雖然沒有肉，但那香味與肉有幾分相似。堅次聞到香味，才緩緩起身，說道：

「你回來了。」

「我回來了。」

兩人在前側房間的小矮桌面對面坐下，各自吃起沒有配料的泡麵。

「今天寫得順利嗎？」

「寫了三十張稿紙。」

庸一再次感到佩服不已。三十張稿紙換算成字數可是不得了。弟弟竟然一天就寫出那麼多內容。

堅次嘗試寫小說到現在已將近兩年。雖然還沒寫出任何成果，但庸一相信弟弟擁有才能。要比虛構的能力，絕對沒人贏得過弟弟。只要堅次認真起來，所有的虛構故事都可以變成現實，所有的現實都可以化為虛構故事。雖然庸一從來不看小說，卻打從心底相信弟弟的小說必定是傑作。

「飽了。」

短短幾分鐘，兩人就吃完了泡麵。堅次走進後頭房間繼續寫作，庸一則把兩個碗公拿到流理台浸水。現在實在沒力氣洗碗。庸一脫掉作業服，從一大堆晾乾的衣服中找出內衣換上，突然感覺做什麼都提不起勁，只好把散落在地板上的毛巾及書本推到一旁，躺了下來。

來到東京已一年多，工作稱不上有趣，也稱不上無趣。雖然每天累得筋疲力竭，但習慣之後也沒什麼大不了。庸一擔憂的是，這樣的生活會持續到死亡的那一天。說得更明白一點，是庸一不知道自己還得養堅次多少年。

堅次擁有虛構的才能，庸一從來不曾懷疑。現在只是時機不好，堅次的才能沒被這個社會發現而已。不過……這種狀況可能會一直持續下去。搞不好十年、二十年後，兩人依然過著相同的生活。

堅次雖然名義上是失蹤人口，實際上等同已死之人。他沒辦法當上班族，也沒那意願。若要當流氓、混黑道，他也沒興趣。

寫小說一舉闖出名堂——堅次想和一般大眾一樣賺錢維持生計，這是唯一的方法。實現目標之前，只能靠庸一養活弟弟。

庸一想抽菸，但堅次討厭菸味，不能在屋內抽。迫於無奈，庸一拖著疲憊的身軀，來到門外的走廊上。庸一倚著不太牢靠的欄杆，擦亮火柴，移到金蝙蝠牌香菸的前端。片刻之後，一縷紫煙緩緩飄向夜空。

再過幾個月就二十歲了，庸一已有心理準備，三十歲以前可能都得過這樣的生活。既然自己的人生主導權掌握在堅次手上，不管過怎樣的生活都只能接受。

此刻，森大概在三溫暖和女人幹那檔子事吧。庸一忍受著下半身的空虛感，吐出一口煙霧。

庸一搬進西日暮里公寓的當天晚上，堅次向庸一述說逃離故鄉的生活。

堅次首先前往的地方，其實是大阪這個距離故鄉最近的大都市。

一抵達大阪，爲了找到落腳處，堅次立刻開始尋找提供住宿的工作。堅次謊稱已十六歲，成功應徵上郵局的工作，住進員工宿舍。堅次並未詳述編造出何種人生經歷，只煞有其事地說：「只要能博取同情，總會有人上鉤。」

郵局的工作不僅收入低，而且相當消耗體力。堅次勉強做了一陣子，在這裡尋找能夠開創第二人生的跳板。總之，手頭得有一筆錢才行。雖然下定決心要寫小說，但不管執行什麼計畫，都必須有充足的資金。堅次每天做著分信、配送的工作，一邊尋找大賺一票的機會。

工作了大約三個月，眼尖的堅次發現前輩的惡行。對方竄改郵局內部的銷售帳簿，偷走明信片和郵票，再設法轉賣出去。就在對方竄改帳簿的時候，堅次恰巧撞見。堅次表示可以不揭發他，但想分一杯羹。前輩無法拒絕，只能答應。

明信片一張五圓，郵票則有五圓、十圓兩種。前輩總是將偷來的明信片和郵票以半價賣給熟識的金券行（註）。雖然印花稅票的價值高得多，但控管嚴格，偷拿很容易被發現。前輩得意洋洋地告訴堅次，幹這種事的訣竅就是要一點一點累積，千萬不能勉強。但堅次想賺的是大錢，不是五圓、十圓那種小錢。

堅次認爲，這年十月將在東京舉辦的奧運，是賺錢的大好機會。政府爲了籌措奧運資金而發行的募款郵票及明信片買氣很旺，頗受民眾歡迎。於是，堅次與前輩聯手，神不知鬼不覺地偷走郵局裡的募款郵票及其他有價票券。

得手一些現金，堅次立刻辭去郵局的工作。他心裡明白，這樣的手法遲早會被發現，只能見好就收。此外，有了轉賣有價票券的經驗，堅次想到一個賺錢的好點子。辭職之後，堅次隨即轉移陣地，前往東京。

抵達東京之後，堅次大約花了一週，找到願意雇用他爲店員的金券行。工作內容很簡單，就是幫忙顧店，堅次跟在老闆的旁邊學習，大約一個月就摸熟收購有價票券的技巧。在顧店的時候，也認識一些熟客，大致掌握哪個客人會拿怎樣的有價票券來賣。

堅次鎖定的對象，是經常拿著特快車車票來賣的一些貌似上班族的熟客。堅次主動接近，與他們閒話家常，再趁著店長不在的時候告訴他們：

「前幾天，您的公司派人來調查您上次賣車票的事。」

聽到這句話，大概每三人就會有一人臉色慘白。這些人幹的勾當，不外乎是假裝要到遠地出差，買特快車的車票報公帳，再把車票拿到金券行變換現金。說穿了，就是盜用公款，藉著出差的名目中飽私囊。堅次先答應保密，再以此威脅對方幫忙做事，大部分的人都會點頭答應。由於收購車票的時候，依規定出售者必須留下姓名及地址，不用擔心他們會逃走。

堅次以這種手法威脅了大約十名熟客，要他們幫忙取得東京奧運的比賽會場門票。

註：指專門收購及轉手販賣各類車票、門票、招待券、點數券的商家。

奧運的門票完全是採預約制，一般人無法輕易購買。這個時期想取得門票，如果沒有特殊的門路，只能尋求違法業者。但這些人怕自己幹的壞事被公司知道，只能想盡辦法幫堅次弄來門票。那身不由己的悲哀模樣，讓堅次對上班族深感同情。

十月上旬，堅次將蒐集來的一整疊奧運門票放在老闆的面前，問道：

「這些能賣多少錢？」

年近六十的老闆瞪大雙眼，接著露出苦笑。光是這個表情，堅次便確信老闆會掏錢買下門票。

奧運門票的市場價格早已漲到令人不敢置信的地步。一如堅次的預期，金券行的老闆以高出定價數倍的價錢買下那些門票。既然金券行願意以那麼高的價格收購，代表一定能以更高的價格賣給顧客。堅次拿到一大筆錢，當天便辭去工作，再也不曾在金券行露臉。

聽完弟弟的敘述，庸一當下不知該如何反應。是該感到佩服，還是該大聲斥責？唯一可以肯定的是，堅次不僅聰明狡猾，而且大膽包天，無法以常人的價值觀來評斷。

「爲什麼選擇東京？」

「票券容易取得，也好脫手。如果金券行不收那些門票，我還能直接帶到奧運會場，賣給黃牛業者。不過，後來沒走到這一步。」

「那些上班族是自掏腰包，買奧運門票交給你？」

「當然。我跟他們說只是借用幾天，一定會還給他們，然後我就開溜了。那些門票讓我賺了二十五萬圓。」

這個金額，一般上班族得工作半年才賺到。

「可是……這算是犯罪吧？」

「那還用說嗎？」

堅次露出哭笑不得的表情。「果然……」庸一點了點頭。由於弟弟說得坦蕩，庸一一度懷疑這是合法的行爲。

「要是遭到逮捕，我就會被送回家鄉，但爲了錢，不得不冒點風險。不過，賺錢不是我的最終目的。我賺這些錢，只是爲了爭取寫小說的時間。花光這二十五萬圓之前，我一定要成爲作家。要成爲作家，就得先跟出版社搭上線。」

庸一回憶在夜晚的瞭望台上，目送的那道背影。建議弟弟寫小說的不是別人，正是自己。

「你想當作家，是因爲我這麼建議你？」

「是啊，但決定當作家之後，我突然很害怕。」

「害怕什麼？」

堅次略一遲疑，低聲回答：

「害怕我沒有才能。」

這是庸一第一次看到弟弟面露恐懼之色。由於庸一早就知道自己沒有任何才能，無法理解堅次的感受。庸一對人生的期待趨近於零。

「原來你也有害怕的事情。」

堅次轉換話題，說道：

「總之，既然決定要靠寫小說出人頭地，我就不想做寫小說以外的工作。哥哥，不好意思，如果你要住在這裡，就得幫我處理所有家務。」

庸一有點不甘願，但畢竟這裡是堅次的家，只能遵循他訂下的規矩。

後頭房間的矮桌上堆疊著數百張稿紙，堅次說那只是一部分，實際上他寫得更多。

「那要怎麼與出版社搭上線？」

「到出版社毛遂自薦，或是投稿新人獎。」

堅次告訴庸一，想要成爲作家一般有兩種途徑，其一是直接帶著作品到出版社毛遂自薦，其二是投稿出版社舉辦的小說新人獎。其實，堅次投稿過好幾次新人獎，爲了避免父母發現，用的是筆名。

「但如果眞的當上作家，還是得拋頭露面吧？到時候不會穿幫嗎？」

倘若在公共場合露臉，需要擔心的不止是被親戚發現，還得擔心那些受騙購買門票的上班族發現。一旦落入他們的手裡，不知會遭到何種報復。

「只能盡量不露臉了。」

「這有可能嗎？」

堅次再次沉默，轉身走向後頭的房間，在矮桌前的老位置坐了下來。那背影彷彿拒絕繼續談論這個話題，庸一也不再追問。反正弟弟一定有什麼策略，任何難題交給他，都能迎刃而解。

堅次計畫在夏天之前以作家的身分出道，但投稿新人獎的戰績並不理想。目前爲止，堅次投稿過文學界新人獎、群像新人文學獎、太宰治獎等等，不僅全部落選，甚至沒進入最終入圍名單。雖然堅次表面上若無其事，但庸一與他住在同一屋簷下，深深感受到一股無形的焦躁感，逐漸凝聚在他的腳下。

從開始投稿小說到現在，已超過一年。庸一十九歲，堅次十七歲。

當初感覺靠轉賣門票賺到的二十五萬圓，是一筆不得了的大錢。然而，隨著這筆錢一天天減少，房租原本是由堅次全額支付，後來變成各付一半。伙食費說好平分，後來變成庸一全額負擔。不僅如此，連購買日常生活用品及上公共澡堂的錢，也變成全部仰賴庸一的薪水。

即使如此，堅次仍堅持把全副心力投入寫作。他不外出工作，也完全不做家事，每天就坐在矮桌前寫稿。如今庸一不單要負擔家計，還要負責全部的家事。

不過嚴格來說，庸一算是自願這麼做，因此毫無怨言。庸一唯一擔心的是，這樣的生活不知得持續多久。雖然庸一相信堅次擁有虛構故事的才能，但不確定這份信任能夠維持幾年。當自己不再相信弟弟，如今的生活將會毀於一旦。那種感覺到底是什麼，庸一也說不上來，或許是本能地害怕自己將會失望吧。

每當庸一感到不安，就會從壁櫥裡取出一個罐子。那是一個圓柱形鐵罐，原本是用來裝餅乾的。庸一將寶物收在罐裡，包括《原子小金剛》的貼紙、運動會拿到的獎狀、錄取通知書，以及一顆小小的石頭。那就是堅次送給庸一的彩虹骨頭。庸一會把彩虹的骨頭拿出來觀賞、把玩，放在身邊一陣子，等到心情恢復平靜，再放回罐裡。

彩虹的骨頭，是庸一信賴弟弟的證據。只要庸一還留在身邊，就會一直相信堅次。這顆小小的石頭，就像是維持兄弟情感的生命線。

這一天，庸一回到家中，發現堅次難得在做菜。白菜、紅蘿蔔、洋蔥、豬肉等食材在平底鍋裡上下跳動。食材的大小尺寸相差甚大。不一會，堅次便完成這道時蔬炒豬肉。

庸一吃了一口，驚訝得說不出話。雖然他的廚藝沒多好，但這道時蔬炒豬肉實在難吃到誇張的程度。不僅鹹到難以下嚥，而且紅蘿蔔沒炒熟，豬肉卻炒得過老，硬得有如橡皮。堅次自己也只吃一口，就放下筷子。

「眞難得你會做菜。」

「我在寫的小說，有這樣的場景。」

堅次喝著杯子裡的自來水，一邊解釋。盤裡的食物他一口也不再吃，卻說個不停。

「我需要現實感。就算是乍看不可能發生的事情，只要寫出現實感，讀者就會相信。反過來說，如果沒有現實感，氣氛就炒熱不起來。一旦讀者打從心底認爲這是假的，都是虛構出來的，這部小說就完蛋了。所以，要設法讓讀者覺得，小說裡寫的是現實生活中有可能發生的事情。」

庸一實在無法忍受過鹹的時蔬炒豬肉，夾了一塊，接著以杯裡的自來水洗去上頭的鹽分。堅次沒表達抗議，繼續說著他的見解。

「當初離家的時候，每個人都相信我編的謊言，正是因爲有現實感。如果我只是不告而別，沒人會認爲我是自殺。必須有模擬考作弊、遺書、足跡，這些情節鋪陳下來，大家才會相信我死了。哥哥，你的演技也是營造現實感的一部分。你居然能夠在他們面前下跪道歉，還大哭起來，眞是高明的演員。」

「多謝稱讚。」

庸一隨口回應，轉頭一看，卻發現堅次的表情異常認眞。他凝視著半空，陷入沉思。看著弟弟的側臉，庸一再度感受到堅次已是成熟的大人，與在故鄉海邊時截然不同。

「我想到一個好主意。」

「什麼好主意？」

「可以讓我的小說帶有現實感，我又不用拋頭露面。」

「那眞是太好了。」庸一眞心誠意地說道。事實上，弟弟靠寫作出人頭地，也是庸一的心願。不管是什麼主意，只要有助於實現心願，庸一求之不得。面對著一整盤沒吃完的時蔬炒豬肉，堅次竟露出充滿自信的笑容。離家出走的那天早上，堅次站在門外，露出的正是這樣的表情。

這天下了工，庸一整個人泡在大浴槽的熱水裡，忍不住發出舒服的呻吟聲。肩膀以下的身體都在熱水中，疲憊的全身肌肉都獲得放鬆的機會。水面漂浮著一些前面泡澡的人留下的身體油垢及灰塵，但庸一並不在意。反正離開的時候，再用清水把身體沖洗乾淨就行了。

中矢製作所的工廠內設有大浴場。結束一天工作，作業員大多會來泡個澡再離開。泡澡的先後順序是依年資來決定，輪到像庸一這樣的年輕員工時，浴槽裡的水早就髒了。即使如此，對於住處沒有浴室的庸一來說，每天能夠泡個澡再回家還是相當幸福。

庸一泡了一會澡，森也進來了。他坐在庸一的旁邊，沒戴眼鏡，卻帶著猥褻的笑容。

「泡完了澡，想不想再泡一次澡？」

森的這句話是什麼意思，庸一心知肚明。「不要。」庸一斷然回絕。

「爲什麼？難不成你討厭女人？」

「我不討厭女人，只是太貴了。」

「花兩千圓就能夠上天堂，應該挺划算吧？我知道了，我帶你去一家更便宜的店，只要一千圓，不過我從來沒去過。」

森的提議，確實讓庸一有些心動。見庸一的臉上流露一絲猶豫，森連忙說：

「我知道你在擔心什麼。你擔心小姐的條件太差，對吧？雖然大概不會有什麼年輕貨色，但你也不用想太多，反正房間裡很黑，看不清楚。」

接著，森天花亂墜地描述「三溫暖」多麼美好。庸一完全不在意森到底說了什麼，兀自把「一千圓」與「膨脹的性慾」放在心中的天秤上衡量。

在十九年的人生裡，庸一連異性的手都沒牽過。國中的時候，庸一成績不好，腦筋又遲鈍，幾乎沒有女生願意跟他說話。上了高中，班上同學幾乎都是男生，雖然有少數幾個女生，但大多已有男友。來到東京，除了全是男人的工廠，就是待在弟弟的公寓。因此，庸一對女人的強烈慾望，已高漲到難以控制的地步。

再加上肉體的疲勞，奪走了庸一的理性。

「眞的只要一千圓？」

一千圓相當於一星期的伙食費。以目前的生活水準來看，一千圓絕對不是小數目，但如果眞的能夠將不受控制的性慾鎭壓下來，一千圓似乎還能接受。

「噢，看來你決定要去了？既然是這樣，我們先去喝一杯吧。」

「爲什麼要喝酒？」

「只喝一杯，讓你壯壯膽。」

兩人泡完澡，換上作業服，先前往錦糸町。小巷子裡有一家森常去的居酒屋，兩人走進店內，坐在吧檯前，一邊吃串燒，一邊喝合成酒。店裡瀰漫著炭火味及菸味，幾乎讓人窒息。

「阿凡，仔細想想，我們好像沒一起喝過酒。」

庸一經常與森一起吃午餐，但這是兩人第一次相約喝酒。

「弟弟有沒有好好念書？」

爲了拒絕森每天晚上的邀約，庸一曾將與弟弟同住的事情告訴森。不過，庸一謊稱弟弟是就讀東京私校的高中生。庸一自己也覺得這樣的說法很牽強，但到目前爲止森還不曾懷疑。

「他應該沒參加什麼社會運動吧？聽說，最近高中生也會參加遊行。那些聰明人不曉得都在想什麼。只要乖乖念書，正常生活，就能進入好公司，爲什麼他們要故意毀掉自己的人生？」

這幾年，以大學生爲主的學生運動相當興盛。在故鄉的時候，根本不曉得有這種事，但來到東京之後，庸一好幾次目睹手持標語的遊行團體。學生運動的浪潮往下蔓延到高中，據說參加遊行的很多是未成年的學生。

森頗不以爲然，嘮嘮叨叨地抱怨個不停。

「自以爲是什麼偉大的運動家，他們不覺得丟臉嗎？什麼安保（註），什麼反戰，眞的有那麼重要嗎？在這些高知識分子眼中重要的事，對我們的生活會造成什麼影響？這些高學歷的傢伙，只是想藉此滿足自我而已。」

森口口聲聲反對學生運動，語氣中卻流露出對學生運動的熟悉。那是一種微妙的扭曲情感，就像是對近親的憎恨。

「不過，我能理解他們的心情。」

庸一說道。他似乎能體會那些參加運動的學生的想法。儘管對現狀並無強烈的不滿，卻爲看不見未來而憂心。那種活在封閉世界裡的鬱悶感，就像頭頂上籠罩著一層烏雲。當鬱悶感累積到一定的程度，或許不爆發也不行。

庸一看著那些參加遊行的學生，彷彿看見國中時期的堅次。雖然就讀的是鄉下學校，但以他優秀的成績，只要忍耐幾年，未來想去哪裡大概都不成問題。然而，堅次連這幾年也忍耐不了，最後決定拋棄一切，離開故鄉。那樣的心態與爲了鬥爭而犧牲前程的學生們如出一轍。

「你只有高中畢業，怎麼可能理解？」

註：此處指的是抗議日本與美國簽訂《日美安保條約》的群眾運動，在六、七〇年代相當盛行。

這句話不單是說給庸一聽，森也是說給自己聽。他默默喝了幾口，忽然凝視著杯裡的合成酒，喃喃自語：

「我考過大學，但沒考好，還重考一年。」

森沒細說，庸一也沒追問。爲了擺脫陰鬱的氣氛，森將杯裡的酒一口喝乾，起身說：「我們走吧。」庸一跟著站了起來。

「玩女人就是要開心，別說這些無聊的話了。」

森走在狹小的巷弄裡，嘴裡如此咕噥。兩人穿過瀰漫著菸味與酒味的區域，走向色情行業林立的角落。隨處可見五顏六色的霓虹燈框招牌，以及鬼鬼祟祟的男人。站在路旁的女人帶著百無聊賴的表情，望著庸一和森。

兩人的目的地，是一家名叫「男爵」的店。那家店位於一棟三層建築的一樓，白色門板在霓虹燈光的照耀下，恍若黑夜的出口。性慾在疲勞與酒精的刺激下益發膨脹，全身的血液彷彿集中在下半身，庸一緊張得腦袋空白。

「好好享受吧。」

森站在門前，朝庸一揮了揮手。

「你不進去嗎？」

「我要去別的店。你結束之後，就到剛剛的居酒屋等我。」

或許是一千圓這個價格讓森感到不安吧。雖然森不進去，但庸一已走到這裡，總不能打退堂鼓，只好在森的注視下推開店門。裝設在門板內側的鈴鐺發出清脆聲響，提醒著客人的來到。店內相當昏暗，正前方有一座櫃檯，左右兩側是狹窄的走廊。背後門板關上的同時，前方響起了說話聲。

「一位嗎？」

一個女人撥開深藍色布簾，走了出來。那櫃檯看起來與公眾澡堂的櫃檯沒什麼差別，女人站在櫃檯內，身穿色彩鮮豔的花襯衫及灰色長褲。她理著一頭和男人沒兩樣的短髮，遠看有點像是客人，但聲音和容貌顯然是個年輕女人。明明是櫃檯小姐，態度卻有些高傲。

「一個人……」

庸一勉強擠出這句話，僵在原地。那女人實在太美，庸一不禁亂了方寸。雖然店內光線昏暗，還是看得出女人的五官端正。白皙透亮的肌膚，配上位置恰到好處的眼睛、鼻子。年齡看起來和庸一差不多，或許大了幾歲。一對瞳眸漆黑而深邃，宛如吸收了無數星辰的宇宙。口鼻的輪廓較爲小巧低調，更讓人對那對瞳眸印象深刻。

「客人，你知道這裡是做什麼的嗎？」

女人冷冷問道。庸一心中慌張，連忙回答：

「我知道……」

女人說要先付錢，於是庸一掏出一千圓。女人伸手接下，以下巴示意左側，說道：

「那條走廊直走，裡頭會有人告訴你接下來怎麼做。」

庸一愣愣地依照指示前進，滿腦子都是櫃檯那女人的身影。一想到終於能與女性有肌膚之親，便緊張得不得了。庸一暗自期待，如果待會接待自己的是剛剛那個女人，不知該有多好。

不遠處傳來浴室的水聲。右手邊是一整排的薄木板門，其中一扇門突然打開。一個大約五十歲的女人走出來。女人身穿紅色花紋洋裝，頭髮燙得像爆炸頭，臉上濃妝豔抹，卻掩蓋不了皺紋與黑斑。

這女人的年紀與庸一的母親差不多。庸一看著女人，彷彿看見自己的母親。女人的容貌也與母親有幾分相似。原本體內快要爆炸的性慾，瞬間冷卻。別說是在這女人的面前脫光衣服，光是想像伸出手指碰觸這女人的畫面，庸一就頭皮發麻。

「進來吧。」

女人聲音沙啞，毫無表情。庸一忍不住後退了一步，女人一臉不悅地說：

「你不是付錢了嗎？快點來吧。」

「啊……不用了，我沒關係。」

「『沒關係』是什麼意思？」

下一秒，庸一毅然轉身，拔腿狂奔到入口處，穿上鞋子，快步走向出口。通過櫃檯前時，剛剛那年輕女人喊了一聲「等等」，但庸一根本不敢回頭。門口鈴鐺再度響起，庸一逃出這家名爲「男爵」的店。庸一在夜晚的鬧區裡全力奔跑，不一會已進入國鐵錦糸町車站。

直到搭上電車，庸一才想起跟森約好在居酒屋碰面。但庸一實在不想再回去，只能黯然踏上歸途。

隔天午休，森對著庸一露出猥褻的笑容，彷彿早已看穿一切。

「昨晚戰果如何？」

庸一將自己臨陣脫逃一事老老實實說了出來。森拍手大笑，半晌後咕噥：「聽說那家店都是老太婆，原來是眞的。」

「你早就知道了？明明知道還帶我去？」

「抱歉、抱歉，我也只是聽過傳聞而已。何況，我不清楚你喜不喜歡這一味，搞不好嘗過一次之後，你會愛上呢。」

「你在開什麼玩笑？」

庸一最懊惱的是，預先支付了一千圓，結果什麼也沒做，等於是白白送了一千圓給那家店。想到居然莫名其妙破財，庸一不禁怒火中燒。

庸一並不打算告訴堅次這件事。如果堅次知道了，肯定會哭笑不得吧。不，他搞不好還會無視自己不工作吃閒飯的立場，罵庸一「隨便亂花錢」。

庸一一心只想盡快忘掉這起「男爵事件」。然而，櫃檯裡那個男裝打扮的女人，卻深深烙印在他的腦海裡，怎麼也忘不掉。

進入梅雨季不久的六月，某天晚上，庸一決定把堆了三天的碗盤洗一洗。大量餐盤及碗公堆在流理台，菜渣污水不斷發出腐爛的臭氣，引來不少蚊蠅飛蟲。雖然他覺得很麻煩，但不洗也不行了。這種時候，庸一總是忍不住暗想，如果堅次能稍微做點家事就好了。

「現在有空嗎？」

庸一剛洗完碗盤，後側房間傳來堅次的呼喚。於是，庸一走到後側房間，將堆了滿地的文庫本推開，盤腿坐了下來。外頭的雨輕柔地敲打著窗戶。

「哥哥，有件事想拜託你。」

堅次說著，將一整疊稿紙放在庸一的面前。厚度約一公分，右上角開了洞，以細繩串起，看起來應該是投新人獎的稿子。庸一納悶地偏著頭，至今爲止，堅次從來不曾讓庸一看稿子。

「小說？」

「是短篇，大概有一百張稿紙。你看看封面吧。」

於是，庸一拈起了最上面的稿紙。只見以廉價原子筆寫出的幾個文字，寫得特別工整，彷彿是爲了給人留下好印象。稿紙的中央大大寫著「最北端」，應該就是小說的標題。左下角寫著「須賀庸一」四個小字。

「咦……咦？」

一時之間，庸一懷疑自己看錯了。不是堅次，而是庸一？庸一揉了揉眼睛，但稿紙上的名字還是沒變。

「這是怎麼回事？你是不是寫錯名字了？」

堅次默默凝視著哥哥，一動也不動。庸一受到震懾，不敢再隨便開口。堅次彷彿想吊庸一胃口，慢條斯理地指著稿紙上的「須賀庸一」四個字，說道：

「哥哥，就當成是你寫的。」

「堅次，這是你寫的小說吧？如果你不想用本名，可以用筆名，爲什麼要用我的名字？」

「哥哥，這是你的私小說。」

堅次無視哥哥的抗議，如此說道。庸一一愣，問道：

「等等，『私小說』是什麼意思？」

「簡單來講，就是依照事實寫出來的小說，不能有脫離現實的情節。比如鞍馬天狗打倒壞人什麼的，一看就知道不是依據事實寫的，對吧？所以，那就不是私小說，而是娛樂小說。所謂的私小說，只能寫作者的親身經驗。」

堅次說得口沫橫飛。

娛樂小說偏向浪漫主義文學，私小說則偏向自然主義文學。在文壇的觀念裡，私小說只能以現實生活中發生的事情爲主題。田山花袋、志賀直哉、太宰治、葛西善藏等作家都是私小說的著名寫手。私小說作爲創作領域之一，大約崛起於四十年前，被視爲文學的正統創作手法，一直傳承到今天。

庸一聽得似懂非懂，不知該說什麼才好。

「私小說的基本條件，是一定要依據實際體驗來寫。因爲有了這個條件，作品擁有充分的現實感。畢竟是眞實事件，當然會有現實感，對吧？有些作家爲了寫出頹廢風格的小說，還會故意過著頹廢的生活。」

「這順序好像有點不對？」

「你想說這是本末倒置？不過，這就是私小說的特徵。再荒誕不經的內容，只要是現實生活中發生的事情，誰也無法反駁。就算有讀者說『哪可能有這種事』，只要作者應一句『這是眞實事件』，讀者也不能再說什麼。沒有比這更厲害的虛構手法了。」

聽到這裡，庸一已大致明白私小說的定義。簡單來說，只要是作者根據親身經驗所寫的小說，就算是私小說。但這麼一來，庸一的心中又產生另一個疑問。

「既然這是我的私小說，應該是根據我的親身經驗寫出來的？」

堅次雙手交抱，傾身向前，彷彿在強調接下來說的話才是重點。

「嚴格來說，不是你過去的親身經驗，而是你未來的親身經驗。」

庸一張大了嘴，一時無法理解。

「就像我剛剛說的，有些作家為了寫出頹廢的作品，故意過著頹廢的生活。我們幹的事情，也是同樣的道理。這小說裡寫的內容，就是哥哥接下來要做的事。只要哥哥照著小說裡所寫的去做，這篇〈最北端〉就會是私小說。然而，哥哥必須帶著這篇小說，到出版社毛遂自薦。若是投稿新人獎，沒辦法強調這是一篇私小說，你得親自帶著小說去找編輯才行。」

聽堅次說得熱切，庸一沉默半晌，老實說出心中的感想。

「……你到底在說什麼？」

「你聽不懂嗎？沒關係，那我就多說幾遍。」

「不，我大概懂你的意思。可是，為什麼我得做這種事？你自己做不就行了？」

「我不能露臉，也不能公開自己的名字。但一個寫私小說的人，等於是以自己為武器，在社會上打滾，怎麼可能不露面？而且老實說，以我為主角，寫不出什麼像樣的小說。所以，私小說的主角不能是須賀堅次，必須是須賀庸一。」

庸一頓時啞口無言，堅次繼續道：

「這可不是任何人都做得到。不過，依我的直覺，我相信哥哥有這樣的才能，能夠把虛構化為現實……」

堅次強調「你先別氣，聽我解釋」，接著才說：

「哥哥，你不擅長思考，不是能夠自己創作故事的人，但我認爲只要有劇本，你就能演得有模有樣。我逃走的那個晚上，你不是在警署裡下跪，還哭得很慘嗎？聽你這麼說，其實我非常驚訝。那些人會相信我已自殺，有一部分是遺書之類的小道具，及我們營造出的效果，更重要的是，他們都被你的演技騙得團團轉。不，或許不能說是演技，你是不是把我設定的劇情，都當成眞實發生的事情？」

庸一深信堅次擁有虛構故事的能力，而堅次深信庸一擁有將虛構化爲現實的能力。庸一向來認爲自己沒有才能，只能聽從別人的指令做事。如今堅次卻說這也是一種才能。庸一雖然不太相信這樣的說法，卻感受到堅次的決心。三年前，堅次說明佯裝自殺的計畫時，口氣也沒這麼激動。

堅次忽然握住了庸一垂下的雙手，說道：

「只要我們聯手，就能夠無中生有，自由自在地創造出新的現實。你想想，世上有比這更有趣的事嗎？這就是我想做的事。我拋棄故鄉來到東京，正是爲了做這件事。」

庸一任由堅次握著手，凝視著他的雙眼，問道：

「就算我們眞的做到了，但你眞的願意嗎？你口口聲聲說要出人頭地，卻無法在外頭露臉，只能躲在沒人看見的地方寫小說，你眞的願意過這種生活？」

「願意。」堅次立刻回答，眼中微微泛著淚光。

「我要的不是自己出人頭地，而是我創造出來的人物出人頭地。只要能實現，我絕對不會有怨言。」

庸一低頭望向稿紙，明明不是自己寫的作品，卻標記著自己的名字。何況，別說是寫小說，他連讀小說的經驗也是趨近於零。一股說不上來的奇妙感覺，讓庸一不由得全身發麻。雖然很想一口答應，但庸一心裡明白，一旦接受堅次的提議，不管小說中寫了什麼內容，都必須化爲現實。庸一雖然不完全理解堅次的想法，但至少這一點已毋庸置疑。

「總之，先讀讀看吧，拜託你了。」

堅次跪坐著，雙手放在膝上，對庸一低頭說道。這是弟弟第一次如此苦苦哀求庸一。

庸一的腦海浮現堅次放在書包裡的遺書。打從協助弟弟佯裝自殺，他已活在弟弟虛構的世界。沒錯，從那個時候開始，他就注定要活在弟弟的創作中。庸一下定決心，回答：

「我明白了。雖然不曉得能不能做到，但我會讀讀看這篇小說。」

原本神情緊繃的堅次一聽到這句話，喜出望外地說：

「眞的嗎？」

「只是先讀讀看而已。我連是什麼內容都不知道。」

「哥哥，你讀了就會明白，這故事沒有你就無法成立。要是能化爲現實，這將是世上最有趣的小說。」

堅次興奮得滿臉通紅，庸一一時不知該說什麼才好。自從來到東京，不曾見弟弟如此激動。光看那副表情，便能明白堅次是多麼認眞。

問題在於〈最北端〉這篇小說，到底有著怎樣的內容？

＊＊＊

洋市化身爲明王（註），熊熊燃燒的怒火猶如敵人飛濺的血，染紅了全身。

憤怒的洋市下手毫不留情，一拳打在對方的臉上。男人誇張地雙手亂揮，仰頭倒下。後腦杓撞在混凝土地面上，發出的聲音就像是將橡皮包住的石塊砸在地上。

「臭小子，別太得意忘形了！」

洋市毫無顧忌地發洩怒火，不斷朝著男人的腰腹之間猛踹。安全鞋前端的鐵板直擊男人的胃部，男人狂吐不已，同時不停啞聲求饒，洋市卻只是冷冷地俯視著對方。

「我錯了，請饒了我吧！你要我做什麼都可以！」

男人朝著洋市下跪磕頭，洋市一腳踩住男人的後腦杓，聽著腳底下傳來的呻吟聲，說道：

「混帳，這就是你道歉的方式嗎？想要獲得我的原諒很簡單，用錢來表達你的誠意吧。我要一百萬圓，如果你拿不出一百萬圓，我現在就給你一個痛快。」

「我哪來的一百萬圓？」

「一百萬圓拿不出來，不會先拿五萬、十萬圓出來擋一下嗎？」

「我眞的沒錢。」

「要是沒錢，不會去找當鋪或高利貸借嗎？對了，上工的時候你故意搞出一點意外，公司就會發給你慰問金。不然就是我去你家放火，朋友看你可憐，或許會給你一些錢。」

男人貼著地面的臉孔底下，不斷傳出哭泣聲。

一股朱紅色的情緒，在洋市的內心不斷沸騰、激盪。無處宣洩的衝動，只能靠暴力與性交來排遣。腳下的男人一動也不動，宛如木偶。洋市一面攻擊男人的頭部，一面詛咒著自己的命運。

＊＊＊

「堅次，這太亂來了。」

註：原爲佛教的護法神，亦可用來形容勃然大怒的人。

星期日下午，庸一好不容易讀完小說，立刻向堅次提出抗議。平常庸一從不在堅次寫作時主動搭話，但這次實在無法悶不吭聲。

「什麼亂來？」

堅次不耐煩地轉過頭來，庸一將那疊稿子推到他的面前。

「小說裡的洋市，一天到晚揍人，講話三句不離錢，實在讓人讀不下去。而且，你取這名字是什麼意思？」

小說的主角名叫「菅洋市」（Suga Yoichi），發音與「須賀庸一」相同，明顯就是在影射庸一。

「既然是小說，當然會換個名字，不會直接使用本名。」

「根本只是把漢字換掉而已，你不能想個更像樣的名字嗎？」

「你想取什麼名字？老實說，名字根本不重要。如果你有什麼建議，可以說出來聽聽。」

這麼一問，庸一反而不知該說什麼才好。他根本提不出具體的建議。

「先別管名字，你覺得這篇小說如何？挺有意思的吧？」

堅次一副自信滿滿的模樣。他轉身面向哥哥。庸一吞吞吐吐，一時不知該如何回應。實際上，作品本身相當有意思。雖然閱讀對庸一來說是件苦差事，但他仍一頭栽進故事的世界中。起先只是基於義務，後來越看越入迷，幾乎是欲罷不能。

故事並不難懂。

由於標題是〈最北端〉，庸一以爲是發生在寒冷極地的故事，但小說的舞台主要是在庸一的工作地點，也就是鐘淵一帶的東京下町（註）。

主角是一個二十歲的肉體勞動者，名叫菅洋市。關西地區出身，高中一畢業就來到東京，進入位於鐘淵的車床工廠工作。雖然主角的經歷與庸一如出一轍，但故事裡完全沒提及主角有弟弟。洋市孑然一身，口袋裡有多少錢就花多少錢，從來不懂得量入爲出，好女色、愛賭博，喜歡抽菸和喝酒。性格火爆，任何事情看不順眼就動粗，毫無分寸。說得明白一點，就是社會上的敗類。

但洋市有個長處，就是很會寫小說。每當口袋裡的錢花光了，洋市就會從工廠的辦公室偷取稿紙，以削到只剩下一小截的鉛筆寫小說。洋市雖然天性粗暴，卻擁有文學才華。

洋市與周遭的人都合不來，一天到晚發生爭執。在居酒屋與醉漢打架，幾乎可說是家常便飯。工廠同事想討回借他的錢，反而被他毒打一頓。最後，洋市因暴力行爲而遭工廠開除，不僅丟了工作，也失去棲身之所，只能在雨中黯然離去。故事的最後一段這麼寫著：

註：指工商業者及庶民百姓的聚集地，街景通常較爲熱鬧、擁擠且具有悠久歷史。

——冰冷的雨彷彿鑽入皮膚，滲入骨髓，令神經麻痺。洋市不由得打了一個寒顫。環顧四周，洋市置身在一條骯髒污穢的暗巷內，那是他最熟悉的景色。這個小鎮是地表上最寒冷的地方，猶如這個世間的最北端。洋市弓起了背，朝著路旁用力吐一口痰，帶著殘留的醉意，搖搖晃晃地邁出腳步。熊熊燃燒的明王之火，早已被雨水澆熄，只剩下不斷自身上冒出的熱氣。

連平常不讀小說的庸一，也覺得這篇小說相當有意思。然而，有意思是一回事，若要扮演故事裡的主角，又是另一回事。雖然庸一會抽菸，但偶爾才喝一點酒，賭博和女人更是碰也沒碰過，當然也沒揍過人。

「這是我的私小說？」

「沒錯，接下來你要照著上頭寫的去做。」

「要做到哪些部分？」

「盡可能全部。」

庸一不禁打了個哆嗦。這太荒唐了。如果完全照堅次描述的去做，他會變成一個沒有工作的犯罪者。眞的有必要做到這種程度嗎？說到底，他爲什麼非得實踐這篇小說的內容不可？

見哥哥露出遲疑之色，堅次再度懇求：

「我能寫出這篇小說，完全是因爲有哥哥的關係。原本我打算寫自己，但不管怎麼寫，就是寫不好。沒想到，一寫起哥哥，竟然下筆如飛。我是說眞的，絕對沒騙你。現在我還是有這種感覺。只要是寫須賀庸一的私小說，不管多少我都寫得出來。」

「難道你希望我丟掉工作？我在外頭跟人打架，搞不好會被警察逮捕。」

「那有什麼大不了？」

沒想到堅次會說出這種話，庸一愣了一下。

「我們的目標是成爲作家，而且不是普通的作家，是文士。不是那種只會耍耍流氓、裝裝樣子的假文士，我們要當的是眞正的文士。沒有工作，沒有生活能力，但一直到死都不肯放下紙筆，這才是眞正的文士。丟掉工作？那是求之不得的事。被警察逮捕？對文士來說，那就像是鍍了一層金。哥哥，你擔心的那些事，根本沒什麼大不了。重要的是，我們必須讓小說的內容化爲現實，讓它變成一篇私小說。」

堅次說得毫無轉圜餘地，庸一只能沉默不語。每當堅次談起私小說，體內彷彿有著無窮的熱量。何況，庸一與弟弟進行口舌之爭，本來就不可能贏。不管庸一同不同意，一切已成定局。

「哥哥，難道你認爲，你的想法才正確嗎？如果你這樣想，你就自己過活吧。不過，你聽我的話去做，絕對比較幸福。」

「『比較幸福』是什麼意思？」

「大家會認爲你是一個有能力的人。」

堅次說得理所當然，好似打一開始就知道這是庸一最大的心願。

嚴格來說，庸一從小並未受到極度惡劣的欺侮或歧視。父母認爲庸一的能力比弟弟差，庸一自己也承認這一點。話雖如此，庸一仍渴望自己的能力獲得肯定。除此之外，庸一沒有任何想做的事、想獲得的成就，或是想過的生活。

庸一只是想證明自己存在的價值。

「哥哥，你聽我說，人是沒有善惡之分的。只要照著小說的內容去做，你一定能夠成爲菅洋市，這就是讓你獲得幸福的法門。」

堅次非常了解哥哥的性格，也很清楚該說什麼話，才能打動哥哥的心。庸一心裡還有最後一絲猶豫，問道：

「如果我拒絕，你打算怎麼做？」

「這個嘛，我應該會再消失一次吧。」

庸一不敢肯定堅次說的「消失」，指的是再度溜走卻僞裝成自殺，還是眞的從這世上消失，但他知道自己別無選擇。

到了星期一，庸一開始強迫自己喝酒。

下工的時候，庸一邀約森，到他聲稱常去的一家位於龜戶的內臟燒烤店。店裡相當熱鬧，充塞著客人的喧鬧聲、烤肉聲及通風扇的運轉聲。

「真難得，你居然會主動邀我。」

森開心地說著，一邊翻動鐵網上的肉片。森的話題依然圍繞著夜晚的色情場所，一會說這家店的女人漂亮但態度冷淡，一會說那家店的女人動作生疏卻給人新鮮感。庸一隨口回應，喝了一瓶又一瓶啤酒。

四、五瓶啤酒下肚，庸一已醉得天旋地轉。這是庸一第一次喝這麼多酒。

「你還好嗎？臉看起來好紅。」森問道。

庸一走進廁所，看著鏡子。鏡子裡的男人，一張臉紅得像猴子的屁股。原本庸一的體質就是喝了酒容易臉紅。此時，除了臉之外，連脖子和手臂也像猴子屁股一樣紅，庸一感覺全身發燙。

庸一凝視著鏡子，喃喃自語。

我是菅洋市。我是菅洋市。我是菅洋市。

〈最北端〉的稿子庸一反覆讀了五遍。雖然他的記性差，卻對稿子熟悉到能背出開頭幾段的程度，足以掌握菅洋市的思考模式。接下來，只剩讓菅洋市的靈魂徹底依附在自己身上。

庸一從廁所回到座位，看見森與坐在隔壁桌的男人正聊得開心。

「阿凡，你不要緊吧？」

「沒什麼大不了，他是誰？」

庸一望向隔壁桌的男人。那男人約莫三十歲，體格壯碩，獨自喝著燒酌。他理了個平頭，頗襯那濃眉大眼的五官。

「你不在的時候，我沒事可做，所以找隔壁的客人閒聊幾句。他是個水泥工。」

「噢，是嗎？」

自稱是水泥工的男人，那張曬得黝黑的臉轉向對著庸一，問：「小哥，你是關西人嗎？」那嗓音粗野宏亮，聽起來相當刺耳。兩人隔著火爐說話，爐上的肉片冒著騰騰熱氣。

「是啊。」

「我在關西地區住過三年，你說話的腔調讓我很懷念。你是關西的哪裡人？」

男人一副想稱兄道弟的態度，庸一感到有些不舒服。若是平常的庸一，當然不會在意這種小事，但換成菅洋市，一定會被惹惱吧。庸一冷冷地隨口回應，男人卻聒噪地說個不停。

「關西的女人重感情，一旦決定跟隨一個男人，就會緊抓著不放。雖然有點煩，但她們會把你照顧得服服貼貼，讓你不得不妥協。小哥，你還年輕，或許沒什麼經驗，我告訴你，一旦被關西女人纏上，你就一輩子脫不了身。」

「吵死了。」

庸一幾乎是無意識地吐出這句話。雖然店裡很吵，但兩人距離頗近，男人似乎聽見了，登時沉下臉。

「小哥，你說什麼？」

「我說你吵死了。我不想理你，你卻在那裡不停說些無聊的廢話。什麼關西的女人，你只住了三年，就擺出一副什麼都懂的嘴臉。我跟你很熟嗎？你對我說這些做什麼？不過是被年輕人搭話，看你樂得跟什麼一樣……」

庸一還沒說完，對方已大吼一聲「你搞什麼」。狹小的店裡，所有客人都把視線投向庸一及男人。森在旁邊嚇傻了，一句話都說不出口。

「好狂妄的口氣，你想打架嗎？」

「我說你吵死了，你就是吵死了。被一個蠢蛋纏上，真是麻煩。」

庸一罵完，揚起了嘴角，露出冷笑。這個表情是故意擺出來的，直覺告訴他，這麼做就能激怒對手。不，或許這不是庸一的直覺，而是菅洋市的直覺。

不出所料，男人勃然大怒，古銅色的皮膚漸漸轉紅，彷彿散發著熱氣。

「你居然敢挑釁我，跟我到外面來！」

男人的脾氣也十分暴躁，踹倒椅子，站了起來。或許是兩人中間的火爐燒得正旺，他才沒直接撲過來。此時，店裡所有客人都注視著庸一及那水泥工的一舉一動。如果是菅洋市，接下來會怎麼做，答案已很明顯。

庸一拿起手邊的杯子，將喝剩的啤酒朝男人臉上潑去。男人的身體頓時濡濕一大片，不少啤酒滴在火爐裡的木炭上，發出滋滋聲響。旁邊的客人遭到波及，氣呼呼地喊了一聲「喂」。那水泥工當然更是怒不可遏，大吼：

「混帳東西！」

男人推開桌子，一把揪住庸一的領口。火爐撒出了不少火星，餐盤掉在地上，摔成碎片。圍觀者開始喧囂鼓譟，男人粗壯的手臂勾住庸一的脖子，硬生生將庸一從椅子上拉起。男人嘴裡的酒味和宛如水溝氣味的口臭，同時鑽入庸一的鼻腔。

「我要殺了你！」

庸一哼了一聲，什麼也沒說。就在這時，一名女店員走到兩人身邊，大喊一聲：「你們要賠餐盤的錢！」劍拔弩張的氣氛霎時冷卻，森趕緊說：「我們先到外頭去吧。」其他客人見這場鬧劇已結束，各自繼續閒聊及用餐。

三人乖乖付了錢，走出店外。

「你要找人打架，也得挑對象。」

男人似乎不想再胡鬧下去，不屑地丟下這句話，雙手插在褲袋裡，大刺刺地邁步離開。等男人的背影消失在夜色中，森瞪著庸一問：

「你到底在想什麼？」

「什麼意思？」

「沒事挑釁不認識的人做什麼？」

「是他先取笑我的出身，你沒聽見嗎？」

森嘆了一口氣，說道：

「他說那些話，我不覺得有取笑的意思。阿凡，你今天有點奇怪，跟平常不太一樣。」

「如何不一樣，你倒是說說看。我就是我，跟平常沒什麼不同。」

「隨便你怎麼說都行，總之別再鬧事了。」

庸一沒答話，將路旁的石子一腳踹飛。那石子落入水溝，響起細微的水花聲。

兩人默默走向車站，庸一回想著剛剛的情況。如果是菅洋市會怎麼做？換成是菅洋市遇上那樣的狀況，絕對不會因爲店員或朋友出言制止，就乖乖停手。在領子被抓住的瞬間，菅洋市必定已揮出拳頭。然而，庸一並未這麼做。聽到餐盤破裂聲，他心生怯意，店員的制止聲又讓他失去氣勢。

看來自己還差得遠了。

庸一懊悔不已，下定決心要徹底化身爲菅洋市。

雖然花時間，但庸一確實逐漸與菅洋市這個虛構的人物合而爲一。

第一次朝人揮拳，是在錦糸町的酒館。

當時庸一坐在吧檯喝酒，旁邊的男人在抽菸。那股煙往庸一飄來，庸一以此爲藉口與對方發生爭吵，兩人互相揪著對方走出店外。庸一仗著酒膽，推了對方的肩膀一把，對方旋即朝庸一的腹部揮了一拳。接下來，兩人就這麼亂揮拳頭，等路人上前制止，庸一的肩膀及眼皮上都已出現瘀青。

在街頭打架的時候，通常會有第三者在場，因此每次打到一半，就會有人走過來制止或安撫，很少會打到其中一方眞的倒地不起。庸一發現這一點，更是毫無顧慮，每週至少會在鬧區與人打鬥一次。

見庸一帶著一身瘀青回家，堅次會上前詢問打架的來龍去脈。庸一盡可能把每個細節一五一十地告訴堅次，接著堅次會根據這些描述寫小說。現實與虛構互相磨合，中間的界線越來越模糊。兩人合力完成一部小說，帶給庸一一種奇妙的充實感。

隨著在街頭與人打鬥的經驗不斷增加，庸一漸漸有了一套自己的方法。

首先藉由辱罵和冷笑激怒對方。當對方生氣後，就揮出拳頭。關鍵在於，必須先動手。雖說先出手會給對方正當防衛的藉口，但先發制人的好處更多。絕大部分的醉客，都沒辦法躲過突如其來的第一拳。只要能夠一拳打在對方的臉上，便能順勢將對方推倒，騎跨在對方的身上。這麼一來，對方會很難反擊。接下來，只剩忍耐著疼痛，持續朝對方揮拳。如果運氣好，第一拳就能讓對方喪失戰意。

當然，這不是光靠腦袋想出來的，而是在打架的過程中，以身體學會打架的方式。

庸一平常從事的是肉體勞動，本來體格就比較壯碩，再加上年輕，打架時通常都能占上風。

身體適應酒精的速度也很快。起初，庸一只能小口小口地喝啤酒，但受惠於體質，不久之後，喝啤酒已不再會有醉意。於是，庸一改喝高酒精濃度的威士忌或燒酌，經常喝得爛醉不醒。口袋有錢就喝冷的純酒，沒錢就喝合成酒。每個月的薪水都花在喝酒上，幾乎一毛也不剩。

自從養成喝酒的習慣，兄弟倆的生活益發拮据。每天的三餐吃得越來越差，量也越來越少，但堅次從來不曾抱怨。他告訴哥哥，只要是爲了小說，任何痛苦都可以忍耐，就算肚子餓，也可以靠寫稿子來轉移注意力。

習慣了「酗酒」之後，庸一接著練習「賭博」。

爲了成爲菅洋市，庸一開始出入小鋼珠店。起先，庸一請工廠裡喜歡打小鋼珠的前輩教他如何打小鋼珠，學會之後，就一個人前往小鋼珠店。或許是性格剛好適合此道，玩沒多久，他已沉浸在小鋼珠的世界裡。

相較之下，打麻將要記牌型，還要算點數，實在太麻煩。至於賽馬和賽艇，則是需要觀察分析的能力。比起這些賭博的方式，小鋼珠的玩法簡單易懂許多，輸贏主要取決於運氣。從打出一顆珠子到確認珠子的去向，只需要幾秒，非常簡潔明快。當時流行一種結合小鋼珠與麻將的機台「雀球」，但庸一還是喜歡最單純的小鋼珠機台。

庸一很快就沉迷於打小鋼珠。視線追著小小的銀色珠子，一、兩個小時轉眼就過去了。雖然中獎不會帶來強烈的快感，多少仍有些開心。如果珠子沒進洞，就打到進洞爲止。像苦行僧一樣默默等待珠子進洞的那一刻，就是菅洋市打小鋼珠的方式。

喝酒加上賭博，耗光了庸一的積蓄。庸一決定學故事裡的洋市，向同事借錢。但庸一左思右想，有可能借錢給他的人，就只有森。

「阿凡，你鬧夠了沒？」

這天下了工，兩人一起喝酒。庸一向森借錢，卻遭森一口拒絕。

「你最近眞的不太對勁。」

庸一搔了搔帶著瘀青的臉頰。前幾天，庸一才跟陌生男人打了一架。庸一被揍了一拳，卻朝對方臉上揍了三拳。

「你說這些做什麼？總之，我需要錢，幾千或幾百圓都沒關係。」

「我哪有錢能借你？如果你眞的需要錢，去向公司預支薪水吧。」

「早就試過了，主管說不行。憑我跟你的交情，我這麼低聲下氣求你，你還是不肯借我？」

「抱歉，不是我不借你，是沒錢可以借你。你去打小鋼珠吧。只要每次都贏，不就永遠不缺錢打小鋼珠？」

庸一見對方態度輕佻，體內湧起一股行使暴力的衝動。往昔的庸一絕對不會有這樣的念頭，但自從嘗到以暴力控制他人的快感，如今庸一已無法壓抑挑釁對方的慾望。

「當不成大學生的蠢材……」

庸一稍微試探了一句，果然森的臉色一沉，轉過頭來，問道：

「這句話是什麼意思？」

「你裝出一副滿不在乎的樣子，其實很想繼續當學生吧？光是聽到你重考一年，就知道你多麼想讀大學。可惜，最後還是沒考上，只能穿著骯髒的作業服，在工廠裡做工。眞是可悲的傢伙，我看你乾脆再重考一年如何？至於能不能考上，我就不知道了。」

庸一早已看出，森一直爲沒考上大學感到自卑。森登時面紅耳赤，庸一只當沒看見，繼續挑釁：

「不然，你去參加學生運動吧，至少體驗一下當大學生的感覺。你就假裝是東北的大學生，這個謊言在東京應該不會被戳破。嗯，實在是好主意。你嘴裡批評那些參加學生運動的人，其實心裡羨慕得不得了吧？」

森默默掏錢放在桌上，起身走出店外。庸一連忙結完帳，追趕上去。穿過狹窄的暗巷，來到一座兒童公園附近，庸一終於追上。他按著森的肩膀，說道：

「你別走，我只是想借點錢。我們去公園裡談一談吧。」

「放開我。」

森用力甩開庸一的手。庸一緊緊抓住森的手腕，硬將他拉進公園。森一邊走一邊咂嘴，怒氣沖沖地瞪著庸一。庸一練習打了幾個月的架，比森冷靜許多。

庸一找了張長椅坐下，以眼神示意，森只好乖乖坐下。此時，不僅公園裡一個人也沒有，連周圍的道路上也看不到任何人影。街燈在夜色中散發著朦朧的光芒，讓人聯想到海裡的水母。

「你也知道，我跟弟弟住在一起。最近因爲我沒錢，連我弟弟都只能過著有一餐沒一餐的生活。我知道是自己的錯，但我希望至少弟弟能過像樣的日子。你說吧，要怎麼做，你才願意借錢給我？」

庸一先試著低聲下氣地懇求。森臭著一張臉，一句話也不肯說。過了好一會，晚風吹得兩人都酒醒了，森才雙手交抱，開口：

「要我借錢可以，你必須介紹女人給我。」

「介紹女人給你？」

「沒錯，你介紹一個女人給我，我就借你一千圓。」

「什麼？」

庸一凶惡地反問。這並非演技，或許是醉意散去的關係，庸一的胸口翻騰著一股暴躁的情緒。但森似乎還在記恨剛剛庸一說的那些話，他不肯屈服於庸一的恫嚇，故意湊過來，說道：

「對一個處男來說，可能太困難了。我看你還是放棄吧，窮鬼。」

那張冷笑的臉孔，彷彿在庸一的眼前搖晃。庸一知道，那是自己發飆的前兆。庸一使盡渾身的力氣，讓自己的拳頭埋入森的臉頰。森摔下長椅，肩膀狠狠撞在地面上，眼鏡飛了出去。

「臭小子，別太得意忘形了！」

森在地上爬行，想逃離庸一的身邊，庸一一腳又一腳地踹在森的後腦杓上。每當森的臉孔貼在沙地上，庸一便感到一股快感在全身流竄。或許是對打架沒自信，森竟然完全沒有反擊的念頭，連回嘴也不敢。

「饒了我吧，別打了。」

「混帳，這就是你道歉的方式嗎？想獲得我的原諒很簡單，用錢來表達你的誠意吧。我要一百萬圓，如果你拿不出一百萬圓，我現在就給你一個痛快。」

「一百萬圓？」

森啞口無言，只是趴著，一臉茫然地看著地面。庸一朝他的腰際踹了一腳，接著蹲在他的身邊，溫柔地說：

「看來，你還不明白自己的立場。我大發慈悲，讓你花錢消災，你居然敢推三阻四？好吧，再給你一點優待。你帶一個女人來給我，我就少拿你一萬圓。你帶一百個女人來，我們就算扯平，這樣你滿意了嗎？但別以爲什麼女人都可以。要是姿色太差，你和女人都會死在我的手裡。」

「嗚……」

「你剛剛說介紹一個女人給一千圓，老子沒你那麼小氣，一個就折一萬圓，很夠義氣吧？」

森不知所措地左右張望，不時窺探庸一的臉色，半晌之後才顫聲問：「你是認眞的嗎？」

「你以爲我在開玩笑？」

庸一迅速伸出碩大的右掌，掐住森的咽喉。森發出類似青蛙的叫聲，第一次試圖反抗。他抓住庸一的手，想要把庸一的手拉開，庸一卻又疊上左手，掐得更緊。

「很痛苦吧？是不是很痛苦？你一隻腳都踏進棺材裡了，與其死在這種地方，不如乖乖付錢，或是介紹女人給我。你沒聽見我說的話嗎？怎麼不回答？」

森痛苦地抓著庸一的手背，腦袋拚命上下甩動。他的臉脹成深紅色，唾沫不斷自嘴角冒出。

「看來你是同意了？」

庸一確認對方再次點頭後，才鬆開手。滿臉塵土的森劇烈咳嗽，吐出唾沫。

庸一不再理會淚流不止的森，攤開雙掌，愣愣看著。

這雙手就像凶器。不管是錢還是女人，都能恣意掌握。堅次寫下人生的劇本，再透過庸一的手加以實現。只要兩人聯手，任何虛構的故事都能化爲現實。想到這裡，庸一不由得全身顫抖，雞皮疙瘩直冒。

「森，記得遵守約定。」

庸一丟下這句話，轉身離開公園。他感到神清氣爽，彷彿脫胎換骨。

回到家，庸一把事情的經過告訴堅次。堅次拍手大笑，說道：

「一個女人抵一萬圓？哥哥，虧你想得出這麼厚臉皮的要求。一般人怎麼可能有辦法帶一百個女人給你？」

「這我也知道，只是隨口說說而已。」

「沒關係、沒關係，這挺有意思，我趕緊寫下來。」

「你要怎麼寫？」

「照著事實寫就行了。哥哥，看來你當菅洋市已當得很習慣。」

弟弟似乎十分滿意庸一今天的表現。庸一這時酒也醒了，一臉暢快地在一旁看著弟弟寫稿。

五層樓的鋼筋混凝土建築矗立在前方，彷彿俯瞰著庸一。正午的陽光經明亮潔淨的窗玻璃反射，有如自碉堡內射出的箭矢，幾乎令庸一睜不開眼。庸一一手放在額頭遮擋陽光，另一手提著紙袋，大步走向玄關門口。光是走這一小段路，便已汗流浹背。

眼前的這棟建築，是出版社「方潤社」位於千代田區的辦公大樓。庸一從未聽過這家出版社，堅次告訴庸一，這是以出版文藝作品聞名的出版社。不僅出版過許多知名作家的小說，獲得文學獎的作品也不在少數。事實上，庸一對文學獎有何意義，根本沒什麼概念。但既然是堅次挑上的出版社，肯定不會有錯。

厚厚的玻璃窗上，映出庸一的身影。鮮豔的橙色襯衫，搭配滿是皺褶的卡其褲。亂翹的頭髮完全沒有梳理，下巴覆蓋著髒兮兮的鬍碴。這副外表的每個細節都是堅次精心設計，但其實與平常的庸一並沒有太大的差別。

一踏進門內，便看到一座櫃檯。坐在櫃檯內的小姐雖然看見庸一的邋遢打扮，笑容卻絲毫不減。庸一填完訪客登記簿，慢條斯理地說：

「我帶了小說，想讓編輯看看。」

這句台詞也是堅次想出來的。堅次一再提醒庸一，不管面對任何人，都不能表現出卑躬屈膝的態度。櫃檯小姐帶著微笑說：「請稍候。」庸一順著櫃檯小姐的視線望去，只見一旁設有桌椅，隔出了幾個獨立的空間。

庸一挑了張椅子坐下，點了根金蝙蝠牌香菸。吐出一縷紫煙的同時，他嘆了口氣。這已是第五家出版社。昨天造訪三家，今天在這之前去過一家。這次沒在櫃檯就吃閉門羹，算是運氣不錯。

堅次不再投稿新人獎，打算以毛遂自薦的方式出道。他深信了解作者是怎樣的人，才能明白〈最北端〉這篇作品真正的價值。然而，即使帶著作品到出版社，還是沒辦法讓編輯知道作者是怎樣的人。因爲庸一拜訪了四家出版社，連一個編輯也沒見到。

就在鋁製菸灰缸裡多出三根菸蒂的時候，終於來了一個人。那男人身穿看起來十分涼爽的麻質襯衫，年齡似乎與庸一相去不遠，簡直像是大學畢業沒多久。臉上一副玳瑁眼鏡戴得極低，彷彿隨時會從鼻梁滑下來，應該不是警衛。

「久等了，你是須賀先生？」

對方朝庸一問道。庸一大剌剌地坐在椅子上，並未起身，只高傲地舉手致意。那年輕男人倒也不介意，從容地從口袋掏出名片。

「敝姓中村，是這裡的文藝編輯。」

庸一強忍笑意。終於見到編輯了。

一看手上那張小小的名片，對方的名字是中村久樹。出版社名稱「方潤社」的底下，寫著「文藝編輯部」。中村沉穩地在庸一的對面坐下，問道：

「我想先請教一個問題，你今年幾歲？」

「十九，快二十歲了。」

「眞是年輕。」

「你呢？」

「二十五歲。」

這樣的年紀，大概才剛從大學畢業兩、三年而已。雖然感覺有點年輕，但此時只要有編輯願意看看稿子，管他是幾歲都行。兩人簡單交談幾句，庸一立刻從紙袋中拿出稿子，放在桌上。

「就是這個。」

「好，我來拜讀你的大作。」

中村從容地拿起那一疊稿紙，先看了一會標題頁，接著一頁一頁地讀了起來。他讀得非常快，庸一不禁懷疑他根本沒讀進去。這段期間，庸一有些坐立不安，只能不停抽菸。原來當面接受他人的評價，是一件如此令人緊張的事情。

中村翻過最後一頁，臉上絲毫沒有感動之色，只淡淡地問：

「這是你自己寫的嗎？」

庸一突然聽對方這麼問，明顯手足無措，臉上一紅，說道：

「那還用問嗎？未免太瞧不起我了吧？不是我寫的，會是誰寫的？」

「但這稿子上的字跡，跟櫃檯的訪客登記簿上的字跡不一樣。」

庸一頓時啞口無言。沒想到中村竟然先確認過訪客登記簿，眞是太大意了。堅次應該也沒料到，編輯會核對稿子與訪客登記簿的字跡。

「這是誰寫的？」

中村又問了一次，語氣依然平淡。相較於中村的泰然自若，庸一卻是冷汗直流。事先完全沒料到會發生這樣的狀況，此時該不該站起來發飆？可是，好不容易有編輯願意看稿子，總不能讓機會白白流失。庸一拚命思考著，把扮演菅洋市的任務抛到了九霄雲外。

「我換一個問題。須賀先生，你喜歡哪些作家？」

庸一一個作家的名字都答不出來。從來不看小說的庸一，當然不會有什麼喜歡的作家。中村以藏在眼鏡底下的瞳眸，觀察著庸一猶如熱鍋上螞蟻的神情。抽到一半的香菸，不知不覺間在菸灰缸裡只剩下一小截。

「請你不要誤會，小說本身挺有意思的。」

中村對著悶不吭聲的庸一說道。

「在文藝創作的世界裡，作者帶到出版社自薦的作品，幾乎都沒辦法成爲商品。說得難聽一點，就是必須淘汰的作品。一千個人當中，九百九十九個人的作品都會遭到淘汰。不過，這篇小說確實有成爲商品的價值，可說是千中選一的作品。坦白講，我是第一次遇到作者自薦的作品有足夠的條件刊登在文藝雜誌上。通常我會直接拒絕，今天我純粹是想藉機休息一下。現在我很慶幸剛剛沒直接拒絕你。」

「眞的嗎？」庸一興奮得不得了，完全忘記自己的處境相當微妙。一個專業的編輯，竟然對堅次寫的小說讚不絕口。果然自己並未看走眼，弟弟是虛構故事的天才。

「須賀先生，所以我想請問你，這到底是誰寫的？」

此時，中村的臉上首次流露一絲笑意。

「不知道作者，就無法刊登在雜誌上，畢竟出版社也不想背負未知的風險。既然這篇作品的標題頁上寫著你的名字，想必不是你撿來或偷來的。只是眞正的作者躲在你的背後，不肯直接露臉而已。我相信他的文學造詣很深。這個人以你爲代理人，讓你帶著稿子來到出版社，沒錯吧？」

中村可說是一針見血。他雖然年輕，卻有著老獪的洞察能力。庸一不由得在心中嘖嘖稱奇。看來什麼都瞞不過這個人。

到了這個地步，只能說出實情。庸一卸下玩世不恭的面具，老老實實地回答：

「我弟弟……」

「什麼？」

「這是我弟弟寫的，他叫須賀堅次。」

中村雙臂交抱，瞪著眼前的稿子。庸一的回答，似乎完全超出他的預料。他陷入沉默，臉上卻毫無驚愕之色，可說是擅於掩藏情緒的厲害人物。

「請問你弟弟幾歲？」

「十七歲。」

中村從頭讀起那篇稿子。這次他看得比第一次仔細，翻頁的速度慢了不少。庸一甚至忘了要抽菸，靜靜等著。中村花了大約十分鐘，把〈最北端〉重讀一次，接著推了推眼鏡，說道：

「眞是個天才。」

他說得輕描淡寫，彷彿只是在講述「一加一等於二」之類理所當然的事情。

「一個十七歲的少年，能寫出這樣的作品，光是這一點已是不得了的大事。請讓我與你弟弟見上一面。如果你不放心，我可以請總編輯親自出面。」

「不行。」

庸一想也不想地拒絕。連庸一自己也沒想到會說得如此斬釘截鐵。

「這是我的私小說，所以這篇小說的作者，必須是我須賀庸一才行。須賀庸一的私小說，卻是須賀堅次寫的，不是很奇怪嗎？」

「……呃，你的意思是，這篇作品是弟弟根據你的形象寫的，你想以私小說的方式發表，是嗎？」

「這不是我想出來的，是堅次想出來的。他說要讓須賀庸一以私小說作家的身分出道，他自己不會露面。我們打從一開始就是如此計畫，所以我不能讓你和堅次見面，你也沒有見他的必要。」

庸一說什麼也要阻止這件事。直覺告訴他，絕對不能讓弟弟與編輯見面。

一旦兩人見了面，庸一就會被排除在外。如今庸一是堅次與外界聯繫的唯一管道，正因如此，堅次才會把庸一當成創作虛構故事的夥伴。一旦堅次與編輯見面，堅次很可能就不再需要庸一了。

照理來說，庸一應該想盡辦法幫助弟弟獲得成功。但不知何時起，庸一變得非常害怕自己會遭弟弟拋棄。如今庸一已決定依照堅次撰寫的劇本活下去。因此，不管怎樣，一定要讓堅次繼續寫下須賀庸一的人生。

「無論如何都不行？」

「不行。倘若這是你的條件，你就當成沒讀過這篇稿子吧。」

庸一的口氣不知不覺又變回菅洋市。事實上，庸一並非刻意切換態度。只是，唯有成爲菅洋市這個虛構人物，庸一才能夠表現出強硬的一面。

「須賀先生，我明白你的意思了。」

庸一與中村的視線在稿紙的上方交錯。

「你聽過名叫深田久彌的作家嗎？他是《日本百名山》的作者，去年得到讀賣文學獎。」

庸一當然不知道，只能搖搖頭。

「聽說，他過去的作品，都是妻子北畠八穗代筆。北畠八穗長年臥病在床，爲他寫了不少稿子，建立了深田在文壇的地位。後來是深田在外偷腥被發現，才連帶揭發代筆的內幕。」

「我們是兄弟，不是夫妻。」

庸一旋即反駁，中村應道：

「這我當然知道，但你們要做的事情，與深田久彌非常相似。你們的計畫要成功，先決條件是你們兄弟的感情必須夠好。或者該說，你們必須建立起信賴關係。既然你們不打算公開這件事，就要有所覺悟，一輩子保密。哥哥不能背叛弟弟，弟弟也不能拋棄哥哥，你有這種自信嗎？」

庸一還沒細想，已說出答案。

「如果做不到，打從一開始我就不會來了。」

中村似乎正在等這句話。他用力點了點頭，臉上的眼鏡反射了照明的燈光。庸一的心情微妙，彷彿被迫許下承諾。

「既然你有這個決心，我可以提供協助。」

森好幾天沒到中矢製作所上班。一問之下，才知道他已辭職。庸一不知道森的電話號碼及住址，沒辦法與他聯繫。以一百個女人代替一百萬圓的約定，自然不了了之。

一週還未過去，一天，廠長將庸一叫到工廠的後方。兩人穿著作業服，在陰涼處抽了一根菸。自從面試之後，這是庸一第一次與廠長單獨交談。

「抱歉，我沒辦法再照顧你了。」

廠長劈頭便這麼說。

「聽說，你在鬧區惹出不少麻煩，辭職的森都告訴我了。」

「那傢伙到底說了什麼?」

「他說你經常在錦糸町一帶的酒館跟人打架，好幾次驚動警察。我不希望工廠有員工遭到逮捕。」

「我還沒遭到逮捕。」

「等你被逮捕就來不及了。很抱歉，你就做到這個月底。把你的東西都帶走，快去找其他工作吧。你別怨我，這是上頭的人決定的。」

廠長說完這幾句話，便快步離開。扔在地上的菸蒂飄著一縷輕煙，彷彿爲庸一感到惋惜。庸一以安全鞋的鞋底將菸蒂踏熄，接著吐了一口口水。反正這是遲早會發生的事情。既然要成爲菅洋市，本來就該盡早辭掉這種正經的工作。

那天離開方潤社，庸一便把編輯中村的指示傳達給堅次。雙方約定修改好〈最北端〉的稿子，會刊登在文藝雜誌上，作者當然是須賀庸一。堅次負責撰寫稿子，庸一負責將稿子的內容化爲行動。兄弟倆被名爲文字的鎖鏈，永遠繫在一起。

這天晚上，庸一依循著模糊的記憶，來到「男爵」的店門口。根據〈最北端〉中的描寫，洋市遭到開除之後，會前往色情場所，而「男爵」是庸一唯一去過的色情場所。

從傍晚就下起毛毛細雨。庸一懶得撐傘，任憑身體被雨水淋濕。爲了壯膽，他在酒館喝了不少燒酌，此時已頗有醉意。

庸一感覺自己與菅洋市的區別越來越模糊。原本不敢推開的門，只要交給菅洋市，就能大膽推開。店門上的鈴鐺再度響起，庸一又見到那男裝打扮的年輕女人。今天她穿著暗紅色的花襯衫，簡直跟流氓混混沒兩樣。

「一位嗎？」女人冷冷問道。

「看起來像兩個人嗎？」

「這裡採預付制，請先付一千圓。」

女人無視庸一說的話。她的雙眸依然如繁星般燦爛明亮，實在與這冷清的煙花場所格格不入。庸一的身體因淋了雨而微微發冷，下半身卻彷彿有一股熱流。同樣是要買春，不如買這個女人。不，應該說是非這個女人不可。洋市在庸一的耳畔如此低語。

「我付兩千圓，妳來服侍我吧。」

庸一想也不想地說道。女人哼笑一聲，回答：

「你拿一百萬圓來，我就考慮看看。你敢糾纏不清，我就要叫人了。」

女人或許是早已習慣男人的搭訕，顯得從容不迫，絲毫沒有露出驚惶之色。

一百萬圓。光是買她一個女人的錢，可以買一千個女人。不過，這樣的金額並不算貴。這個女人確實有這樣的價值。想擁抱潛藏在那對瞳眸中的星辰，自然得付出相應的代價。雖然現在距離太遙遠，但只要持續努力，相信終有一天能夠得到她。

庸一依照女人的指示支付一千圓，旋即轉身離去。

「客人，你去哪裡？不是往那邊⋯⋯」

背後的女人慌忙說道。庸一感受到女人的視線正投射在自己的背上。

「不必了，今天我只是來見妳。那一千圓，妳就留著吧。」

下半身的慾火，想必在看見房裡的老小姐的瞬間就會熄滅吧。既然如此，繼續待著不過是浪費時間。一千圓就當是分期付款。只要來這裡一千次，總金額就有一百萬圓。最後一次上門的時候，就是得到這個女人的時候。

女人沉默不語。

「妳叫什麼名字？」

庸一轉頭問道。女人的臉上流露明顯的遲疑。櫃檯人員根本沒必要告訴客人自己的名字。就算是接客的小姐，也不會說出本名吧。然而，庸一不放棄，一直待在原地。半晌後，女人低聲回答：「詠子。」

「詠子？哪個詠？」

「言詞的言，加上永遠的永。」

永遠的言詞。頗有意思的搭配，彷彿是在暗示著庸一與堅次的關係。

「好名字。」

聽見了庸一的讚美，詠子卻露出不悅的表情。不過，那怒火似乎並非針對庸一，而是針對傻傻把名字告訴客人的自己。

外頭的雨勢比剛剛更大了。每跨出一步，都會有污泥飛濺起來，沾在鞋子及腳踝上。半長不短的頭髮都淋濕了，黏在頭皮上。不斷有雨水流入眼裡。庸一抹去臉上的雨水，一邊走向車站。

接下來，自己一定會常來「男爵」這家店吧。每次支付一千圓後，便轉身離開。只要能夠得到詠子，就算要來一千次，也沒什麼大不了。

庸一的臉上洋溢著難以壓抑的喜悅，笑聲淹沒在雨聲中。

那是一種終於在這條街上，找到棲身之所的喜悅。

第三章　來自無響室

庸一佯裝不經意地瞥了一眼吧檯角落的電話機。那灰色的按鍵式電話機始終沉默。爲了排遣心中的煩躁，庸一只能不斷喝著杯裡的摻水烈酒。額頭上冒出涔涔汗水，不知是七月的天氣太炎熱，還是自己太過煩躁的緣故。

「差不多該來了吧？」

「差不多該來了。」

坐在一旁的中村說道。中村滴酒不沾，從頭到尾只喝冰水。編輯不用參加記者會，照理來說就算喝酒也沒什麼關係，但中村在候電會上絕不喝酒，不管是參加任何作家的候電會都一樣。

此時，兩人待在東京會館附近的酒吧。晚上七點，店內沒有其他客人。平常庸一都是在更晚的時間造訪，今天卻是從太陽剛下山就待在店裡。兩人在等候文學獎公布評選結果，這就是俗稱的「候電會」。

從前庸一舉辦候電會，還會邀請其他出版社的編輯，辦得熱鬧滾滾。只是每次落選，庸一就會以各種理由找出席者的碴，把會場搞得天翻地覆。久而久之，再也沒人願意參加庸一的候電會，只剩庸一和責任編輯。雖然兩人還是有可能吵起來，但至少不會有別人受到波及。

這次是發表在方潤社的雜誌上的短篇作品獲得提名，所以由中村陪同。庸一已將這家酒吧的電話號碼告知評選委員會。只要評選結果一出爐，負責人員應該會打電話聯絡。

每隔五分鐘，庸一就會瞥一眼電話。明明電話沒響，他就是忍不住想確認。雖然到目前為止已入圍過各項文學獎好幾次，庸一還是無法習慣。庸一不禁覺得自己實在是太小家子氣了。

幾乎每一年，以庸一的名義發表的作品，至少都會入圍一次文學獎。然而，庸一從未眞正得到任何獎項。

這次入圍的文學獎，庸一已是第四次入圍。這項文學獎在日本國內的知名度相當高，得獎的作品都會成為暢銷書，作家的地位也會跟著水漲船高。只要是有一點在意名聲的作家，都巴望著能夠獲得此一殊榮。

十年前，庸一得知出道作〈最北端〉入圍這項文學獎時，幾乎不敢相信自己的耳朵。堅次聽到的時候，也驚訝得說不出話。當然，不是沒有出道作入圍這項文學獎的前例，但畢竟是連新人獎都沒拿過的無名新人，完全是靠著帶作品到出版社毛遂自薦才出道。這種情況竟然還能入圍，兩人都不奢望能得獎。雖然最後還是落選了，但光是入圍，就足以讓「須賀庸一」這個名字在文壇受到矚目，之後便陸續有其他出版社向庸一邀稿。

自從那次入圍之後，堅次的作品幾乎年年入圍各大文學獎，但從來不曾得獎。

反正評審委員就是討厭我。一定是我的書賣得太好，那些人嫉妒我——庸一在內心暗罵。如果可以的話，實在很想往那些批評他缺乏文學性的高傲傢伙臉上狠狠打一巴掌。這股鬱悶怎麼也發洩不完，只能任其在體內不斷膨脹。

過了七點半，電話依舊沉默。依照往年的慣例，應該七點左右就會打來。不管有沒有得獎，都一定會聯絡告知。

「難道是委員會忘了打電話？」

「怎麼可能。」

中村喝了口水，推了推臉上的玳瑁眼鏡。庸一經常搞不清楚這個男人在想什麼。看起來像是期待庸一得獎，卻也像是早已放棄希望。明明認識這麼久了，中村久樹這個編輯還是讓庸一捉摸不透。

可以確定的是，須賀庸一的作家生命掌握在中村的手中。在眾多的編輯裡，中村是唯一知道「實際撰稿的是弟弟堅次」這個祕密的人。

「中村，你還不結婚嗎？」

爲了化解凝重的氣氛，庸一問道。

「還沒有這個打算。」

「你已三十五歲了吧？」

「是『才』三十五歲。須賀先生，想想你也結婚四年了。」

「是快要邁入第四年。」

兩人重複著類似的對話。除此之外，庸一實在想不出還能跟中村聊什麼。打從數年前起，兩人之間就開始出現類似的對話。唯一的差別，只在於庸一結婚的年數不斷增加。

「結婚往往會改變一個作家，有時這是好事，有時是壞事。當然，以你的情況來說，結不結婚的差別並不大，除非結婚的是你弟弟……」

「這個笑話上次就說過了。」

「是嗎？」中村毫無尷尬之色。

直到七點四十八分，電話才響起。

接起電話的是酒吧的男店員。簡單交談兩句，他便走向庸一。不等對方開口，庸一已站起來，接過話筒。電話另一頭是個男人，聲音相當模糊。男人說了一長串體面話，庸一一句也沒聽進去。

「非常遺憾，您落選了。」

唯獨這一句，硬生生地鑽進庸一的意識中。

「沒得獎？」

「非常遺憾，您落選了。」

對方重複了一遍。「我知道了。」庸一啞聲回應之後，用力掛上話筒。調酒師轉頭看了一眼電話機，確認沒損壞，又轉了回去。

庸一回到座位，默默喝乾杯裡的酒。中村似乎聽見話筒傳出的聲音，說了一句「辛苦了」，接著對店員說：

「兩杯燒酌摻水。」

店員立刻送來兩杯酒。庸一拿起其中一杯，一口氣喝掉半杯，卻一點醉意也沒有。

直到這個時候，庸一才發現店內播放著小提琴的音樂。打從走進店內，因為太緊張，庸一根本沒注意到店內有音樂聲。那突然鑽入耳中的音樂，彷彿有人指著他的鼻子說「你很緊張」，庸一不悅地皺起眉頭。

「到底什麼時候才拿得到？」

庸一望著杯子說道。即將邁入三十歲的臉孔，映在杯裡的液體表面。當初被稱為天才文學青年的男人，如今已是不太能稱為青年的年紀。

「你不是還得聯絡一個人？」中村提醒。

「我知道。」庸一不耐煩地丟下這句話，起身走向電話。還有一個男人，正焦急地等待評選結果。庸一拿起話筒，循著記憶按下按鍵。鈴聲才響一次，對方就接起電話。

「是我。」

「結果如何？」

堅次那緊繃的聲音，彷彿緊緊掐住庸一的心臟。

「沒上。」

庸一喘氣般說道。堅次沉默片刻，才長長嘆了一口氣。庸一的內心彷彿開了一個洞，那嘆氣聲猶如寒風在洞中穿梭的聲音。

「我從來不知道，原來寫小說是這麼空虛的一件事。」

堅次若有似無地說完，便掛斷電話。庸一將話筒貼在耳邊，好一會全身動彈不得。

＊＊＊

洋市將一張摺了兩折的紙攤開，放在惠以子（註）的面前。紙上有著大大小小的欄位，這是昨天洋市到市公所要來的結婚登記書。上頭使用的不是丈夫、妻子，而是男方配偶、女方配偶這種公務表格特有的生硬字眼，給人一種像是管理人偶的冰冷感。

原本以爲惠以子會欣喜若狂，沒想到她露出遲疑的神色，洋市不禁大爲失望。結婚不是她這幾年來朝思暮想的事嗎？爲什麼此時她的臉上竟然浮現一絲怯意？

「爲什麼你要做這種事？」

「這不是妳要的嗎？」

「是我要的沒錯，但你眞的願意嗎？」

註：「惠以子」的日文發音同「詠子」。

洋市一時氣到眼前微微發黑。事到如今，她居然心生退縮。這個悲哀的女人，就是無法乖乖接受他人給予的恩惠。不過，回想過去發生的風風雨雨，或許她的遲疑也是情有可原。畢竟她經歷過太多次的期待與背叛。洋市壓抑滿腔的衝動，表情有如喝下滾燙的熱水。

「我都答應了，難道妳要拒絕？」

「不，我當然想結婚。但如果這麼做會讓你受到束縛，我寧願不結婚。」

「混帳，區區一張紙束縛得了我嗎？」

洋市克制不住怒火，唰一聲便將結婚登記書撕成兩半。洋市抓著紙片，怒氣難平，繼續將紙撕破。只見他脹紅著臉，不斷持續這偏激的行爲，兩次、三次、四次，那張結婚登記書轉眼化爲雪花般的碎片。惠以子皺著眉頭，愣愣看著洋市的舉動。

怒氣稍微止歇，洋市停下手，低頭望著滿地的碎片。看了一會，心中的波濤逐漸平息。區區一張市公所要來的紙，如何束縛得了他？那就像是一道脆弱的紙枷鎖，完全發揮不了作用。

「妳再去拿一張吧。」

洋市丟下這句話，大步走出家門。想發洩心情，有太多方法。踏出門外的瞬間，眼角餘光瞥見惠以子眼中含著淚水。然而，他已沒力氣去想像那淚水背後代表的意義。

＊＊＊

以上為發表於昭和四十七年（一九七二年）的中篇小說〈紙枷鎖〉中的一節。

這篇作品的劇情很單純。主要的登場人物為無賴作家菅洋市，以及他同居多年的女友惠以子。起初，惠以子三天兩頭就提出結婚的要求，但洋市嫌麻煩，總是不肯答應。每次洋市在酒館打架受傷，惠以子都盡心盡力地照顧。最後洋市受到感動，決定與惠以子結婚。過程中，洋市曾因惠以子的優柔寡斷而大發雷霆，但兩人終究還是到市公所提交了結婚登記書。

庸一第一次讀到堅次寄來的〈紙枷鎖〉時，忍不住咕噥一句「終於走到這一步」。當時距離庸一在錦糸町遇見詠子，已過六年。庸一還記得詠子剪了一頭短髮，身穿花襯衫，看起來像個男人。

庸一第一次到詠子工作的店裡去找她，差不多是〈最北端〉確定能在雜誌上連載的時期。雖然稱不上受到重視，好歹算是在文壇正式出道。中村提及的筆跡問題，連堅次也相當驚訝。在那之後，要交給編輯的稿子，必定由庸一親自抄寫。

文藝雜誌寄到家裡，堅次只翻看了幾秒，就扔在矮桌旁。「你不看嗎？」庸一問道。「早就知道內容，為什麼要看？」堅次回答。

不久之後，庸一確實收到了稿費。堅次提議，凡是寫作的收入都平分。庸一感到有些過意不去，但堅次堅持要平分，庸一只好同意。「各分一半，彼此心裡才不會有芥蒂。」堅次這麼告訴庸一。

庸一手邊只要有一點錢，就會到「男爵」去見詠子。每次都是支付一千圓，與詠子聊上兩句，便轉身離開。畢竟付了錢，詠子也不好說什麼。起初，庸一說話相當小心謹慎，但過了一段日子，漸漸能聊比較深入的話題。

「妳爲什麼在這裡工作？」

「因爲我只能在這裡工作。」

「我問的是理由。」

庸一造訪「男爵」十多次之後的某個夜晚，兩人一如往常隔著櫃檯說話。打從一開始，庸一就不期待得到答案。見詠子默不作聲，庸一正要轉身離去，詠子忽然低語：

「我是在這裡長大的。」

詠子說出這句話的時候，依然面無表情，直視著前方。但她眼中如繁星的光采消失了，取而代之的是毛玻璃般的晦暗與陰鬱。庸一在她的視線中，感受到不同以往的氛圍。

「車站前有一家叫『尾島屋』的店，妳知道嗎？」

詠子微微點頭。「我在店裡等妳。」庸一丟下這句話，便走出門外。「尾島屋」是一家從傍晚一直營業到隔天中午的小酒館。庸一不知道詠子幾點下班，只能在店裡耐心等著。

詠子走進店裡的時間，比庸一預期的早了一些。

凌晨兩點，詠子拉開玻璃門，走了進來。她身上是一件米黃色運動衫，下半身則跟在店裡時一樣，穿著一條長褲。可以感受到她是故意減少身為女性的特徵。她喜歡抽hi-lite牌香菸。

兩人並肩坐在吧檯前，一邊喝著燒酌，一邊聊起自己的身世。

詠子今年二十二歲，是個私生子。

詠子的母親因承受不了同居男友的家暴而離家出走，回到老家生下詠子。母親在老家住了一段日子，但由於跟父母感情不好，不久就搬到東京。母親交過好幾任男友，最後選擇成為某娼寮經營者的小老婆。對方經營的娼寮就在錦糸町，他撥出娼寮後頭的一間房讓詠子母女居住，那一年詠子九歲。後來，政府廢除紅線區(註)的相關規定，但他將店面改裝成三溫暖，繼續從事色情服務。詠子小時候幾乎可說是聽著店內小姐與熟客之間的對話，學會了如何說話。

註：原文「赤線」，是第二次世界大戰後日本警界的特殊用語，意指默許從事賣春行為的特定區域。日本政府在一九五八年依據《賣春防止法》廢止紅線區相關規定，仍有許多業者將店面改裝成酒吧、三溫暖澡堂或餐廳，繼續從事色情行業。

母親交往的對象雖然經營色情行業，卻有著相當傳統的道德觀。他嚴格禁止詠子的母親及詠子從事任何色情相關工作，盡可能讓母女倆過著一般人的生活。不過，由於詠子沒機會上學，她在社會上根本找不到想做的工作。

十八歲那年，詠子主動表示希望能夠在「男爵」擔任櫃檯小姐。對詠子來說，這是最貼近自己生活的工作。母親的交往對象答應了，條件是詠子在工作期間必須穿男裝。

庸一在詠子的面前自稱是「剛出道的作家」，詠子立刻表示想看庸一寫的小說。

「刊登在方潤社的雜誌上。」

「書店買得到這本雜誌嗎？」

「應該吧。我自己也沒買過。」

「我們馬上去買。」

詠子說完，隨即奔出尾島屋。庸一趕緊結帳，跟著走出店外。只見詠子快步走進一條小巷。

「這裡有一家書店還沒關。」

庸一走到詠子的身邊，詠子如此說道。現在接近凌晨四點。庸一從未聽過營業到這麼晚的書店，但詠子說得十分有把握，他只能跟著往前走。連夜晚才營業的店，此時大多也打烊了，巷子裡一片死寂。

拐過幾個轉角，前方出現一家尚未打烊的店。自店內透出的燈光，照亮朦朧的街景，彷彿日出前的黑夜忽然出現一道曙光。面對道路的一排書架上，擺滿了雜誌。庸一驚訝得在漆黑的道路上停下了腳步。一個人都沒有的夜晚街道，竟然會有這麼一家營業中的書店，他不禁有種踏進異世界的錯覺。

詠子毫不理會愕然佇立的庸一，兀自走向店門口的書架，但一眼望去，並沒有庸一說的那本雜誌。於是，兩人走進店內，在一排排背靠著背的書架上找了起來。明明來了客人，顧店的中年男人卻不吭一聲。庸一找到擺放文藝雜誌的書架，抽出那本封面相當熟悉的雜誌。〈最北端〉就刊登在這本雜誌上。幸好下一期的雜誌過兩天才會發行，所以這一期的雜誌還留在架上。

「就在這一本的最後面。」

庸一隨手遞出，詠子接過雜誌，當場翻看起來。

「詠子，妳如果只是要白看書，就快給我出去。」

男店員斥責道。「吵死了。」詠子一面說，一面掏錢買下那本雜誌。男店員將雜誌放進紙袋交給詠子。詠子拿著紙袋，與庸一在店門口道別，各自往不同的方向離開。

堅次有時會詢問庸一「最近有沒有發生什麼特別的事情」。既然要寫庸一的私小說，當然要盡可能知道庸一的生活瑣事。某天，庸一將詠子的事一五一十地告訴堅次，聽見哥哥難得提起跟女人有關的話題，弟弟顯得頗感興趣。

「那女的長什麼模樣？」

「頭髮短短的，皮膚白白的……眼睛裡有星星。」

庸一一臉認真地回答。堅次聽了哈哈大笑。

「哥哥，你在說什麼啊？看來你愛上她了。」

「我愛上她了嗎？或許吧。」

堅次的笑聲戛然而止。「你是認真的？」堅次問道。「我也說不上來。」庸一無法分辨對詠子的感情中，有幾成愛情、幾成性慾。庸一坦白告訴堅次自己的感受，堅次煞有其事地說：

「那很好。沒有性慾，哪來的愛情？」

這是堅次第一次針對男女關係的議題，說出自己的想法。

仔細想想，庸一根本不曉得自己不在家的時候，堅次都在做些什麼事。當然，絕大部分的時間應該都在寫稿，但就算堅次做了其他事，庸一也不會知道。根本沒有任何證據可以證明，堅次在外頭沒有女人。

「下一篇作品，我會讓這女的也登場。」

「堅次，可以不要嗎……」

「我說過很多次了，我寫的是須賀庸一的私小說。既然是私小說，當然要呈現出最真實的一面。你總不能叫我只寫可以讓人知道的事情，不想讓人知道的事情就不要寫。那未免太任性了，對吧？」

兩人發生爭執，庸一絕對贏不了弟弟。雖然在外頭表現出一副無賴流氓的模樣，但與弟弟單獨相處時，庸一自然而然會脫下「菅洋市」的外衣，恢復成原本的性格。

「總之，交給我處理。」

打從一開始，庸一就沒有拒絕的權利。庸一只能走在堅次鋪設好的道路上。事到如今，庸一已沒辦法選擇其他生活方式。永遠活在虛構的世界裡，是庸一獲得棲身之所的唯一方法。

庸一讀完堅次寫的初稿，無奈地搖搖頭。

洋市在夜晚的繁華鬧區遇見「惠以子」。往來的過程中，庸一的心底漸漸萌生一股純情。但洋市幾乎沒談過眞正的戀愛，不敢對惠以子有非分之想，只能任由日子就這麼一天天過去。最後洋市急了，某天竟然在兩人喝完酒要回家的路上，將惠以子硬拉進廉價賓館，想要強行與她發生關係。惠以子拚命抵抗，逃出賓館。發生這件事情之後，洋市仍經常糾纏著惠以子，但從惠以子冰冷的視線中，洋市察覺這段戀情已破局。

「劇情非得這麼設定不可嗎？」

庸一做著最後的抵抗。

「我當然也希望你們有情人終成眷屬，但應該很難吧？詠子這個女人肯定隱藏著不少祕密。那種在風化場所長大的女人，怎麼可能跟哥哥這種普通的男人認眞交往？戀情一下就告吹，比較貼近現實。」

堅次這番話也不是沒有道理。雖然庸一希望透過正常的手段拉近與詠子之間的距離，卻說不過堅次，只能照著劇本行動。

之後，庸一每個月都會與詠子一起喝酒兩、三次。每次庸一都是過了午夜十二點才走進「男爵」，與詠子交談幾句，接著便到尾島屋，一邊喝著燒酎，一邊等待詠子下班。詠子通常會在凌晨兩點左右走進店內，兩人一起喝酒到天快亮，就各自回家。兩人聊的話題，大多是詠子在店裡遇上的客人，或是在店裡發生的事情。大部分的時候，庸一都只是靜靜聆聽，偶爾發表一、兩句看法。碰上詠子沒空的日子，庸一就會在離開「男爵」後，直接回西日暮里。

其實，就算弟弟沒那麼說，庸一也覺得很不可思議，不明白詠子爲什麼願意跟自己這種無趣的男人一起喝酒。

直到兩人定期聚飲的三個月後，庸一才得知理由。這天，兩人同樣從深夜開始喝酒。到了天空泛起魚肚白，詠子說出一段話。當時她的杯裡，浮在燒酎上的冰塊早已融化。

「從來沒人把我當成『我』。你明白我的意思嗎？不管是男人或女人，大家都只把我當成一個『女人』，不然就是一個私生子、一個櫃檯小姐。當然，不少客人和小姐都對我很親切，但那也只是出於同情。因爲我是住在色情三溫暖後頭房間的可憐女人，所以他們對我特別溫柔。在他們的眼裡，不曾眞正看見我這個人。」

庸一喝著冰涼的日本酒，不知爲何竟感覺眼淚快要奪眶而出。

事實上，庸一從以前就對哭泣這種行爲感到好奇。當一個人在極度悲傷或懊悔的時候，雙眼會不由自主地流下淚水。但淚水不能解決現實生活中任何問題。只不過是眼睛流出一些水分，當然不可能像魔法一樣讓悲傷就此消失。爲什麼人的身體會具備這種毫無意義的機能，庸一百思不解。

然而，這一瞬間，庸一終於明白，哭泣這種行爲能夠讓他人感受到自己的眞誠。哭泣就像語言和肢體動作一樣，是一種與他人交流的手段。

「怎麼了？你在哭嗎？」詠子問道。

庸一沒回答，只是靜靜流淚。剛剛詠子的那些話，到底是哪一點觸動了淚腺，庸一自己也說不上來。

「要不要去賓館？」庸一哽咽著問道。

除此之外，庸一實在不曉得該說什麼才好。或許是堅次寫的劇本，一直在庸一的腦海揮之不去。穿著男裝的詠子不禁露出苦笑。

「這個時間上賓館？」

「不行嗎？」

「下次吧。」

一時之間，庸一以爲聽錯了。「下次吧」這句話不斷在庸一的耳中盤旋。這句話的意思是，雖然今晚不行，下次或許可以？還是，這只是一種委婉的拒絕？詠子若無其事地吐出hi-lite牌香菸的煙霧，說「我想回去了」。

兩個星期後，詠子答應庸一的邀約。昏暗的房間裡，庸一撫摸著有如絲緞般光滑的女人肌膚，嘗到令人心醉神迷的快感。

「既然你是作家，能不能把我寫進小說？」

汗水淋漓的詠子躺在床上，如此呢喃。

「日子這麼一天天過去，當下發生的事情，馬上就成為過往雲煙。我好害怕，感覺身體快蒸發了。所以，在完全蒸發之前，希望你能把我寫進小說。這樣一來，至少我能在小說裡繼續活下去。」

庸一有些錯愕，完全沒料到有女人會主動表示，希望成為作品裡的角色。

「好，我寫。」

庸一把這件事告訴弟弟，他拍著膝蓋大笑。

「這女人眞是不得了，竟然希望被寫進小說裡。」

「你能實現她的心願嗎？」

「當然，這樣有趣多了。」

如果是一般的女人，肯定不會希望自己的戀情及親密關係成為小說中的文字，甚至可能會認為這是一種羞辱。然而，詠子卻希望自己能夠活在小說中。「拜託你了。」庸一對弟弟說道。

過一陣子，以兩人關係爲主題的小說，刊登在文藝雜誌上。如同事前的預告，堅次幾乎是完全依照庸一的描述寫下這篇作品。詠子在小說中化身爲「惠以子」，赤裸裸地呈現出最眞實的一面。庸一在尾島屋將雜誌交給詠子，詠子當場讀了起來。花了一個小時細細讀完，她興奮得雙頰泛紅。

「我在這裡。」

詠子指著雜誌說道。

「你眞的很厲害。」

說出這句話時，詠子睜大了雙眼，顯然不是客套話。庸一的內心彷彿被罪惡感貫穿了一個大洞，卻只能視而不見。他啜一口日本酒，回答：「是嗎？」

文學獎第四次落選的隔天，堅次將庸一叫到住處。當時是七月下旬，庸一走在氣溫超過三十度的豔陽下。

如今，庸一與詠子住在龜戶的社區裡。從該處往西走約十五分鐘的地點，庸一以自己的名義租了一間公寓，供堅次居住。堅次在西日暮里的租屋實在太過老舊，再加上牆壁太薄，沒辦法專心寫作，所以搬了家。不過，新的住處同樣是雙層公寓，而且同樣是在二樓角落。自從兩人沒住在一起之後，見面的機會大減，半年來只見了三、四次面。

庸一按下門鈴。這裡的門板比之前住處的門板厚實，但還是能聽見門內的腳步聲。堅次打開門，只見他身穿襯衫及卡其褲，外表相當清爽，宛如放假的上班族。來自電風扇的風，拂過庸一的臉頰。

進門的右手邊是書房，左手邊是臥室。沿著走廊繼續前進，還有客廳及廚房。以一個單身漢來說，這樣的住處實在太大，但書賣得相當好，堅次絕對有資格住在這樣的地方。如今只差還沒得過文學獎，若以作品的銷售狀況來看，與那些文學獎的評審委員已不遑多讓。

「抱歉，突然找你過來。」

庸一坐在客廳的和室椅上，一口氣喝乾了堅次端出的麥茶。此時，庸一穿著五分褲，露出兩條毛茸茸的小腿。弟弟爲什麼會把自己叫來，庸一大致心裡有數。總之，絕對不是想針對落選的結果發牢騷。

「有什麼事？」

「想跟你討論稿子的內容。」

兩人的工作流程是這樣的。首先，庸一接到編輯的邀稿之後，寫信將邀稿的細節告訴堅次。堅次評估是否接稿，寫信告訴庸一結論。如果要接，堅次寫完稿會寄給庸一，庸一重新抄寫在稿紙上，並在規定的期限內寄給編輯。

最重要的是，以庸一的名義發表的小說都是「私小說」。因此，把稿子交給編輯之前，庸一必須依照稿子的內容付諸行動。換句話說，雖然不必像眞正的作家一樣寫作，庸一卻肩負著把小說的內容化爲現實的責任。

與編輯針對小說的內容進行討論，是庸一最傷腦筋的一段時間。除了中村之外，所有的編輯都不知道堅次才是眞正的作者。一旦庸一說錯話，編輯就會發現這根本不是他的作品。因此，庸一必須事先詳讀堅次寫的稿子，背得滾瓜爛熟。討論的過程中，盡量言簡意賅，不胡亂說話，該討論的事情討論完了，立刻結束對話。至於採訪、對談之類的邀請，盡可能拒絕。如果眞的沒辦法拒絕，就從頭到尾開黃腔，說一些不登大雅之堂的低俗話題，顧左右而言他。這樣的作風雖然成功掩飾自身的學識淺薄，卻也讓須賀庸一這個作家在出版界的名聲差到不能再差。

貪杯好色又有暴力傾向的作家——這是社會大眾對庸一的刻板印象。但由於作品受歡迎，來自出版社的邀稿從未間斷。

須賀庸一能夠以作家的身分大受歡迎，是因爲筆下的小說帶有寫實紀錄的色彩。

須賀庸一（也就是小說裡的菅洋市）所過的荒唐生活，吸引許多人的興趣。庸一不斷對外宣稱自己寫的是「私小說」，因而讓讀者在閱讀的過程中，產生一種彷彿正在窺探他人的人生的興奮感。再加上那不輸八卦雜誌的獨特魅力，使得庸一的小說在純文學領域裡，擁有遠超過一般純文學作品的銷售量。稿費加上版稅的收入，就算兄弟倆平分，還是高於一般的上班族。

堅次會把庸一叫來自己的住處，理由大致上可分為兩種，其一是討論編輯提出的邀稿細節，其二是討論自己所寫的故事內容。直覺告訴庸一，這次應該是屬於後者。

「這是要交給方潤社的中篇小說。」

「速度真快。」

中村編輯的邀稿是兩個月前才提出的。但堅次不管再怎麼忙，都會優先處理中村邀約的稿子。因為中村是唯一知道「作家須賀庸一」內幕的人。對兄弟倆來說，中村不僅是幫助他們出道的大恩人，同時也是絕對不能惹怒的對象。

堅次將一整疊稿紙放在桌上。大約有兩百張，標題寫著〈來自無響室〉。

「哥哥，這次得麻煩你回老家一趟。」

堅次輕描淡寫地說道。

「這麼多年了，現在還要我回去？」

「沒錯。」

自從來到東京，庸一便不曾返回故鄉。雖然會和母親通電話，但一年不到一次。不管是成為作家前，還是成為作家後，這種情況都沒有改變。在父母的眼中，庸一不過是無能的長男，不管在外頭做什麼，父母大概都不會想知道吧。

如今過了十一個年頭，還得回到那面對日本海的小鎮，庸一實在無法想像。然而，眼前的稿子已為庸一做出決定。堅次將手放在標題頁上，解釋：

「哥哥，這次的作品是勝負的關鍵。對一個作家來說，故鄉等於是最後的王牌。因爲那是我們最熟悉的土地，世上沒有任何人比我們更熟悉那個地方。反過來說，如果這篇作品失敗了，下場會非常慘。大眾會認爲這個作家連從小生長的故鄉也寫不好。我一定要靠這篇作品出人頭地，絕對不能失敗。」

堅次的聲音中流露出毫無轉圜餘地的氣勢，背後隱藏著對無法拿到文學獎的不滿。正因如此，他才使用「出人頭地」這種字眼。

「而且，你必須把詠子帶去。」

堅次向來對詠子直呼其名，不加任何敬稱。或許是堅次與詠子不可能見面，才能這麼稱呼。

「你要我帶詠子回老家？」

「沒錯，而且你必須在老家大鬧一通。住一陣子之後，或許你可以把一些東京的朋友找去。總之，你愛怎麼做都行，搞得天翻地覆就對了。鬧得越大越好，盡量搞得烏煙障氣。」

庸一拿起稿子隨意翻看。到目前爲止，庸一已熟讀、抄寫過數千張稿紙的內容，多少練就出判斷文章好壞的眼力。因此，庸一看得出來，〈來自無響室〉散發出一股過去的作品所沒有的魄力。

約兩百張稿紙，幾乎所有的格子都被文字填滿。絕大部分都是敘述，少數的台詞也只以標點符號隔開。那就像是一大片濃稠的文章之海。隨意挑出幾段來讀，會發現充塞著暴力、吃喝玩樂及性愛。

「你找我來，是想問我接不接受這些內容？」

「不，哥哥，你沒有拒絕的選項。我既然寫出來了，你就必須照做。現在你能以作家的身分過這種好日子，不就是因為你每次都照做嗎？」

庸一心想，這麼說也沒錯。到目前為止，庸一不曾拒絕堅次寫出的內容，也不曾對作品有任何批評。而且，堅次的這幾句話裡，流露一絲譏諷。畢竟他拋棄了身為須賀堅次的人生，一輩子沒辦法露面，心中的糾葛與矛盾之大可想而知。

「既然是這樣，你找我來做什麼？你在打什麼主意，快告訴我吧。」

「哥哥，我打算跟你一起去。」

庸一幾乎不敢相信自己的耳朵。自從來到東京，庸一與堅次不曾一同外出。兩人不曾一起走進小鋼珠店，或是一起在店裡喝酒。況且，表面上堅次是已死之人。一個跳崖自殺的人，忽然出現在父母的面前，實在無法想像場面會多麼混亂。

「那怎麼可以？你怎會有這樣的想法？」

對父母來說，堅次早已不在這個世上。失蹤超過七年，法律上堅次也算是過世了。

「不用那麼緊張，我當然不會出現在他們的面前。既然我算是個死人，最近快到盂蘭盆節了，返鄉不是理所當然嗎？」

堅次的笑容中帶著三分自嘲。已死的弟弟，正在對還活著的哥哥微笑。

「要是被認識的人看見，該怎麼辦？」

「我只是想親眼瞧瞧，經過十幾年之後，那座小鎮變成什麼樣子。」

堅次感慨地望向窗外。

「只要看上一眼，我就能夠再寫十年的小說。」

兩人發生爭執，最後一定是照著弟弟的話去做。每次都是這樣，這次當然也不例外。這樣的兄弟關係，創造出了暢銷作家須賀庸一，讓兩人擁有今天的一切。因此，庸一只能點頭答應。

「什麼時候出發？」

「八月十三日。」

堅次詳細指定了日期。庸一告訴詠子這趟旅行的事情時，才發現啓程的日子是盂蘭盆節的第一天。

隨著呵欠一起吐出的紫煙，讓車窗外的富士山景象變得一片模糊。

東海道新幹線列車「光」號上，坐滿要返鄉過節的乘客。庸一整個人癱坐在座位上，轉頭望向隔壁座位。只見坐在靠走道側座位的詠子拄著臉頰，眺望對向車窗內的景象，一副百無聊賴的神情。她的臉上抹了厚厚一層粉，嘴唇擦得像玫瑰一樣鮮紅。

「妳不看富士山？」

「回程再看就行了。」

詠子並未說出現在不看的理由，庸一也沒追問，轉頭望向窗外。詠子的想法向來讓人捉摸不透，庸一早已習慣。倘若每次都深入思考她的話中含意，只會把自己搞得筋疲力竭。

庸一拿起在東京車站向販賣員購買的罐裝啤酒，輕啜一口，含在嘴裡。不冰又沒氣的啤酒慢慢流入喉嚨。雖然喝起來不像剛買的啤酒那麼冰涼刺激，卻別有一番風味。與詠子一同度過的這段日子，也像是一杯不冰的啤酒。

當初相遇的時候，詠子只穿男裝。但自從搬出「男爵」，與庸一同居之後，她反而變得只穿女裝。趁著搬家，她把過去的衣物丟光，全部重新買過。從前她不穿女裝，只是爲了避免客人騷擾。或許是沒得選擇的鬱悶感，在她的心中形成反作用力，如今她不僅濃妝豔抹，而且喜歡穿引人側目的華美服裝。

「詠子。」車窗外幾乎看不見富士山的時候，庸一開口問：

「妳記得自己出生在什麼地方嗎？」

「只記得一點……」

詠子頓了一下，在緊身裙下蹺起腿，接著說：

「幾乎都忘光了。」

庸一有些後悔提出這樣的問題。他並不在意詠子的過去，勉強聊這種話題，只會讓她想起不好的往事。或許是將要返回故鄉，庸一的心情起伏不定，才會如此唐突。

算起來，離開故鄉已十一年。

昨天，庸一以公共電話聯絡老家。按下幾乎快要遺忘的電話號碼，不一會便聽見母親的聲音。由於過去通過好幾次電話，不至於聽到母親的聲音就引發鄉愁。

「我明天會回去。」

母親沒立刻答話，似乎是愣住了。半晌，她才吞吞吐吐地丟出「怎麼了」、「一個人嗎」、「怎麼突然要回來」等接近牢騷的問題。庸一懶得逐一回答，不等母親說完就掛斷電話。

父母不可能不知道現今庸一的身分。就算他們是不諳世事的鄉下人，也不可能沒聽說兒子已成爲家喻戶曉的作家。只是，對於庸一在文壇上的成功，不曉得父母有何感想？

堅次這個兒子，又在父母的心中化成何種回憶？當然，他們不可能忘記這個兒子，但到底還記得多少，令人存疑。英年早逝的優秀次男，或許在父母的心中受到極端的美化。

庸一不禁思考著，父母到底是什麼？

詠子有兩個父親。但據她所說，兩個父親都很陌生。母親不告訴她任何關於親生父親的事，至於經營色情三溫暖的那個實質上的養父，她也只知道名字、長相及「年紀和母親差不多」，此外一無所知。母親從前每天晚上都待在燈紅酒綠的世界，自從住進錦糸町，對方就禁止她做陪酒之類的工作，現在只能乖乖在小鋼珠店當櫃檯的換幣小姐。

詠子偶爾會去探望母親。庸一不定期會拿一筆錢給詠子，每個月大約一到兩次，詠子會把一部分的錢交給母親。兩人決定住在龜戶，也是考量到距離錦糸町很近，隨時可以走回去。

根據詠子的描述，母親現在雖然生活規律簡樸，但從前也放蕩過。在詠子的童年回憶裡，母親每天早上都渾身酒氣，詠子甚至有一段時期誤以為「那就是母親的氣味」。而且，母親對詠子不太好，經常動手毆打詠子。其實，庸一不曾主動詢問，但在同一屋簷下住久了，自然而然會聽詠子談起往事。

儘管有著與他人不太一樣的童年，如今詠子依然經常去探望母親，給母親生活費。說起來，這實在十分不可思議。相較之下，庸一的父母一直過著樸實無華的生活，不曾稍有放縱，然而，庸一從未關心父母，父母多半也沒把庸一放在心上。自從到了東京，庸一幾乎與父母毫無往來，就是最好的證據。

堅次的狀況更為嚴重，他似乎對父母心懷恨意，恨父母為什麼要生下他。就連庸一也覺得這樣的想法相當幼稚，但堅次直到現在仍未擺脫這個心結。

金蝙蝠牌香菸燒到了盡頭，庸一重新點燃一根。

「你打算待幾天？」

詠子突然問道。坐上新幹線列車才想到這一點，確實很像詠子的風格。明天以後的未來，在這個女人眼中是不存在的。

「還沒決定，大概一星期吧。」

「在那裡待一星期，能做什麼事？」

「妳想做什麼，就做什麼。」

「那裡不是鄉下嗎？應該什麼都沒有吧？」

對於出生在東京鬧區的詠子而言，所謂的偏鄉都市就是「什麼都沒有的地方」。不過，這也沒什麼大不了，總有辦法打發時間。更讓庸一感到不安的是，弟弟也在故鄉。要是不巧被從前認識的人遇上，堅次根本沒死的事情就會曝光，如此一來，須賀庸一的作家生命也將宣告結束。

「妳聽過『無響室』嗎？」

詠子「咦」了數聲，回答「聽都沒聽過」，便懶洋洋地閉上眼睛。庸一見狀，也跟著閉上雙眼。在新幹線列車抵達京都之前，還有時間睡上一覺。

***

不斷鑽入鼓膜的蟬鳴、惹人心煩的枝葉摩擦聲、過度炎熱的直射日光，洋市站在月台上，承受著種種夏日的擾人事物。環繞在眼前的景色，就像是根據腦海的記憶組合起來的。強烈的既視感讓他頭暈目眩，也帶來陰鬱的鄉愁。他感覺自己是遭主屋的氛圍排擠在外的倉庫，溫熱的空氣凝滯，瀰漫著濃濃的塵埃。手上的污垢層層交疊，形成有如結痂般的外殼。

熊蟬那急促地高低起伏的哀號聲，不斷刺激著神經，洋市湧起一股想朝樹林深處丟擲石塊的衝動。然而，丟擲再多石塊，蟬也不會滅絕。就算蟬滅絕了，心中的焦躁也不會滅絕。

這座小鎮宛如一間無響室。一間能夠消除一切回音的密室。在這個世界裡絕對不會有殘響，任何聲音一出生就背負著必須徹底消失，不留下任何殘響的命運。如同剛離開子宮就沒了呼吸的嬰兒，所有生命彷彿一開始便遭到抹除。這意味著整座小鎮就像墳場，或者該說是靈場。不管發生任何事，都不會傳到鎮外，因爲聲音不可能離開無響室。

「等等……」惠以子喊著：「我們搭計程車吧。」洋市邁開大步，以手掌遮擋陽光，原本潛藏在屋頂下方陰暗處的剪票口隱隱浮現。

＊＊＊

到了京都車站，還得轉搭在來線電車，兩個半小時後才能抵達故鄉。詠子得知要搭很久的車，原本顯得很不耐煩，但隨著車窗外的景色逐漸染上地方色彩，詠子看得越來越入迷，露出興致盎然的表情。這十年來，她從未離開東京，鄉下城鎮在她眼中形成異世界。

車內沒有冷氣，熱得難以忍受。雖然窗外不時有風吹進來，卻不足以帶走熱氣與濕氣。從小賣店裡買來的罐裝啤酒兩三口就喝完了，庸一只能以手猛搧。不知爲何，詠子竟然一滴汗也沒流。事實上，類似的狀況不止一次。每年到了夏天，就算庸一熱到汗流浹背，詠子依然像是沐浴在春風中。

或許是正值盂蘭盆節的第一天，在來線的電車上也擠滿乘客。庸一的眼角餘光瞥見坐在對向式座位的一家四口。父母看起來都是三十多歲，面對面坐著的兩個兒子則是十歲左右。哥哥安靜地望著窗外，弟弟約莫是坐車坐得太累，不停嚷嚷著「怎麼還沒到」、「我不想再坐車了」。父母想盡辦法要讓弟弟安靜，看也沒看哥哥一眼。

一回神，庸一已起身，朝著那一家四口喊道：

「吵夠了沒？煩死了！」

母親趕緊道歉，父親則是責罵弟弟。弟弟挨了罵，號啕大哭，反而比剛剛更吵了。哥哥依然望著窗外。

「喂，看著窗外的小鬼，快讓你弟弟安靜下來！」

哥哥這才轉過頭，與庸一四目相交。庸一以眼神示意正在哭泣的弟弟，哥哥無奈地握住弟弟的雙手。

「你別哭了，這可不是在家裡。」

哥哥朝弟弟說道。弟弟的哭聲竟然眞的收斂不少，父母在一旁都有些驚訝。庸一確認弟弟不再哭泣，才坐回座位。

「剛剛有那麼吵嗎？」詠子問道。

「嗯……」庸一含糊應了一聲。

其實，比起弟弟的吵鬧不休，庸一更在意彷彿不被當成家中一分子的哥哥。長子由於年紀較大，容易遭到父母忽略，得不到關心。孩子心裡也很清楚這一點，只能盡量乖巧，不讓大人煩心。這樣的狀態下，就算能維持表面的平靜，也不代表內部沒有任何問題。往往過了一陣子，問題開始惡化，才會浮上檯面。

小學三年級的時候，有一次庸一不會寫數學作業，想詢問母親。在此之前，每次有不懂的問題庸一都會詢問母親，但當時母親爲了照顧弟弟，忙得焦頭爛額。上小學一年級的堅次，常不管三七二十一地大吵大鬧，完全不受控制。母親每個月至少會被老師請到學校一次，處理堅次的問題。看著母親憔悴的臉孔，庸一實在不敢再麻煩母親教作業。庸一試過趁假日向父親請教，父親卻毫不理睬，只說「去問你媽媽」。庸一無人可問，只能隨便亂寫，結果當然是全寫錯了。

堅次這種愛鬧脾氣的性格，一直到小學五年級都沒改善。母親每天忙著照顧弟弟，父親則是完全不管孩子的教育問題。庸一不僅課業上的疑問沒人可請教，學校生活遇到的種種困擾也不知該找誰商量。小學的時候是這樣，升上國中也沒改善。

偏偏堅次的成績非常優秀，小學的考試從沒拿過滿分以外的分數。畢業於同一所小學的庸一，經常成爲大人比較的對象。上了國中，父親終於對庸一的課業成績表現出一點關心。但庸一總是吊車尾，經常遭到父親嚴厲斥責。

弟弟的成績這麼好，爲什麼你會這麼差？輸給弟弟，難道你不會覺得不甘心嗎？如果你不甘心，應該更認眞念書。你們是同一父母生出來的，只要你肯努力，一定也能拿到好成績……類似的話，庸一不知聽過多少次。

然而，這個時候的庸一，學業已差到連哪裡不懂都搞不清楚了。不管是在學校聽課，還是自己看課本，腦袋都完全無法吸收。在庸一的眼中，課本上的內容就像是另一個國家的語言。由於成績絲毫沒有進步的跡象，久而久之，父母對庸一的學業也不再有任何要求。

儘管父母明顯偏愛弟弟，兄弟倆的感情並不差。堅次雖然有些任性，但不曾表現出輕視哥哥的態度。庸一雖然有些嫉妒弟弟，但基本上都能和善地對待弟弟。出於直覺，庸一明白少年時期的弟弟，會對哥哥抱持一種近似自卑的情感。因此，在那一家四口當中，只有哥哥能讓弟弟停止哭泣。弟弟不聽父母的話，卻願意聽哥哥的話。

不過，庸一與弟弟的狀況恰恰相反。兩人的立場到底是在什麼時候逆轉的，庸一也說不上來。這個關係是逐漸變化而成，並非在某一天突然發生。庸一對此並無不滿。畢竟堅次眞的很優秀，他還是庸一最自豪的弟弟。只是心中對父母的那種難以形容的不信任感，至今仍揮之不去。

電車終於抵達故鄉的車站。

庸一起身想要下車，坐在對向式座位的一家人剛好也站了起來。弟弟哭過的雙眼有些紅腫，哥哥則是若無其事地揹起了背包。庸一讓出通道，走在前頭的父母一邊通過，一邊低頭道謝。母親牽著弟弟的手。走在最後頭的哥哥經過庸一面前，忽然停下腳步，問道：

「叔叔，你有兄弟嗎？」

「我有一個弟弟。」

「我就知道。」

那小小的背影穿過車門，提著行李袋的庸一與詠子跟在後頭，慢條斯理地來到月台上。當車門關上時，那一家人早已遠去。月台的周圍盡是雜木林、民宅及農田。

「該不會得用走的？」

「攔輛計程車吧。」

早上從東京出發，抵達故鄉車站時太陽已西斜。庸一只想早點放下行李。熊蟬的刺耳鳴叫聲，增添了不少煩躁感。

庸一默默走向剪票口。

＊＊＊

計程車司機是個很愛問東問西的人。「你們要去菅家？」他先這麼問了一句，發動車子之後，旋即又問：「你們去菅家做什麼？」洋市朝駕駛座的椅背踹了一腳，怒罵一聲：「少囉嗦，快開車！」司機無奈，只能乖乖踩下油門。此時，一旁的惠以子開口：「那個菅家有什麼特別之處嗎？」隔著後照鏡，惠以子與司機四目相會。司機的年紀約莫六十出頭，眼中流露出輕蔑之色。那視線讓惠以子瞬間醒悟，這個男人並未察覺，坐在後座的乘客就是菅洋市。他看起來不像是能夠故意裝傻的人。

「就是那個知名作家的老家。」司機解釋。「真的嗎？」惠以子露出不屑的微笑。「你們聽過菅洋市嗎？那個作家很有名，雖然我沒讀過他的小說。」司機問道。「沒聽過，我不看小說。」惠以子回答。「噢，是嗎？聽說他十多年前離家，再也沒回來過。他是個流氓作家，據說從前住在這裡就常鬧事。我見過他幾次，一看就知道不是什麼好人。」司機說道。「眞的嗎？」惠以子朝洋市瞥了一眼。洋市流露出的眼神，彷彿早已看透一切。兩人下車之後，計程車還停在原地遲遲不肯離開，洋市一瞪，司機才慢慢掉頭，往車站的方向駛去。

老家看起來比十一年前小了一些。褐色外牆的老舊程度遠遠超過預期。雜草趁著盛夏時節拚命往天際生長。母親聽見車聲，打開玄關的拉門走了出來。站在門邊的她，宛如一頭衰老的象。皮膚不僅布滿黑斑，而且相當厚。深埋在眼眶中的一對黑色眼珠不住顫動，彷彿在猜測洋市的來意。

「你回來做什麼？」母親開口。

＊＊＊

母親的外表跟屋子一樣老朽，皮膚下垂且遍布皺紋，十一年前根本不是這副模樣。

「你回來做什麼？」母親問道。

庸一張開滿是啤酒氣味的嘴，回答：

「兒子回家還需要理由嗎？」

「她是……」

「我老婆。」

詠子沒低頭行禮，只是雙臂交抱，打量著眼前的屋子。母親錯愕地問：

「你結婚了？」

「每個讀過我的小說的人，都知道我結婚了。」

聽到這句話，母親蒼白的臉孔微微泛紅。

「你什麼時候寫起了小說？」

「多久以前的事了，現在才問？總之，快讓我們進去吧。我們可是在這麼熱的日子，花了整整半天才來到這裡，現在眞的很累了。」

母親似乎還想說話，但或許是不想讓詠子聽見，最後什麼也沒說。母親退到一旁，庸一認爲這代表允許入內，於是跨進大門。熊蟬的鳴叫聲似乎比剛剛更刺耳了。

庸一粗魯地拉開玄關的門，只見一片彷彿要將人吸入其中的深邃黑暗，一直延伸到走廊的盡頭。走廊的木頭地板上積滿灰塵，還有一團團類似棉絮的東西隨風滾動著。仔細一看，連鞋子也沒擺好。庸一離家之前，絕對不是這副模樣。家事向來是母親一手包辦。如今家中的景象，證明在漫長的歲月裡，母親的心緒有多紊亂。

站在庸一後頭的詠子咕噥了一句「好暗」。母親則站在詠子的身後。

「老爸呢？」

「不知道，從中午就不見人影。」

「總之，先拿些酒來喝吧。」

庸一的口氣像在吩咐酒館老闆。「你在說什麼傻話？」母親說道。庸一脫下鞋子，毫無顧忌地沿著走廊前進。走到廚房，拉開綠色的冰箱一看，只有一瓶啤酒，橫擺在架上。庸一依著模糊的記憶從餐具櫃裡取出杯子，接著幾乎翻遍每個抽屜，才終於找到開瓶器。

「等等……」

庸一毫不理會不知所措的母親，兀自打開瓶蓋，將啤酒倒進杯子。金黃色的碳酸在杯中不斷彈跳。庸一猛灌一口，乾渴的喉嚨獲得滋潤，全身的血液彷彿都活絡了起來。

「喂，詠子！妳在幹什麼？快點進來。」

庸一從金蝙蝠牌香菸的紙盒抽出最後一根，點上了火。酒精與焦油在疲累的身體上特別能發揮效果。令人舒暢不已的酩酊感，讓庸一終於得以放鬆。手臂濕濕黏黏，沾滿了汗水。

「你回來做什麼？」

母親口氣極差，毫不掩飾心中的不滿。庸一凝視著搖曳的煙霧，暗想待會得叫母親買一些啤酒回來。

「兒子回家，何必問理由？」

「你從高中畢業後就沒回來過，算什麼兒子？」

「回不回來，是我的自由。」

「當初叫你回來參加喪禮，你也沒回來。」

過去曾有幾次，母親希望庸一回來，但遭到庸一拒絕。外公、嬸嬸舉行喪禮的時候，母親在電話裡一再強調必須回來一趟，庸一每次都置之不理。那些記不得長相的親戚死了，對庸一來說根本不痛不癢。

「我沒有參加喪禮用的西裝。」

「這算什麼理由？」

「妳應該知道我在東京做的是什麼工作吧？」

母親緊咬嘴唇，瞇起眼睛，並未回答。外頭的熊蟬鳴叫聲突然拔高。

「小時候你們都把我當成笨蛋，動不動就打我的頭。你們心裡一定想著，反正這個腦袋裡什麼也沒有，就像是怎麼敲打也不會破的花瓶，對吧？」

「沒那回事。」

「沒那回事？妳還有臉否認？我一想到這件事，就覺得很痛快。當初被你們喚作蠢材的兒子，現在變成作家，不曉得你們的心情如何？你們該不會覺得『不愧是我的兒子』吧？我可不允許你們這麼輕易就換一張嘴臉。妳認爲該怎麼做才好？該怎麼做，才能獲得作家兒子的原諒？」

庸一感覺手指微微發燙，直接將菸蒂扔進流理台。

「總之，妳先去放熱水，讓我們洗澡吧。詠子，妳在哪裡？」

庸一越過母親身邊，沿著走廊朝外走去。只見詠子坐在玄關的地板邊緣抽菸，望著敞開的拉門外頭。

「妳不用坐在那種地方抽菸，進來家裡抽吧。」

「有人來了。」

庸一順著詠子的視線望去，發現圍牆大門外站著一個男人。那男人穿著膚色運動衫，滿頭白髮，看起來相當瘦弱。失去神采的晦暗瞳眸，可說是退休老人的特徵之一。庸一與老人默默對望，足足有一分鐘之久。

「庸一……」

那是父親的聲音。父親應該還不到六十歲，聲音卻疲軟無力，宛如彈著一根太過鬆弛的琴弦。

父親推開圍牆大門，走進玄關。明明是他的家，卻顯得畏畏縮縮。無神的雙眸朝詠子瞥了一眼，立刻移開視線。他甚至不敢與庸一對看，自顧自地脫去鞋子，從兩人身旁擠過，走向客廳。

「他好像有點怪怪的。」詠子說道。

就算詠子沒說，庸一也看得出來，以父親的年紀，不該是這種兩眼無神的茫然表情。庸一朝著霸氣全失的父親喊道：

「老爸，我們要在家裡住上一陣子，萬事拜託了。」

父親轉過頭來，瞳孔似乎縮了縮，但他旋即走進客廳，彷彿什麼也沒聽見。庸一完全沒料到會是這樣的反應。

庸一以爲如果有人會反對他回來住，一定是父親，而不是母親。從前只要有看不順眼的事，父親就會對兒子大聲辱罵，甚至拳打腳踢。本來庸一擔心父親年紀大了，脾氣會更暴躁，如今看來只是杞人憂天。父親不僅沒變得更暴躁，而且一副失了魂的模樣。目前看來，父母應該不會強迫庸一離開這個家。他回到廚房，對著正在收拾酒瓶及酒杯的母親說：

「立刻叫酒販送三打啤酒來，另外，多準備一些食物。今天就有什麼吃什麼吧。不用擔心錢的問題，要多少我都會付給妳。」

庸一目中無人地說完，轉身要去找詠子，走沒幾步又停下：

「在我回來之前放好洗澡水，眞是熱得讓人受不了。」

庸一抹去額頭的汗水，出門買菸去了。

＊＊＊

餐桌上擺著鹽烤沙丁魚、炒高麗菜、燙小松菜，以及豆腐海帶味噌湯。那味噌湯還冒著騰騰熱氣。洋市的目光掃過每一道料理，咕噥一句「這算什麼」。正從電鍋盛飯的母親詫異地轉過頭，洋市又重複一遍「這算什麼」。在洋市的眼裡，這樣的菜色實在太寒酸。雖然不期待吃到大魚大肉，但爲久別重逢的兒子接風，怎麼只準備這種程度的東西？最讓洋市不滿的是，自己嘴裡不停分泌著唾液。

「要我吃這種東西，我寧願吃罐頭。」洋市對著父母大罵。母親停下盛飯的手，父親宛如在參加喪禮，始終低頭不語。「沒關係，將就著吃吧。」惠以子無奈地說道。聽到這句話，母親瞪了惠以子一眼。洋市見狀，朝著母親的肩膀踹了一腳，母親有如一頭瘦小又衰老的象，仰天倒下，後腦杓撞在紙門上。父親聽見母親的啜泣聲，垂下的腦袋卻動也不動。這是洋市第一次對雙親使用暴力。

母親似乎乖乖聽從買酒的吩咐，後門口的黃土地上擺著三打啤酒，可是一瓶也沒放進冰箱。洋市不禁暗罵老母親的愚蠢，從製冰盒裡取出冰塊，放入杯中，再倒入常溫的啤酒。啤酒的麥香被水稀釋而風味大減，但總好過無酒可喝。洋市詢問有無燒酎，母親回答沒有。他不禁後悔，剛剛母親訂酒的時候，應該跟在旁邊才對。

父親像小鳥吃飼料一樣，一點一點地吃著燙青菜。母親一邊啜泣，一邊喝著味噌湯。惠以子將沙丁魚翻來翻去。洋市則是吃著從冰箱裡拿出的醬瓜，配加了冰塊的啤酒。電風扇不斷攪動著夏夜的熱氣。

是怎樣的因緣際會，讓庸一、妻子與雙親，在鄉下的貧困之家圍著餐桌吃飯？這是一齣喜劇，還是一場惡夢？洋市感覺自己像個小丑。四人當中，只有洋市抽著菸。

父親飯吃了一半就逃走。母親的臉上一直帶著似乎在窺探什麼的狡獪目光，從頭到尾不發一語。吃完飯，洋市對著在整理餐桌的母親說：「從明天起，我們要換地方吃飯。你們就在這裡吃，我們要在客廳吃，妳先幫我們把飯菜端到客廳擺好。」母親沒應話，但洋市相信她一定會乖乖照做。如今暴力的痕跡已烙印在母親的腦袋裡，只要那痕跡沒消失，母親絕對不敢反抗。

這就是媽媽的味道吧，惠以子這麼說著。洋市只當沒聽見。

＊＊＊

如今庸一不再對行使暴力有絲毫遲疑，就算對象是父母也一樣。靠拳打腳踢讓他人服從的習性，已成爲庸一身體的一部分。更何況，對手是年屆花甲的老人，根本沒必要使出全力。只要輕輕一推，父母就會乖乖聽話。任何人一旦曾屈服於暴力，接下來就不會再反抗。這就是庸一在街頭打架學會的教訓。

從第二天起，母親果然依照指示，把飯菜端到客廳。剛從冰箱拿出的冰涼啤酒，瓶身附著不少水滴。菜色當中，包含一盤詠子愛吃的鮪魚生魚片。「我們沒錢……」母親吞吞吐吐地說道。「我說過離開前會給，妳聽不懂嗎？」庸一大喝一聲，母親便不敢再開口。父親整天不見蹤影。那個男人竟然讓妻子獨自面對一切，不知躲到哪裡去了。

爲什麼自己小時候願意聽這兩個人的話？庸一越想越感到不可思議。堅次從小就經常偷偷做些違逆雙親的事，但庸一總是遵守著父母的命令。爲什麼孩子該聽父母的話？當時的庸一也說不上來。庸一只是覺得父母一定會把自己的人生導向正確的道路。然而，十七歲那年，庸一在沙灘上，下定決心要讓堅次爲自己撰寫人生的劇本。那一瞬間，父母從人生的管理者，變成一點也不重要的配角。

庸一以公共電話打給住在東京的熟人。少得可憐的幾個作家朋友、品行不良的編輯、煙花場所的女人，以及一些不曉得從事什麼工作的可疑人物。庸一打電話給每個人，把他們叫到故鄉來。雖然大多數的人都因距離太遠而拒絕，還是有三、四個閒著沒事做的怪人答應庸一的邀約。

「明天晚上，我有一群朋友要來，妳快去準備餐點和安排睡覺的地方。」

聽到庸一這麼說，母親整個人嚇傻了。看著母親錯愕的神情，庸一心裡已什麼都不在乎。

一切的一切，都是如此荒唐可笑。不管是父母、接受邀請的那群人、整天無所事事的詠子，還是堅次寫的劇本。庸一不禁心想，自己得幹這種無聊事到什麼時候？或許，不想做這些事卻無法脫身的自己，才是最荒唐可笑的人。

隔天，庸一接受詠子的提議，決定白天到附近散心。庸一想先去最近的鬧區瞧一瞧，於是叫了一輛計程車，吩咐司機開往鬧區的電影院。就是當年與堅次一起看《第三集中營》的那間電影院。

「那間電影院早就倒了。」

性急的司機踩著油門，一邊說道。庸一與詠子一同坐在後座。

「真的嗎？我說的是，在內臟燒烤店與酒吧中間的小電影院。」

「大概五年前就倒了，這附近已沒有電影院。」

庸一頓時傻住，突然有種恍如隔世的感覺。直到現在，庸一仍清楚記得那天的每個細節。舒適柔軟的椅子，膠捲播放機發出的細微聲響，「吉展小弟弟綁票案」的新聞，附帶字幕的《第三集中營》畫面，瀰漫在大銀幕前的煙霧。那些都從這個世上消失了？

「客人，我就開到那裡，可以嗎？」

計程車行駛在鄉下的道路上，坐在車內的庸一輕輕點頭。

原本電影院所在的位置變成一片空地。周圍那些以木板搭建的小酒館，也都消失無蹤。庸一彷彿來到陌生的土地，一邊左右張望，一邊朝著車站前進。

酒館林立的鬧區雖然沒落了，車站前的商店街依舊熱鬧。人群熙來攘往，大多是手持籐籃的家庭主婦及老人。由於正值盂蘭盆節，不少人拿著祭拜用的鮮花。這一帶的夜生活已完全消失，只剩下白天的生活。庸一拿著向酒販買來的一小罐日本酒，駝著背往前走。

「哪裡都一樣。」

詠子似乎看穿庸一的心事，說道：

「模糊地帶的事物會被健全的事物取代。混雜黑色與白色的灰色，遲早會遭到排除。從前就算是偏黑的深灰色也能存活下來，如今大眾接納的基準越來越接近白色。只有純白的東西才能繼續存在，稍微帶了一點黑色的東西就會遭到抹除。再過不久，或許連白色也會不被當成白色，沒辦法存活。」

那間電影院也屬於灰色地帶嗎？庸一不禁如此想著。那是個能夠讓住在這個鄉下的觀眾進入虛構世界的空間。只要有電影銀幕，觀眾就能自由自在地前往東京、美國，或是其他任何地方。但如今這座小鎮裡已沒有電影銀幕了。

「眞正遭到抹除的是虛構的世界。」

庸一喝著杯裡的酒，一邊避開不斷湧來的路人。一個中年婦人皺著眉頭挪動身體，避免與庸一有所接觸。

「這個小鎮選擇的不是豐饒的虛構世界，而是膚淺的現實世界。這裡的居民需要的是熟悉的現實，而不是讓人雀躍興奮的創作。不曉得是誰下了這樣的判斷。看看這些人的眼睛，都像污泥般混濁。長久面對無處可逃的現實，當然會變成那副德性。」

庸一走在人潮擁擠的街道上，不停發著牢騷。電影院已不存在的事實所帶來的迷惘，直到這一刻才轉化爲憤怒。

「每個人的眼裡都只看見眞實、眞實、眞實，但人是一種沒有虛構世界就無法存活的生物。不管身在多麼嚴苛的環境，人都會無意識地創造出虛構世界，藉此延續自己的生命。就算下定決心要讓這個世界只存在眞實，到頭來，一定還是會有人創造出貌似眞實的虛構世界。既然如此，爲什麼不打從一開始就與虛構共存？」

詠子既沒肯定也沒否定，兩人就這麼漫無目的地在商店街走著。

一個戴著黑框眼鏡的男人，從前方走來。庸一若無其事地啜了一口酒，看也沒看一眼那男人。男人也對庸一視而不見，逕自與庸一擦身而過。那戴著黑框眼鏡的男人宛如幽靈，沒引起任何人的注意。

詠子走累了，於是兩人進了一家咖啡廳。白天沒什麼客人，只有看似熟客的一男一女，各自坐在不同的座位上。庸一和詠子挑了靠窗的四人座，點了兩杯冰咖啡。

庸一望著窗外來來去去的路人，幾乎忘了這裡是自己的故鄉。那種感覺就像是坐在東京的咖啡廳裡，凝視著窗外的陌生街景。

驀地，似曾相識的四道人影通過眼前。一對年紀幼小的兄弟，以及他們的父母。那是在來線的列車上，坐在對向式座位的一家四口。他們通過店前，並未察覺來自玻璃窗內的視線。唯獨走在最後面的少年，不經意望向玻璃窗。那是兄弟中的哥哥。他停下腳步，朝著走在前面的父母急促地說了一句話，突然跑進咖啡廳。剩下的三個家人只能尷尬地在窗邊等著。

少年走向靠窗的座位，大大一鞠躬，說道：

「上次眞的很謝謝你。」

看著少年頭頂的小小髮旋，庸一納悶地問：

「上次？」

「你不記得了嗎？前天在電車上……」

「我記得在電車上看過你，但我不記得做了什麼事，値得你向我道謝。」

少年的父母在窗外煩躁地看著，卻沒有走進店內的打算。他們這麼做，是因爲尊重少年的想法嗎？弟弟困惑地望著父母，又望向哥哥。詠子喝著咖啡，露出一副看戲的態度。

「我本來很討厭弟弟。」少年看著自己的鞋子前端，以尚未變聲的高亢嗓音說：

「弟弟非常任性，總是只想到自己。我是哥哥，年紀比較大，什麼事情都必須忍耐。我越是忍耐，就越討厭弟弟。每次跟媽媽說我討厭弟弟，媽媽就會生氣。所以，我只能假裝沒看見弟弟。不管弟弟說什麼都當成沒聽見，也不再忍耐。因爲我不想變得更討厭弟弟。那天在列車上，我也是一直假裝沒我的事。沒想到，叔叔你突然站起來，要求我讓弟弟安靜下來。我原本不想做，但你看起來好凶，弟弟又眞的很吵，所以我想辦法哄了哄弟弟。其實那一點也不難，但爸媽都嚇一跳，稱讚我很厲害，竟然能夠讓弟弟停止哭泣。我說『這沒什麼，畢竟他是我弟弟』，聽我這麼說，爸媽反而更驚訝。自從發生那件事，我們家就變得不太一樣了。爸媽經常說『哥哥好厲害』，弟弟也不那麼任性了。爲什麼會這樣，我也不知道，不過我相信是你說了那句話的關係。叔叔，謝謝你。」

庸一聽得瞠目結舌。一個小小年紀的少年，居然能夠清楚表達自身複雜的情感變化。過了幾秒，庸一才驚覺自己的一句話，稍微改變了這個少年的家庭。

「叔叔，我原本想寫信給你。」

「寫信給我？」

「媽媽說你很有名，是在這裡出生長大的作家。」

庸一愣了一下，一句「是啊」竟說不出口。一股愧疚猛然湧上心頭。這是庸一第一次有這樣的感覺。庸一不由得在心中吶喊著：那些小說其實不是我寫的，是我弟弟寫的。我只是假裝那是我寫的，過著荒唐頹廢的生活……

少年說完想說的話，剛要轉身離開，庸一喊道：

「等等，你見過彩虹的骨頭嗎？」

「什麼？」

「掛在天上的彩虹，是有骨頭的。我家裡就有一顆彩虹的骨頭。」

長大之後，庸一當然明白彩虹根本沒有骨頭。但在庸一的內心深處，還是無法認定堅次撒了謊。一旦將堅次說的話視爲謊言，一切就會土崩瓦解。堅次不斷創作出虛構的故事，而庸一永遠深信不疑。只要這個結構有一點裂縫，兩人的關係就會像紙枷鎖一樣被輕易扯斷。

「彩虹有骨頭？」少年錯愕地問道。

「當然有。」庸一說得斬釘截鐵。

庸一想讓眼前的陌生少年見識自己與弟弟的關係有多緊密。再荒誕不經的虛構故事，庸一和堅次都能轉化爲現實。只要不斷說著「彩虹有骨頭」，虛構與現實世界就會逆轉，兄弟倆將成爲顛覆世界的「地道王」。

「叔叔，謝謝你。」

少年再度低頭鞠躬，走出咖啡廳，回到家人的身邊。雙親隔著玻璃窗行了一禮，在商店街上漸行漸遠。弟弟原本一直盯著庸一，不久之後也轉向前方。看著那四道背影，庸一慢條斯理地叼起一根菸。

「我也好想要兄弟姊妹。」

詠子如此說道。從她的口氣，聽得出那並非揶揄，也不是客套話。因此，庸一正色回應：

「有兄弟姊妹一點好處也沒有。」

那低頭鞠躬的少年，幾乎已從庸一的腦海消失。

＊＊＊

返鄉的第七天，洋市獨自搭乘電車，前往沙灘。無論如何，實在很想再看一眼那面對日本海的陰鬱海景。這次洋市沒帶惠以子同行，因爲就算一起站在海邊，也沒有任何能與她分享的事。直到深藍色大海出現在寂寥的車窗外，洋市才深深感覺自己回到故鄉了。

陽光像一根根的針，刺在黝黑的沙灘上。海面波濤洶湧，橫向襲來的狂風粗魯地撼動著庸一的肉體。此時雖然是八月下旬，海邊卻沒有遊客。雙腳踩在沙灘上，足跡清晰可辨，留下比小時候更深的腳印。

左手邊的懸崖一如當年，絲毫沒有改變。弟弟就是從那座高台上跳進海裡。如今，通往懸崖頂端的道路已鋪上柏油。洋市離開沙灘，朝著斜坡上方的懸崖前進。兩條腿自顧自地走著，彷彿已脫離他的掌控。不知不覺間，海潮聲已被風聲掩蓋。那刺耳的風聲，正是那天晚上聽見的風聲。

弟弟遭到大海吞噬，至今屍首依然下落不明。

＊＊＊

庸一走上斜坡，一邊回想昨晚的那場宴會。

五個熟人從東京來到故鄉。三個男人、兩個女人，再加上庸一與詠子，天還沒黑，七人就在客廳裡喝起了酒。母親準備好大量的瓶裝啤酒及料理，全部放進冰箱裡，就不知道跑去哪裡了。約莫是這幾天庸一不分晝夜地喧嘩吵鬧，讓母親起了逃避的念頭。庸一等人無計可施，只好一邊咒罵，一邊把酒菜從冰箱搬到客廳。

走到廚房拿杯子的時候，庸一猛然遇見父親。父親嚇傻了，簡直像是碰上攔路殺人魔。庸一對父親視而不見，拿了幾個杯子，剛要走出廚房，忽然聽見背後的父親快速地說了一句話。前半段似乎是「今天我……」，但後半段因父親口齒不清，庸一沒聽懂。

「你說什麼？」

庸一轉過頭，只見父親雙唇微張，一臉茫然。庸一不由得緊緊握住杯子，罵道：

「有什麼想說的話，就大大方方說出來。」

庸一不再理會父親，逕自回到客廳，將杯子交給那群來歷可疑的男女。其中有一男一女自稱是作家，但庸一根本不曉得他們寫的是怎樣的內容。反正把這些人叫來，只是爲了維持吵吵鬧鬧的氣氛。何況，若要說來歷可疑，其實庸一也是半斤八兩。雖然當了十年以上的作家，他卻從未眞正寫過稿子。

這場熱鬧的宴會，一直進行到三更半夜。低俗下流的業界謠言，及男歡女愛的流言蜚語，再怎麼說也說不完。不知何時，那對聲稱以寫作爲業的男女竟然不見人影。豎起耳朵聆聽，隔壁房間不斷傳來嬌喘聲。眾人就這麼一邊喝酒，一邊聽著猥褻的背景音樂。

幾個人聊得正起勁，詠子忽然起身說：

「抱歉，我先去睡了。」

她的雙眸有些無神，眼皮看起來相當沉重，彷彿在強調有多想睡覺。詠子的酒力向來不錯，今晚卻一杯也沒喝。仔細回想，自從跟著庸一回到鄉下，她便沒喝過酒。不，似乎更早以前，她就滴酒不沾。

「我去小便。」

庸一跟著站了起來，與詠子一同走出客廳。直覺告訴著庸一，詠子不太對勁。庸一並未走向廁所，而是朝詠子喊了一聲「跟我來」，拉著她走向門外。「我眞的想睡了。」詠子嘴裡咕噥，卻沒抵抗。

「妳怎麼了？」

「什麼怎麼了？」
「身體不舒服嗎？」
「爲什麼這麼問？」
兩人在屋簷下你一言我一語地說著。庸一追問好一會，詠子終於老實坦白：
「我懷孕了。」
「終於懷孕了……」庸一幾乎是反射性地說出這句話。其實，庸一已隱約猜到多半是這麼回事。兩人在一起那麼久，詠子早該懷孕了。聽庸一這樣說，詠子的表情帶了三分詫異。
「我能生下來？」
「爲什麼不行？懷孕的目的，不就是爲了把孩子生下來？」
「哈！」詠子笑了出來。不過，那並非揶揄或取笑，而是意外的笑，並不讓人感到不悅。
「我知道了，妳快去睡吧。」
庸一走出屋簷下，仰望天空。或許是空氣清澈的關係，天空中的星星遠比東京多。醉意增幅了幸福的感覺，讓庸一忍不住揚起嘴角。不知有多久……眞的不知有多久，沒打從心底感到開心了。
傍晚時分，橙色的豔陽逐漸西斜，雜木林的濃密陰影灑落路旁。庸一沿著斜坡，不斷朝著頂端前進。在上頭等著他的，或許可稱爲神童的墓碑吧。那個寒冷的夜晚，庸一與現在一樣汗流浹背，走在相同的道路上。

跟當年比起來，瞭望台上的景象更加冷清寂寥。連供人休憩的原木都移除了，只剩一片空地，什麼也沒有。地面雜草叢生，蟲鳴聲此起彼落。或許因爲周圍都是樹木，蟬叫聲層層交疊，互相掩蓋。

懸崖附近豎立著鋁製的告示牌，以紅色油漆寫著大大的幾個字：「前方斷崖，愼防跌落！」崖邊還打了兩根木樁，相隔約三公尺，中間掛起一條生鏽的鏈條，高度大約到腰部附近。

「眞可笑。」

轉頭一看，不久前在街上擦身而過的那個戴黑框眼鏡的男人，就站在庸一的面前。

「設置這種東西，有什麼用？只是讓大家知道，這裡是很好的自殺地點。我們的父母竟然這樣就心滿意足了。」

「原來你先到了。」

「剛到不久。」

堅次取下眼鏡，露出得意的微笑。

「看來，我們都太杞人憂天。根本沒被發現，也沒遇上從前認識的人。」

庸一也一樣，回到家鄉之後，還沒遇上認識的人。或許大家都離開這個鄉下地方，搬到大都市了吧。庸一這麼想著，沒想到堅次的話另有含意。

「畢竟我已離世十三年，相貌早就變了，連老爸也沒認出我。」

「你到過家裡附近？你不是答應我，不會出現在爸媽的面前嗎？」

「你放心，我只是跟老爸打了個照面，他並未認出我。」

堅次重新戴上黑框眼鏡，揮了揮右手。他身穿白色開領襯衫及黑色長褲，恰巧與離家那天穿的學生服有幾分相似。

「老爸該不會老人癡呆了吧？不管問什麼問題，他都支支吾吾。」

「他一直是那樣子。男人一旦退休沒了工作，或許就會變成那副德性吧。」

堅次將雙手插進口袋，走向掛著鏈條的地方。兄弟倆並肩眺望海面。兩人所站的位置距離懸崖邊緣約有十公尺，再過去就是黑影環繞的海面。頭頂上方的陽光依舊刺眼。

「來這裡的列車上，我遇見一個古怪的少年。」

庸一將在來線的列車上那少年的事情描述了一遍。那個能夠清楚傳達自身心境的幼小哥哥。「真有意思。」聽完之後，堅次說道。

「在弟弟自殺的小鎮裡，遇上一對修復感情的年幼兄弟。這挺有意思，回東京以後我要加上這段插曲。」

轉頭一看，堅次自顧自地頻頻點頭。堅次好久沒像這樣，根據庸一的實際體驗修改稿子。只見堅次一臉神清氣爽，彷彿剛把拼圖的最後一塊放上去。或許在這一瞬間，

〈來自無響室〉才算眞正完成。

「你覺得很滿意?」

堅次沒回答，忽然跨過鏈條。「喂!」庸一趕緊制止，但堅次沒理會，繼續朝著崖邊前進。當年的情景，彷彿重新上演了。弟弟爲了製造足跡而靠近崖邊，哥哥追上去。一回過神，庸一發現自己也跨過鏈條。

與那天晚上不同的是，堅次在距離崖邊還有數步的地方，就停下了腳步。

「如果那晚我眞的死了，不曉得現在會是什麼情況?」堅次說道。

庸一完全無法想像，倘若少了堅次這個劇本創作者，自己將會過著怎樣的人生。或許會一輩子住在這個鄉下地方，住在那棟陰鬱又老舊的屋子，絲毫不敢違逆父母吧。

「搞不好，寫小說的人會變成哥哥。」

「絕對不可能。」

兩人一同退回瞭望台。由於地面乾硬，沒留下任何足跡。

「我打算明天回東京，可以吧?」庸一說道。

「隨便你。」堅次回答。庸一並未問弟弟打算待幾天。反正這不是他必須知道的事情。畢竟弟弟就像是早已離開人世的亡魂。他想待多久，就能待多久。

海面好似漣漪的陰影所織成的一幅畫。每過一秒，太陽與海平線之間的角度就縮小一分，陰影的線條也更濃一分。就在太陽接觸到海平線的前一刻，夕陽餘暉射入兩人的眼中。

剎那間，庸一猛然醒悟昨晚父親在廚房裡說了什麼話。

「今天我遇見了堅次。」

父親確實是這麼說的。他早已察覺那個戴黑框眼鏡的人是堅次。不知他有什麼想法？是單純爲次子還活著感到開心，抑或是認爲自己看到亡靈？庸一心想，答案應該是後者吧。

只見堅次腳步輕快，帶著一股節奏感，臉上眉飛色舞，彷彿隨時會哼起歌。或許這代表他已獲得還能再寫十年小說的自信。庸一實在沒辦法像弟弟那麼有自信，也不知道除了一輩子當弟弟的掌中人偶之外，是否還有其他選擇。

假如得知詠子懷孕，堅次一定會很開心吧。在堅次的眼裡，這意味著庸一的人生舞台上，多了一座新的舞台裝置。故事中的世界將更加寬廣，創作的慾望也將受到激發。只要是發生在庸一人生中的事情，不管意義多麼重大，在堅次的眼裡都只是小說的題材之一。

「那間電影院倒了。」庸一說道。

堅次淡淡應了一聲「噢」。他特地回到當初拚命逃脫的牢籠，卻似乎對歲月帶來的變化並不特別在意。或許他回到此地的目的，只是想再次確認這裡確實是一座牢籠。

「電影中那兩個『地道王』在逃走之後，也一直保持聯絡嗎？」

「誰知道呢……」

堅次說出這句話的時候，更是顯得興致缺缺。庸一將視線從弟弟的影子上移開，望向越來越昏暗的大海。菅洋市的弟弟，就沉睡在這片大海中。

＊＊＊

一個人能夠活得不留下一點痕跡嗎？洋市不斷思考著這個問題。答案恐怕是不可能吧。人必須進食，必須睡眠，必須工作。要絲毫不留足跡地活在這個社會上，幾乎是不可能的事情。如果有人能做到，想必特別的不是那個人，而是那個人身處的環境。

例如無響室。

那個能夠消除一切殘響，寂靜到讓鼓膜隱隱作痛的房間。

沒有腳步聲，也沒有足跡。有如遊魂，有如在毫無摩擦阻力的冰上滑行。

洋市轉頭望向故鄉的黑夜。他就在那沒有一點聲響的空間中。沒有關節彎曲發出的聲音，沒有內臟蠕動聲，靜靜移動雙手，以無色透明的絲線，操控著哥哥的人生的操偶師，就在那裡。

伸手不見五指的黑暗中，弟弟無聲無息地凝視著洋市。

＊＊＊

這年的十一月，〈來自無響室〉發表在方潤社的文藝雜誌上。

庸一的作品原本就常被文藝評論家拿來當作評論的題材，〈來自無響室〉更是引發不小的話題。大多數的評論家都對這篇作品的文風變化，給予正面的評價。作品一發表，評論家都認爲一定能入圍文學獎，庸一一點也不感到驚訝。堅次曾說這是一決勝負的關鍵之作，絕不會錯。事實上，中村拿到稿子時，也曾說「如果這篇還沒辦法得獎，只能當成眞的與文學獎沒有緣分」。

十二月，庸一接到〈來自無響室〉入圍文學獎的消息。堅次得知後，只簡單說了一句「我知道了」。在堅次的心裡，入圍是理所當然，重點是能不能得獎。

一月的候電會，同樣是在半年前的那家酒吧，參加者同樣只有庸一與中村。庸一喝著摻水烈酒，等待通知。跟上次一樣，中村默默喝著白開水。

晚上六點五十一分，店內的電話響起。庸一抓起話筒的時候，緊張得幾乎快要把話筒捏碎。電話另一頭的男人一如往昔，先說了一長串體面話，才切入正題。

「呃，根據評選結果，我們決定頒發本屆的文學獎給須賀先生的〈來自無響室〉。」

庸一長長吁了一口氣，說出唯一一句感想：

「現在才給，混蛋！」

接著，庸一朝中村招招手，把電話交給他。庸一自顧自地喝乾杯裡的殘酒，趴在吧檯上，以雙手在臉上用力摩擦。手掌在發燙。

得獎了。終於得獎了。文壇終於承認堅次是天才。

「說完了。」

中村結束了事務性的聯絡，把電話交給庸一。庸一急忙起身，按下撥號鍵。第一聲還沒響完，對方就接起電話。

這一瞬間，庸一忍不住想像起堅次得知獲獎會有什麼反應。依堅次的性格，不太可能大聲歡呼。頂多是在那熟悉的戲謔笑容中，多出幾分眞心的喜悅。

「喂，是堅次嗎？」

第四章　深海之巢

〔評選感言〕須賀庸一

進入平成（一九八九～二〇一九年）之後的第一屆投稿作品，只能說成果差強人意。

打一開始，評選委員之間就被陰鬱的氣氛籠罩。以我個人而言，想到必須在這些作品中挑出一篇，心情就十分鬱悶。我必須強調，這個獎項並非新人獎。然而，這些入圍的小說，每一篇都讓人覺得，這不是獨當一面的作家應該寫出的東西。針對每一篇作品的詳細評論，就交給其他評選委員吧。同樣的事情每個人都講，只是浪費版面而已。我在這裡想要提出的，是每一篇入圍作品共通的「淺薄」問題。

這次每一篇入圍作品，都是以個人的私事爲主題。內容五花八門，有的是與父母死別，有的是關於職業的內心糾葛。但所謂的小說，絕對不是寫出自己的私事就行了。看我寫出這種意見，有人可能會暗罵「須賀你是最沒資格說這種話的人」。我心裡很清楚，我在文壇上被歸類爲私小說作家。但所謂的私小說，除了描寫個人的經驗之外，還必須從中萃取出具有普遍性的意念。就這一點而言，這些入圍的小說都只是描寫距離自己半徑十公尺內發生的事情。到頭來，這些事情畢竟只是作者的個人經驗，無法跨出這個圓的範圍。說得好聽點，是內斂不逾禮，說得難聽點，跟門外漢的日記沒有太大的差別。

得獎者從缺，在我看來是理所當然的事。如果年輕的作家們繼續逃避面對那如煙火般燦爛而短暫的生命眞實的感受，今後恐怕會迎來更多的失望。

***

堅次寫的評選感言，還是一樣辛辣。

庸一讀完，重新抄寫在稿紙上，預定在今天內送至舉辦文學獎的出版社。稿子的內容，與庸一的想法可說是南轅北轍。抄寫這樣的文章最是耗費心神。

這是一個數年前才剛設立的文學獎。打從第一屆起，庸一就是評選委員之一。委員會的工作人員先挑選出五、六篇作品，再交由評選委員決定哪一篇獲獎。雖然有時會像這屆一樣，以「得獎者從缺」的方式收場，但大多數的情況下，還是會挑出一篇得獎之作。

在文學獎的評選會上庸一從不積極發言，只依照堅次的指示，事先決定要推舉哪一篇作品獲獎。這次的六篇入圍作品，庸一覺得其中有兩篇相當不錯，有獲獎的資格。但堅次的意見十分嚴苛，主張得獎者應該從缺。最後公布結果，其他評選委員也抱持相同的看法。見眾人意見一致，庸一也只好直接說出結論。

「我也認爲得獎者應該從缺。」

庸一說出違心之論，一邊感慨自己實在沒有鑑賞文學的眼力。

從前讀高中，庸一光是看到一行行的文字就想睡覺。那時候的庸一，以爲自己到死都不會與文學扯上關係。沒想到，接下來有超過二十年的時間，是靠著小說維持生計。當然，這些小說沒有一篇是庸一寫的。他的工作只是熟讀小說，將虛構的內容化爲現實。

雖然沒寫過小說，但庸一有自信，讀過的小說比其他人多。堅次寫的小說，庸一總是第一個閱讀。除此之外，庸一也積極閱讀各種流行小說及古今名作。尤其是首次獲得文學獎之後，庸一更是熱衷於閱讀小說。主要是庸一認爲，太過仰賴堅次是件丟臉的事，自己多少應該付出一些努力。更何況，庸一有非常多的時間可以閱讀。畢竟一般的作家大部分的時間都花在寫作上，而庸一根本不必做這件事。

庸一知道自己的腦筋不好，因此每一篇作品都仔細地慢慢閱讀，找出潛藏在字裡行間的核心意義。久而久之，庸一悉心培養出一套屬於自己的文學觀。

諷刺的是，庸一花了很長的時間才培養出的文學觀，居然與堅次的文學觀背道而馳。

抄寫完評選感言，庸一將稿子放進信封，扔在桌邊。今天晚上，編輯會來取走稿子。除此之外，最近沒什麼急著處理的工作。庸一揉了揉肩膀，取出一些新的稿紙。

庸一拿起慣用的原子筆，苦苦思索，一邊在稿紙上寫起字。每寫幾個字，便停頓半晌。有時拄著腦袋發呆，有時回頭查看前面的內容，以龜速一格一格填上文字。比起單純抄寫堅次的稿子，耗費的時間更驚人。

這篇作品完全出自庸一的腦袋。並非堅次代筆，可說是眞正由須賀庸一所寫的小說。

劇情大綱是這樣的。一個厭倦生活的三十多歲上班族，因爲到花店購買喪事用的花朵，結識在花店工作的女人。男人雖然愛上了女人，卻顧慮到女人已結婚，只能選擇放棄。後來，男人得知女人遭丈夫家暴，爲了拯救心儀之人，男人毅然決定挺身對抗她的丈夫。

庸一自認劇情設計得不錯。從開始動筆算起，到現在已過兩個月，累積的稿紙數量才剛超過一百張。目標是要寫四百張，未來的路還很漫長。

沒想到，寫小說竟然是這麼累的苦差事。這是庸一抄寫堅次的小說時，完全無法體會的事情。登場人物在想些什麼、採取什麼行動，都必須再三推敲。有時寫到後來，發現前後矛盾，還得趕緊修改前面的內容。光是塡滿一張稿紙，腦袋便已累得無法思考，產生類似發燒的感覺。堅次居然能持續創作超過二十年，庸一再次深深體會到弟弟有多厲害。

庸一咬牙苦撐，寫到第二張稿紙的時候，自覺沒辦法再寫下去。一看鐘表，已過三個小時，接近晚餐時間了。

於是，庸一離開二樓的書房，走下樓梯。餐廳裡傳來妻子和女兒的交談聲。話題似乎是上小學的女兒同學的事，聊得十分起勁。庸一在樓梯上停下腳步。一旦走進餐廳，就會破壞氣氛，庸一衷心希望母女倆開心對話的時間越長越好。

庸一在樓梯上坐了大約三十分鐘，詠子剛好來到走廊上，兩人四目相交。

「你在這裡做什麼？」

「沒什麼。」

「晚飯準備好了。」

詠子面露狐疑之色，庸一朝她揮揮手，慢條斯理地走下樓梯。

女兒明日美坐在餐桌旁。一看到庸一，她登時板起臉，故意拿遙控器打開電視，調高音量。

「要開飯了，別看電視。」

「只看一下。」

明日美無視母親的要求，雙眼就是不肯從電視上移開，簡直將父親當成空氣。庸一明白這也是無可奈何，平常過著那種糜爛的生活，當然不可能獲得孩子的尊重。何況，要當一個小學六年級的女兒會喜歡的父親，更是難上加難。

明日美從未讀過須賀庸一的小說。不管是出道作〈最北端〉、描寫夫妻相識到結婚的〈紙枷鎖〉，還是爲庸一在文壇奠定地位的〈來自無響室〉。在女兒識字之前，詠子就將這些作品徹底從女兒的生活環境中清除。

庸一猜想，女兒遲早有一天會偷偷找父親的小說來看。但至少在現階段，明日美並不曉得母親是在色情場所中長大。或許聽過一些傳聞，但從明日美的態度看來，她應該不相信。否則，她跟詠子的感情不會那麼好。目前，她只知道父親是個愛出風頭的浪蕩子。

庸一從冰箱拿出罐裝啤酒，打開拉環喝了一口。明日美瞥了父親一眼，立刻別開臉，彷彿看見什麼髒東西。在女兒的美學意識裡，罐裝飲料直接喝是一種粗野的行爲。但反正已喝了一口，庸一並不打算倒在杯子裡。

隨後，詠子將馬鈴薯燉肉、醋漬小菜及味噌湯擺上桌。明日美拿碗盛飯。唯獨庸一依然坐在椅子上喝啤酒，看著兩人走來走去。賣曬衣桿的貨車經過窗外，不斷傳來透過擴音器放大的宣傳聲。

乍看之下，這是平凡無奇的晚餐景象。然而，在庸一的心裡，這個景象比什麼都重要。

自從明日美出生，詠子有了極大的變化。她不再濃妝豔抹，短裙和露背的針織上衣也都丟了。她剪短頭髮，改穿量販店賣的那種方便穿脫的連身裙。生活中的一切都圍繞著女兒打轉，連丈夫庸一也不再那麼重要。

庸一對此並無任何不滿。庸一和妻子一樣深愛著這個孩子。既然詠子努力照顧女兒，那麼他該做的事，就是想辦法賺到更多錢。

但在作家的工作方面，庸一幾乎無法插手。唯一能增加收入的途徑，是上一些過去原本不上的電視節目。堅次原本認爲不妥，擔心庸一會在節目上「穿幫」，但庸一相當堅持，最後成功說服堅次。當時剛獲得文學獎，堅次的心情有些鬆懈，並未堅決反對。

起初，主要是娛樂性質的綜藝節目，後來漸漸也上一些問答及談話性節目。不管是面對攝影機，還是面對觀眾席，只要想著「我在扮演菅洋市」，庸一就一點也不緊張。爲什麼會這樣，庸一也說不出所以然。或許是庸一很清楚，觀眾期待看見的是一個學識淺薄、脾氣暴躁、貪杯好色，但一談到文學又非常認眞嚴肅的流氓作家，而他有自信扮演好這個角色。

上電視拿通告費，比寫作拿稿費更好賺。雖然收入增加，但走在路上被人認出來的機率也增加了。畢竟庸一有著超過一百八十公分的魁梧身材，走路時又故意微微駝背，腦袋往前突出，想不吸引旁人目光也難。那張下巴滿是鬍碴、眼神飄忽不定的臉孔，任何人在電視上看了都會留下深刻的印象。

自從開始上電視，須賀庸一聲名大噪，成爲社會上的風雲人物。

走在車站裡經常會被人叫住，索取簽名的人會排成長長的隊伍。有些人只是在電視上看過他，根本沒讀過須賀庸一的作品。甚至有年輕人不知道庸一的身分是作家，只當庸一是電視明星。事實上，就算有人說「須賀庸一不是作家」，他也無法反駁，畢竟沒有一篇小說是自己寫的。

這樣的情況大概持續了一年，不僅庸一疲憊不堪，觀眾也漸漸對這號人物失去興趣，電視台邀請庸一上節目的頻率不再像之前那麼高。經過這個時期，庸一偶爾還是會上個節目，但平常都盡量遠離大眾媒體。

不再一天到晚上電視之後，庸一大部分的時間都花在閱讀上。此時明日美已一歲，但除了讓庸一抱抱孩子之外，育兒方面詠子什麼事也不讓庸一做。

「給你做肯定會搞砸。」

這幾乎成了詠子的口頭禪。

靠著接電視節目通告的錢，庸一買了獨棟的房屋。地點在龜戶，距離ＪＲ（註）車站徒步約十五分鐘，雖然是中古屋，但屋齡相當新。雙層建築，一樓有起居室、餐廳及會客室，二樓有三個房間，此外還有一座小小的庭院。

「我要買一棟屋子。」

庸一獨自前往看屋之後，便決定買下。本來以爲詠子會反對，沒想到詠子竟欣然同意。

註：Japan Railways，即日本鐵路公司。

庸一與堅次越來越少往來。自從搬了家，兩人的關係益發疏遠。物理上的距離雖然幾乎沒有改變，兩人的心卻變得異常遙遠。哥哥是受到吹捧的知名作家，弟弟卻是只能躲在陰暗處寫作的無名小卒。哥哥擁有家庭，弟弟卻只能過著獨居生活。庸一的人生越燦爛，堅次的人生就顯得越黑暗。

自從拿到期盼已久的文學獎，堅次的筆鋒變得更加犀利。編輯們原本都擔心須賀庸一會因失去追求的目標而喪失寫作慾望，但堅次以行動證明那是杞人憂天。

這一陣子，堅次的作品裡多了不少天馬行空的要素，例如男人突然變成野獸，或是突然飛上天空。這樣的劇情，庸一當然無法實踐，只能盡量做到其中一部分，剩下的含糊帶過。根據有多年交情的中村編輯的說法，堅次想寫的似乎是更「大」的故事。庸一只能感受到作品的氣勢，無法理解內容。

堅次逐漸走向難以理解的境界，兄弟之間的距離也越來越遠。

隨著庸一在社會上受到喝采與注目，堅次的表情總像是籠罩著一層陰影。每次見面，堅次都會抱怨哥哥的態度不符合他的要求。雜誌上偶然刊登一張庸一露出溫和笑容的照片，堅次會大罵「別毀了須賀庸一的形象」。庸一要是參加時事評論節目，堅次會氣呼呼地抱怨「別用那種道貌岸然的口氣講話」。久而久之，庸一也感覺與弟弟見面是一件苦差事。

庸一舉家搬遷，更是形同斬斷兄弟之間的最後一絲羈絆。不過，這並非自然而然的變化，而是庸一刻意選擇的結果。

如果不這麼做，恐怕再過不久，兩人都無法保持理性。

「開動了！」

妻子與女兒同聲說道。庸一也在嘴裡默念，拿起了筷子。吃一口馬鈴薯燉肉，鹹中帶甜的單純滋味在舌尖擴散。明日美依然把父親當成空氣。她看也不看庸一一眼，爲了避免尷尬，還不斷向詠子搭話。

明日美早已透過一些傳聞，得知庸一過往的惡行惡狀。前陣子庸一經常上電視節目，似乎也造成了影響。明日美雖然沒看過父親的小說，卻知道父親過的是離不開酒精與暴力的生活。在她的心中，父親是「最不想成爲的大人」中的第一名。這不是庸一的揣測。就讀小學四年級的時候，明日美曾當著庸一的面說出這句話。

不過，那也沒什麼大不了。

只要能夠維持這個家穩定的生活，就算被女兒討厭也沒關係。庸一唯一害怕的是，這個家會徹底土崩瓦解。比起失去現在的生活，被女兒討厭只是微不足道的小事。

「明天我要去找稅務師。」

庸一的一句話，打破了短暫的沉默。明日美嚼著醋漬小菜，彷彿什麼也沒聽見。

「午餐呢？」

「在外面吃，我十點左右就會出門。」

「晚上又會去喝酒吧？」

「不，明天我會回家吃晚飯。」

明日美聽到這句話，竟然發出咂嘴聲。

「你不是才去找過稅務師？」

「三月去找過一次，但那傢伙說什麼要修改申報內容，眞是個飯桶。」

兩個月前，庸一造訪位在秋葉原的稅務師事務所，與負責的稅務師見了一面。後來，對方來電告知申報的內容有誤，必須申請修改。儘管對方在電話裡一再道歉，庸一仍將對方罵了個狗血淋頭，此時依然怒氣未消。

「別那麼說，聽起來很不舒服。」

明日美板著臉，勉強擠出聲音。上次女兒和父親說話，已不知是多久以前的事。

「別怎麼說？」

「『飯桶』這種字眼眞的很難聽，那個人又不是故意犯錯，你有什麼資格批評他？」

明日美嘴裡咕噥，雙眼盯著自己的手。詠子喝著味噌湯，一副局外人的表情。每次丈夫與女兒交談，她就會保持沉默。

「我是客人，他收了我的錢，卻不好好工作，不是飯桶是什麼？」

「像你這樣的人，還有臉談什麼是工作？」

「如果我沒有工作，妳哪來的錢吃飯？」

「在電視上大吵大鬧算是工作嗎？別笑死人了。」

不知何時，明日美已吃光碗裡的飯，她丟下一句「我吃飽了」，便起身離開餐桌。「把自己的碗盤拿到流理台。」詠子說道。明日美充耳不聞，轉身走向二樓的房間。庸一剛點燃金蝙蝠牌香菸，馬上被詠子瞪了一眼。

「通風扇。」

庸一嘆了口氣，起身開啓通風扇，朝著扇面吐出煙霧。雖然是這幾年來立下的規矩，庸一平均每兩次還是會忘記一次，得靠詠子提醒。懷孕期間，詠子把菸酒都戒了，如今看到庸一抽菸，她就會皺起眉頭，抱怨「衣服會有味道」、「房子沾上菸味，以後會賣不出去」。

雖然被女兒討厭，不時還要聽妻子嘮叨，但庸一並不討厭這樣的自己。

這個家就是庸一的棲身之所。不管是身爲一個父親，或身爲一個丈夫，他都是組成這個家庭的重要元素之一。這種置身在安全環境裡的感覺，與小時候住在故鄉的老家截然不同。

驀地，一陣吵鬧的音樂鑽入耳中。原來是詠子拿遙控器打開電視。

「你這麼大年紀了，我希望你在明日美面前注意一下言行。」

「注意言行是什麼意思？」

「就是別使用剛剛那種字眼。」

詠子以鼻子呼出長長一口氣，興致索然地看著電視。那副模樣與當年那個錦糸町色情三溫暖的櫃檯小姐簡直不像是同一人。

爲了適應環境，詠子能夠巧妙地改變自己。有時是身穿男裝的櫃檯小姐，有時是打扮得花枝招展的女人，有時是傳統的家庭主婦。到底哪一張臉才是她的眞面目，連庸一也捉摸不透。或許每一張臉都是她的眞面目，同時也是假面具。

雖然結褵近二十年，詠子在庸一的眼中依然如此神祕。

隔天早上，庸一聽完稅務師的一長串辯解，照著對方的指示在文件上蓋了章。雖然庸一長年來一直有著自營業者的身分，但對於報稅的步驟依然是一知半解，只能交給稅務師處理。所有文件都塡完，庸一拿著影本離開事務所。

庸一在秋葉原的牛肉蓋飯店吃了午餐，接著前往堅次的公寓。弟弟在前年搬遷到位於水道橋的租賃公寓，雖然是以庸一的名義租下，但房租都是堅次自己付的。

每次見完稅務師，庸一都必須把交談的內容完完整整地告訴堅次。這是兩人之間的約定。堅次與哥哥不同，非常重視報稅的細節。不過，並非他認爲報稅是國民應盡的義務，而是擔心報稅的細節出錯，稅務署會看出端倪，導致他的幽靈身分曝光。因此，有關報稅的文件，堅次都要求親自過目。

由於這個緣故，每年到了報稅的時期，兄弟倆至少會見上一面。今年報稅內容出錯，必須申請修改，所以這是庸一第二次前往弟弟的公寓。

一想到得見堅次，庸一便心情鬱悶，但不去不行。

水道橋車站附近，行人寥寥無幾。聽說在舉行職棒比賽的日子，車站月台及通往東京巨蛋的道路會被人潮擠得水洩不通。去年剛開始營運的東京巨蛋，是巨人隊和日本火腿隊的主場。但庸一前進的方向，與東京巨蛋的方向相反。

今年年初，日本的年號從昭和變為平成。雖然年號改變，庸一的生活並無任何變化。久而久之，他已習慣平成（heisei）這個發音有些輕佻的年號。

堅次所住的公寓，位在一條靜謐的道路上。那是一棟八層樓的電梯公寓，堅次的家在七樓。庸一每年來時都會忘記門號，這次因為今年三月才剛來過，還依稀記得。庸一按下對講機的按鈕，不一會便聽見大門傳來解鎖聲。

「我進去了。」

庸一拉開門，先喊了一聲，才踏進屋內。鼻中首先聞到一股陌生屋子的氣味。

堅次就站在庸一的面前。他也已屆不惑之年，外貌看起來卻比庸一年輕許多。或許是整天待在家裡的關係，皮膚像雪一樣白。原本就矮小瘦弱的體格，步入中年後顯得更加柔弱，彷彿只有他遭不斷流逝的歲月遺留在原地。

堅次的臉上帶著淡淡的微笑。每當他心中有所圖謀時，就會露出那樣的表情。過去幾年，每次見面，堅次總是臭著一張臉，好似心中有無數的不滿。如今看到堅次露出微笑，庸一可說是憂喜參半。

「稅務師怎麼說？」

堅次轉身走進屋內。光看那背影，就知道他的心情不錯。庸一跟著走了進去。這屋子雖然是以庸一的名義租下，但庸一踏進門內的次數寥寥可數。屋內整理得整齊乾淨，餐具櫃裡擺飾著一塵不染的葡萄酒杯，客廳鋪著長毛地毯。

庸一知道弟弟愛喝葡萄酒。有時，庸一會想像堅次在深夜的公寓裡，獨自喝著血紅色葡萄酒的畫面。那是一種眞正的孤獨。一種彷彿遭人遺忘在海底的孤獨。

庸一遞出稅務文件，一面說明內容。堅次卻繼續往前走，在後頭的西式房間裡的工作檯前才停下腳步。

「你今天來得正好。」

堅次將手放在一疊稿紙上。最近有不少作家都以打字機取代手寫，但堅次還是堅持以手寫的方式進行創作。

「昨天才剛寫完。」

「是新的作品嗎？」

相較於剛得到文學獎的時期，如今堅次創作的速度下降了一些，但每半年仍會發表一、兩篇作品。現在庸一只跟特定的出版社合作，當中方潤社依舊是最優先的合作對象。畢竟須賀庸一是在這家出版社發跡，而且唯一知道祕密的中村是方潤社的編輯。

庸一朝那疊稿子瞥了一眼，標題頁上寫著〈深海之巢〉。

工作檯的後方擺有電視和沙發。堅次走到沙發坐下，蹺起了腿，說道：

「既然你來了，不如就在這裡看一看吧。」

庸一沒有理由拒絕。目前沒有什麼急事要處理，況且他也想早點知道故事的內容。對庸一來說，堅次的稿子如同預言之書，是決定人生道路的神諭。正因完全依照小說中的描述去做，才能有今天的生活。於是庸一也不推辭，拿起那疊稿子，拉過一張椅子坐下，翻看起來。上次在弟弟的面前讀稿，是多久以前的事情？庸一已記不得。這疊稿紙約一百五十張，以預定刊登在雜誌上的作品而言，算是標準長度。庸一嚥下一口唾沫，翻開第一頁。

〈深海之巢〉的開頭，就讓庸一懷疑自己是不是看錯了。

＊＊＊

洋市起了殺害惠以子的念頭，是在兩天前的晚上。

那一晚，洋市在淺草的立飲酒館（註一）喝得酩酊大醉，走到街上漫無目標地閒晃。擦身而過的路人形形色色。中年婦人的身上，擦著早已退流行的香水。穿西裝的男人身旁依偎著女人，兩人的關係看起來並不單純。白種人的外國觀光客，臉上帶著燦爛的笑容。每個人都任性地過著自己的人生。每個人都是自己人生的舵手，靜靜航行在淺草的漆黑夜晚深處。

一切都是那麼無趣。不管是那個與妻子、女兒同住的家，還是那個人人都尊稱他爲「老師」（註二）的文壇，一切的一切都是那麼枯燥乏味。雖然年號改變了，整個社會卻是一成不變。在平坦的人世間，洋市找不到可以燃燒生命的地方。

拐過飄散著水溝臭氣的街角時，洋市的腦海響起一道聲音。爲什麼不殺了惠以子？這個念頭雖然突兀，卻像是一片拼圖，剛好完美塡補了洋市心中磨損的缺口。洋市立刻奔進最近的一家居酒屋，全心全意地醞釀這個念頭。

自從女兒出生，惠以子的肉體便失去了香氣。雖然性慾可以靠其他女人來發洩，但既然與惠以子不再契合，有什麼理由繼續讓她當自己的妻子？洋市感覺到自己對惠以子的愛早已變質。

惠以子的死，對自己沒有任何壞處。經過深思熟慮，洋市確定了這一點。

洋市心中唯一的憂慮，是如何養育女兒。洋市毫無意願獨力撫養女兒。不過，船到橋頭自然直。不管置身在什麼狀況下，人都有辦法活下去。

洋市興奮不已。爲了找回逐漸喪失的醉意，洋市喝下一杯又一杯的冷酒。

***

「你在開什麼玩笑？」

庸一讀完稿子，劈頭便這麼問。

在這篇故事裡，「菅洋市」決意要殺死妻子。爲了僞裝成自殺，他先騙妻子寫下遺書，再以私人進口的老鼠藥將妻子毒死。犯案後，洋市一度遭警方訊問，後來因證據不足而獲得釋放，從此過著沒有妻子的人生。

庸一走到堅次的身邊，將那疊稿紙重重地扔在沙發上。堅次仰望哥哥，露出他最擅長的微笑。

「你不覺得這篇作品很棒嗎？」

庸一感覺到一股恨意在胸腹之間翻騰。雖然是第一次明確感受到這股恨意，但憎恨的種子早在多年前便已撒下。庸一打從心底恨著弟弟的偏激，恨著堅次那不容許只有哥哥獲得幸福的心態。

註一：指站著飲酒的酒館，通常規模較小且價格低廉。

註二：日本人習慣尊稱創作者爲「老師」。

這股恨意，同時也是長年以來對弟弟百依百順的反作用力。只要是弟弟寫下的文字，庸一就非得加以實踐不可。正因庸一長年抱持這份信念，才會對屢屢提出無理要求的堅次產生如此強大的恨意。要是庸一能夠輕易無視弟弟所寫的文字，內心根本不會有任何矛盾與糾葛。

「哥哥，你別誤會。我寫出這樣的劇情，不是羨慕你有家庭，想要毀了你的家庭。我想要做的事情，是把一個徹徹底底的虛構世界，藉由須賀庸一這個裝置送進現實世界。」

「殺死妻子就算是徹徹底底的虛構世界？這樣的劇情會不會太老套？」

庸一毫不掩飾地批評弟弟寫的小說。堅次的臉上浮現一絲驚訝與欽佩，說道：

「哥哥，沒想到你居然說得出這種話了。」

庸一沒回應，只哼了一聲。到目前為止，由堅次創作、庸一發表的小說已多達數十篇。庸一的一生，幾乎全耗費在設法讓這些作品變成私小說上。再怎麼強人所難的事情，庸一都咬著牙做了。正因如此，庸一才會說什麼也無法接受〈深海之巢〉的內容。

如果要親手殺死妻子，毀掉自己的家庭，庸一寧願選擇自殺。

「這是一個神話。」

堅次嚴肅地看著庸一的眼睛。

「家族相殘，是神話中不可或缺的劇情。殺父母、殺子女、殺丈夫、殺妻子，從語言發明的時代，人類就綿延不絕地傳承著家族相殘的血脈。不管是古代、中世、近代，還是現代，家族相殘的現象會隨著時代不斷改變形式。任何偉大的作品，必定會以某種形式隱含家族相殘的概念。你知道爲什麼嗎？因爲家族相殘是存在於人類內心最深處的罪業。」

「如果這只是小說情節，你愛怎麼寫就怎麼寫。但對我們來說，你寫的可不是單純的小說。故事裡的家族相殘，跟現實生活中的家族相殘是兩碼子事。」

「沒錯，在一般的狀況下，虛構與現實是兩碼子事。但對我們來說，這是同一件事，虛構就是現實。可惜我不得不說，過去我寫的，都不是什麼大不了的內容。就算喝再多的酒，再怎麼打架鬧事，都無法成爲神話。從現在起，須賀庸一將站上新的舞台。我們要讓神話化爲現實，在文學史上留名。如果不能做到這一點，我寫小說又有什麼意義？」

「堅次，你冷靜點。殺人跟我過去做的那些事，是完全不同層次的事。」

「我很冷靜。到底該怎麼做，對須賀庸一這個作家才最有益處？冷靜思考後，這就是我的結論。既然得出最好的結論，只能付諸行動。」

不管再怎麼爭論，都無法達成共識。過去兩人發生爭執，庸一必定是退讓的一方。但這次庸一實在無法退讓。

「要我殺死詠子，我寧願自殺。」

「既然你有自殺的覺悟，殺人應該不是難事。我說過了，這是一個神話。我們必須讓這篇作品成爲傳說。我指的可不是文壇裡的傳說。我根本不在乎那種井底世界。唯有讓名字傳遍井外的世界，才稱得上眞正的作家。擁有這種資格的作家，古往今來沒幾個。」

「如果殺人也算是作家的工作，那我不幹了。」

「哥哥，你聽好，須賀庸一跟那些隨處可見的作家不同。除了我們之外，沒有任何作家能夠同時推動現實與虛構。何況，你不當作家，要怎麼維持生計？妻子和小孩願意跟你一起生活，是因爲你有當作家的收入。一旦你沒有收入，她們都會離你而去。」

庸一想反駁，但才剛開口，堅次立刻伸手制止，接著說：

「不然這樣好了，我讓你自己選。你要殺死妻子，還是殺死女兒？」

堅次的口氣漸漸變得不耐煩。

「我都不選。」

「快選吧。要妻子，還是女兒？」

這已不能算是對話。兩人只是各自吐出心中的話。

「我……」庸一不禁遲疑，不知道該不該說出這句話。感覺一旦說出口，這件事就會變得輕薄猥瑣。然而，庸一終究說了出口。

「我愛著詠子，也愛著明日美。」

堅次冷笑起來。接著，他伸出手指，搔了搔那宛如白色陶瓷般的太陽穴，說道：

「原來如此……但你對她們的愛，難道不是虛構出來的嗎？」

堅次的語氣平穩，卻流露一股明顯的敵意。像是一塊包著荊棘的厚布，稍微用力拍打，馬上會刺傷手掌。

「你說什麼？」

「哥哥，你會變成現在的你，是因爲照著我寫的劇情過日子。換句話說，你是在實踐虛構故事的過程中愛上了詠子。」

「不，打一開始我就愛著詠子，這是我自身的眞實情感。」

「不，哥哥，當年你只是邂逅了這個女人。是我把你心中的情感培養成愛情。從頭到尾，你都只是被我創作的虛構故事牽著鼻子走。你跟你女兒是血濃於水的關係，我願意退讓一百步，承認你基於人類的本能，眞心愛著你的女兒。但你對詠子的愛情是假的，爲了這種虛假的愛情，你要獻出生命嗎？」

庸一不想再聽下去，按著堅次的肩膀說道：

「對詠子的愛，是我的眞實意志，你別再說了。」

「不，我還要繼續說。哥哥，你一輩子都活在虛構的世界裡，以後你也得遵循我寫出的虛構故事活下去。」

庸一霎時氣血上衝，只感覺眼前一閃，拳頭已打在堅次的臉頰上。堅次整個人翻了半圈，從沙發上滑落，摔倒在地。然而，他馬上起身，說道：

「我會一直說下去。你的人生是假的，全都是假的。」

堅次的左頰又紅又腫，卻一步也不肯退讓。庸一心裡明白，就算施暴，也沒辦法讓他改變心意。見庸一放下右拳，堅次坐回沙發上，說道：

「在你殺死妻子之前，我不會交給你下一份稿子。你拿不到我的稿子，就等著喝西北風吧。」

「我不會喝西北風。稿子我可以自己寫。」

聽見這句話，堅次噗哧一笑，歪著嘴角反問：

「你自己可以寫？現在可不是開玩笑的好時機。」

「我是認眞的，而且我早就開始寫了。」

「噢……是嗎？那你就儘管寫，儘管拿去給編輯看吧。不過，我警告你，別丟了須賀庸一這個名字的臉面。『須賀庸一』是我花費一生創作出來的作品，不是屬於你一個人的東西。」

庸一壓抑想大喊「我才是須賀庸一」的衝動，目不轉睛地瞪著弟弟。

「對了，你看看這個吧。」

堅次忽然從抽屜取出一張稿紙。看到上頭的文字，庸一不由得心驚膽跳。那是〈深海之巢〉第一頁的內容，但上頭的文字並非堅次的筆跡，而是庸一的筆跡。當然，庸一完全不記得自己寫過這種東西。

「哥哥，你的字真的太醜了，我費了好大一番工夫才學會。不過字醜一點也好，模仿的時候才不容易被看出破綻。」

「你學我的筆跡做什麼？」

「學會你的筆跡，將來就算你進了監獄，我還是能繼續發表小說。放心，我不會公開身分，只會說是你的好友，你委託我把稿子送到出版社。」

堅次沾沾自喜地說著。庸一不禁心想，他若不是真心想要毀掉我的人生，就是已發瘋。

「哥哥，現在你明白了吧？唯有照著我寫的小說去做，你才有存在的價值。唯有這麼做，你才能繼續當一個作家。」

庸一默默轉身走向門口，背後傳來堅次的呼喚聲。

「你忘了把稿子帶走。」

堅次指著桌上說道。庸一略一遲疑，大步走回，拿起〈深海之巢〉的稿子，塞進信封。庸一瞧也沒瞧一眼沙發的方向，直接走向門口，踹開大門，離開堅次的家。

門外是一片安詳靜謐的午後景象，與剛剛屋內那劍拔弩張的氣氛截然不同。庸一快步走向水道橋車站，一心只想著得趕快回家，寫完自己的長篇小說。唯有這麼做，才能徹底斬斷對堅次的依賴。

爲了實現神話而殺死詠子？不可能。絕對不可能。如何能夠爲了實踐小說的內容，而毫無理由地殺人？這種事情絕對不應該發生。這已跨越身爲一個人的底線。就算能夠逃過法網，事情的本質還是不會改變。

然而……

自己眞的能夠違逆堅次的小說嗎？

庸一感覺背上冒出黏稠的汗液，視野逐漸變得模糊。

打從二十歲的時候，庸一就依循著堅次所寫的故事過日子。如今算起來，人生有超過一半的時間是活在這樣的狀態下。不知何時，須賀庸一與菅洋市的界線完全消失。這麼多年來，稿紙上的內容等於必定會發生的現實，形同無法推翻的命運。任何內容都一樣。不管內容再怎麼殘酷，庸一都無法轉身逃走。

你的人生是假的，全都是假的。

堅次的這句話，迴盪在庸一腦中的無響室內。

方潤社的會議室一片寂靜。翻動稿紙的聲音，竟是如此清晰響亮。庸一感到前所未有的緊張。

等待的時間裡，庸一不知該做什麼，只好反覆翻看著剛剛拿到的中村的新名片。中村的頭銜變成了「文藝編輯部長」。從第一次見面到現在，這麼多年來，中村從不曾被調往其他部門，一直待在文藝編輯部。包含庸一在內，中村發掘、培育出非常多知名作家，功績受到肯定，因此在不久前升任爲部長。

出道至今，中村一直是庸一的責任編輯。在所有編輯裡，兩人認識的時間最長。而且，除了中村之外，其他編輯都不知道，須賀庸一的作品其實是弟弟堅次所寫。

中村讀完最後一頁，摘下玳瑁眼鏡擱在桌上，摸著下巴的鬍碴，陷入沉思。兩人沉默了好一會，中村重新戴上眼鏡，輕咳一聲，開口：

「這不是你弟弟寫的吧？」

「看得出來嗎？」

「文風完全不同，這是誰寫的？」

「我自己寫的。」

中村的臉色絲毫沒有改變，看不出任何情緒變化。若要形容，就像是努力不讓旁人看穿自己的內心。這是否意味著，中村此時有著不能被庸一知道的感受？

庸一很想快點聽到這篇作品的評價，但中村又陷入沉默。

自從上次到水道橋的公寓和堅次見面，到今天已足足過了兩個月。庸一親手所寫的長篇小說，當初是以四百張稿紙爲目標，如今全部寫完，比預計的四百張稿紙多了一些。標題爲〈一朵花〉，內容描寫成年人的戀愛及煩惱，庸一自認寫得相當不錯，至少達到商業出版的水準。最大的問題在於，文風與過去堅次所寫的作品截然不同。

「須賀先生……」

中村終於開口：

「要是發表這篇作品，你知道讀者會有什麼反應嗎？」

「我也很擔心這一點。畢竟作品的氛圍跟過去完全不同，讀者會有些疑惑吧。我心知肚明，所以打算發表在偏娛樂性質的雜誌上……」

「我不是那個意思。」

中村毫不留情地打斷庸一的話。

「這篇小說太無聊了。」

一時之間，庸一懷疑自己聽錯了，不然就是中村說錯了。然而，從中村憤慨的表情，看得出他並不認爲自己說錯話。

「太無聊了？」

「你想聽具體的分析嗎？首先，劇情設定太陳腔濫調。當然，挑選大眾熟悉的題材不見得是壞事，但如果沒加入一些新的元素，就會給讀者似曾相識的感覺。還有，你的文筆也不行。比喻老套，說明又冗長，毫無美感可言。而且，登場人物的行動和想法沒有一貫性，沒辦法讓讀者融入其中。就連〈一朵花〉這個標題，也下得不恰當，呈現不出小說的意境。這篇作品根本上不了檯面，還談什麼像不像須賀庸一的風格？」

庸一怒上心頭，不由自主地湊上前，隔著桌子揪住中村的襯衫領口。幸好他心中殘存一絲理性，才沒朝中村揮拳。

「如果沒有我，你今天能當上部長嗎？」

「須賀先生，看來你有所誤會。正因是你拿來的稿子，我才勉強讀到最後。如果這是新人獎的投稿作品，我大概看個五頁就丟在一邊了。」

庸一放開了中村。他冷靜地整理服裝，挺直背脊坐回椅子上。這個長年來合作無間的編輯，如今在庸一的眼裡竟成了敵人。

「沒什麼了不起，我找其他編輯幫忙。」

「我勸你最好別這麼做，不然只會損害自己的名聲。我不否認，或許你能找到願意吹捧你的編輯。畢竟這年頭只要打出『須賀庸一』這個名字，就算是再爛的內容，也能有一定的銷售量。但如果你被那種編輯哄個幾句，就眞的出版這篇作品，一路追隨你的讀者，必定會離你而去。」

庸一像洩了氣的皮球一樣，癱坐在椅子上。看來，中村是打從心底認爲，這篇小說毫無價值。中村身爲編輯的實力毋庸置疑，庸一比任何人都清楚這一點。

中村原本板起的臉孔漸漸軟化。他感慨地對庸一說：

「須賀先生，其實，我原本不太相信你眞的有個弟弟。我以爲那只是你在心裡訂下的規矩，類似某種角色設定。今天讀了這篇作品，我終於能夠確定過去那些作品都是另一個人寫的。」

庸一垂首不語。

原本以爲自己寫的小說就算沒辦法超越堅次的等級，至少拿來賣錢肯定沒問題。畢竟接觸堅次的工作長達二十多年，庸一不僅讀過每一篇堅次的作品，而且都親手抄寫過。這二十多年來的經歷，讓庸一誤以爲文壇第一流作家的文章，已化成自己的血肉。

庸一是堅次的哥哥，兩人身上流著相同的血脈。既然堅次是天才，自己多少也應該有一點才能。沒想到，這完全是自己的癡心妄想。雖然是兄弟，畢竟是不同的人。庸一就是沒有寫小說的才能。

「爲什麼過了這麼多年，你才突然想要自己寫小說？」

中村問道。庸一沒回答，只是默默搖頭。中村誤解了庸一的意思，霎時臉色大變，連忙關切：

「難道是……你弟弟陷入低潮？」

中村緊張的神情，對此時的庸一而言，猶如一種羞辱。中村剛剛才把庸一的小說批評得一文不値，現在誤以爲弟弟陷入低潮，竟然緊張得手足無措。可見他對兩人的小說評價，只能以判若雲泥來形容。

「他還在繼續寫……但那個內容……我實在無法理解。」

「你根本沒必要理解。」

中村的眼神非常篤定，沒有一絲迷惘。

「能不能理解，跟是否具有文學價值，完全是兩回事。就算你無法理解，但好的作品就是好。如果你無法判斷，請把稿子拿來讓我看看。」

庸一當然不可能拿給中村看。讓編輯看稿子，必須是在實踐內容之後。換句話說，要讓中村看〈深海之巢〉，必須先殺死詠子。這也意味著，永遠不能讓中村看見這份稿子。無論如何都不行。

「其實我一直在想，是不是該讓我跟你弟弟見上一面了。畢竟合作這麼多年，好歹也該見面打聲招呼。還是，你認為……讓我跟你弟弟見面，有什麼不妥之處？」

絕對不能讓中村與堅次見面，否則庸一的存在價值會降低。庸一是堅次與外界聯繫的重要橋梁，一旦失去這項使命，他存在的重要性將大幅下滑。

庸一將〈一朵花〉的稿子收回信封，粗魯地站起來。中村默默送庸一離開，走出會議室前，中村突然停下腳步，說道：

「我希望你能保持冷靜。雖然不知道你們之間發生什麼事，但與弟弟切斷關係，對你來說絕對是百害而無一益。如果你想繼續當一個作家，勢必要獲得弟弟的幫助。這是當年你第一次帶著稿子來見我的時候，就已無法改變的事實。」

庸一毫不理會中村在身後說的這些話，頭也不回地走出大樓。戶外的空氣潮濕，庸一才走一小段路，便汗流浹背。回想起來，第一次來到方潤社的那一天，同樣是個炎熱的日子。腳下彷彿冒著騰騰熱氣，猶如置身在火爐的鐵網上。

走進車站，首先映入眼簾的是一排垃圾桶。紙類的回收桶裡，塞滿報紙和雜誌。庸一將稿子連同信封一起扔進去。花了數個月寫出的第一篇小說，原來只是會傷害「須賀庸一」名聲的垃圾。

庸一在車站內的便利商店買了罐裝啤酒，站在月台上一口氣喝下肚。不一會，漸漸產生若有似無的醉意。庸一感覺站得有些吃力，於是一屁股坐在混凝土地板上。

打從一開始，庸一就對寫小說沒有興趣。就算勉強自己寫作，也不可能寫出什麼像樣的東西，這是早就可以預期的結果。既然如此，爲什麼還會幹出如此愚蠢的行徑？爲什麼會寫出那篇小說？

庸一豁然醒悟：原來我不是想寫小說，我只是想當個小說家。

一個抱持這種心態的人，寫出來的小說當然不可能獲得專業人士的肯定。一個不夠睿智、不夠衝動，沒有狂暴慾望的人，寫出來的小說無法擄獲人心。爲什麼明明不會寫小說，卻硬要強迫自己寫小說？庸一左思右想，只想通了這個問題的答案。

因爲二十多年來，他親眼見證了一個小說家有多了不起。

＊＊＊

透過進口業者購得的老鼠藥，有著在日本絕對無法取得販售許可證的成分。這種含有亞砷酸的老鼠藥，不僅撲滅老鼠的效果極佳，只要攝取的量夠多，人類也一樣會喪命。那泛著光澤的漆黑瓶身，讓人聯想到足以奪人性命的手槍。

洋市躲在房間裡，戴上口罩及厚手套，小心翼翼地打開瓶蓋。瓶裡的藥劑是淡粉紅色的顆粒狀，有點像是乾燥後搗碎的梅干。洋市攤開一張舊報紙，把瓶子放在上頭。

接著，洋市取來圓筒形的玻璃容器。那容器剛從冰箱拿出來，附著不少水滴，裡頭裝的是深褐色的麥茶。

洋市打開玻璃容器的蓋子，倒入老鼠藥。無數的顆粒在深褐色液體中逐漸下沉，如雪片般堆積在容器底部。倒了大概半瓶之後，洋市蓋上瓶蓋，拿竹筷攪拌麥茶。沒有融解的顆粒在容器內上下翻舞。過了一會，這些顆粒逐漸縮小，終於完全看不見。只要覆上蓋子，放回冰箱，就是一罐毫無異狀的麥茶，跟剛從冰箱拿出來時沒有任何不同。

洋市望向身旁的那封遺書。素面的茶色信封裡，放著一張摺成三分之一大小的信紙。上頭寫著什麼，洋市當然一清二楚。

請將我與母親葬在一起——短短的一行文字，旁邊有著惠以子本人的簽名。

＊＊＊

這天一大早就下起了雨，毫無停歇的跡象。庸一撐著黑色雨傘，從水道橋車站走向堅次的公寓。老舊的運動鞋吸了雨水，連襪子都濡濕。腳底踏在濕布上的不適，讓庸一不禁皺起眉頭。提在手上的塑膠袋，當然也濕透了。

庸一來到公寓的七樓，按下門口的對講機按鍵。沒想到今年得與堅次見上三次面。聽見門內響起開鎖的聲音，庸一旋即將門拉開。弟弟就站在門口，庸一將塑膠袋舉到他的面前，讓他看見袋裡的一瓶葡萄酒。

「借個杯子吧。」

「伴手禮？」

「我自己想喝。」

堅次接過葡萄酒，在廚房的燈光下細看瓶身的標籤，接著熟稔地拔開瓶栓。庸一坐在沙發上等著，堅次將血紅色的葡萄酒倒入玻璃杯，遞給庸一一杯後，他坐在工作檯旁的椅子上。兩人沒乾杯，各自喝起葡萄酒。

「你下定決心的時間，比我預期的早了一些。」

「我終於明白了，我根本沒有寫小說的才能。」

堅次心滿意足地啜了一口葡萄酒。

這是庸一眞實的感想。自從被中村批評得一無是處，庸一就喪失寫小說的動力。反正不管再怎麼寫，也沒辦法賣錢。既然沒有寫作的才華，擁有的選擇可說相當有限。雖然非常不願意殺人，但除此之外沒辦法解決這個問題。

庸一以詠子的名義購入老鼠藥。進口業者與老鼠藥的品牌都由堅次指定，連訂購的明信片也是堅次寫的。這是爲了避免警方從筆跡懷疑到庸一頭上。警方不可能根據筆跡查出堅次的身分，因爲堅次是早已不存在於這個世上的人。

「我能問一個問題嗎？」

「可以，但事到如今，可別想叫我改內容。」

堅次吃吃笑了起來。庸一湊上前，問道：

「如果我們的父母還活著，你會寫下殺死他們的故事嗎？」

堅次聲稱〈深海之巢〉寫的是家族相殘的神話。既然如此，殺害的對象當然也可以是父母。而且，相較之下，有血緣關係的父母比配偶更合適。

兄弟倆的父母早已去世。父親逝於五年前，母親逝於兩年前。庸一不清楚詳細的死因。雖然父母去世的時候，庸一都曾收到親戚的來信，但他沒看內容就扔了。若親戚打電話來，庸一全叫詠子接聽。

不是因爲心裡憎恨著父母，而是自認沒臉見他們。兄弟倆讓這對鄉下的平凡夫妻背負太過沉重的負擔。第一個負擔是，害仍在就讀國中的堅次跳崖自殺的愧疚感。第二個負擔，則是身爲知名私小說作家的父母承受的壓力。過了這麼多年，庸一沒辦法厚著臉皮在喪禮上對著父母的遺照合掌膜拜。光是想像擔任喪主的景象，庸一就感到無地自容。

「這個嘛，我也不敢肯定。」

堅次含糊其辭，啜了一口葡萄酒。

「認眞回答我。」

「你很在意這一點？」

「當然。既然要我殺死妻子，你總得讓我知道明白這麼做的必要性。」

「必要性？」

堅次笑了起來，彷彿很驚訝哥哥會說出「必要性」這種詞彙。庸一沉默不語，靜靜等著。庸一相信只要一直等下去，弟弟遲早會說出眞心話。果然，堅次笑了幾聲，將杯子放在桌上，說道：

「作家須賀庸一，快要被那女人殺死了。」

堅次雙臂交抱，低頭看著坐在沙發上的哥哥。

「哥哥，自從你跟那女人結婚，像一般人一樣建立家庭之後，身爲文士的品格就不斷降低。作家絕對不能過著安逸的生活。再這麼下去，詠子遲早會折斷須賀庸一的筆，斷送哥哥的作家生命。既然如此，我們只能先下手爲強。這樣的答案，你滿意嗎？」

「不滿意，這只是你的藉口。」

堅次的眼神瞬間變得犀利。自從庸一進入屋內，堅次第一次露出焦躁的神色。

「你只是需要他人的關愛而已。你只是想獲得我的關心。詠子一死，我就會更加依賴你。而且，只有我和你知道眞相，我不可能把眞相告訴女兒。你只是爲了這個目的，才要求我殺死詠子。當年你假裝自殺，也是基於同樣的理由。你只是想撒嬌而已。你只是想獲得更多父母的關愛。所以，你假裝自殺。只要你一死，父母就會深深體認到你有多重要。聽起來很愚蠢，卻是你眞正的心聲。說什麼想獲得自由，不過是一種藉口。」

庸一的目的，其實只是想讓堅次失去冷靜。計畫要成功，就必須盡量挑釁堅次，降低他的注意力。果然，堅次皺起眉頭，說道：

「聽起來眞不舒服。」

「你不否認？」

「愚蠢到我懶得否認。」

庸一不禁暗想，難道眞的說對了？本來是爲了誘使堅次失去冷靜，如果繼續深思下去，自己可能會先失去冷靜。庸一不斷提醒自己要沉著應對，務必讓計畫順利成功。

堅次一臉索然地站了起來，走進玄關旁的廁所。門一關上，旋即傳來上鎖的聲音。

庸一確認堅次的杯子裡還有葡萄酒沒喝完，立即從手提包取出泛著黑色光澤的瓶子。他注意著廁所的動靜，一邊打開瓶蓋，將半瓶老鼠藥倒入杯中，並取出竹筷輕輕攪拌。接著，他仔細觀察玻璃杯，確認葡萄酒裡已看不到任何顆粒。完成這些動作，庸一將老鼠藥及竹筷放進袋子，塞回手提包。

從開始到結束，只有短短二十秒。

庸一感覺到心臟劇烈跳動著，忍不住暗罵自己實在太膽小。如果計畫順利成功，堅次應該會在幾分鐘之後斷氣。葡萄酒裡摻入他親自挑選的老鼠藥，當他一口喝下，將會痛苦掙扎而死。

只要堅次一死，問題就能獲得解決。庸一打算在確認堅次斷氣之後，便到警署自首，把所有事情一五一十地告訴警察。包含堅次當年只是假裝自殺，其實並沒有死。包含至今發表的小說，其實全出自堅次之手。包含堅次要求庸一依照小說的情節，殺死妻子。雖然「須賀庸一」這個虛幻的作家將會從世上消失，至少不必殺害詠子。

除了這麼做之外，沒有其他辦法。只要弟弟還活著，庸一絕對無法與他對抗。再這麼下去，遲早會被迫殺死妻子。要避免這件事情發生，庸一或堅次非死其中一個不可。然而，庸一仍對這個世界有所眷戀。

過了一會，堅次走出廁所，回到椅子上。他拿起酒杯，舉到雙眸的高度，緊盯著杯中的暗紅色液體。庸一不由自主地凝視著堅次的一舉一動，不敢眨一下眼，眼球疼痛得彷彿隨時會破裂。片刻之後，堅次將玻璃杯放回桌上，問道：

「你的老鼠藥呢？」

堅次的口氣，宛如老師在教訓學生。這一瞬間，庸一明白計畫失敗了。

「看你帶著葡萄酒來，我就有所提防。我喝酒向來很節制，不會像你一樣喝到失去判斷力，更何況是這麼可笑的手法，你以爲我會上當嗎？」

堅次的語氣平淡，完全沒有勝利的喜色。他看起來十分冷靜，彷彿在說理所當然的事情。但在庸一的眼裡，冷靜的堅次比暴跳如雷的堅次更可怕。

「如果我把這玩意潑在你那傻乎乎的臉上，你認爲會有什麼結果？」

葡萄酒裡摻有大量的毒藥，要是潑在臉上，下場恐怕會很慘。堅次抓起玻璃杯，輕輕一搖，庸一嚇得摀住臉。數秒之後，庸一才想到不能在弟弟的面前示弱，緩緩放下手。只見杯裡的液體早已不再搖晃。

「你放棄吧。除了殺死詠子之外，你沒有第二條路。」

庸一一句話也說不出口，簡直像是嚇得忘記該怎麼說話。因爲反駁也沒有用，而且在爭辯的過程中，他恐怕會不由自主地答應堅次的要求。

「你把自己寫的小說拿去給編輯看了嗎？有沒有找到願意幫你發表的出版社？我看應該是沒有吧？否則，你也不會做出這種決定。」

庸一寫的那篇小說，多半已在垃圾焚化爐內化成灰燼。既然內容毫無價值，不過是一疊沾上墨水的稿紙，也只能燒掉。

堅次走向沙發，坐了下來，說道：

「哥哥，你放心。只要殺死詠子，你就能成爲神話的一部分。你不用擔心未來的事，我會照顧你一輩子。」

庸一的腦海浮現故鄉的那片沙灘。兄弟倆一同蹺課，並肩坐在沙灘上眺望大海。打從那個時候起，庸一就注定成為堅次創造出的虛構世界的一部分。這虛構的世界是如此堅固，不管庸一再怎麼掙扎，也無法令其瓦解。

其實，還有一個辦法，就是當場喝下毒藥，將自己毒死。那杯摻有老鼠藥的葡萄酒，就放在工作檯上，一伸手就拿得到。只要一口氣喝光，庸一必死無疑。與其殺死妻子，不如自己死了乾脆。

雖然這麼想著，身體卻動彈不得。現在沒辦法下定決心自殺，以後也將永遠沒辦法。如此一來，只剩下一條路可走。庸一一咬牙，想去拿杯子，手臂卻不聽使喚，唯有指尖微微顫動一下。

假如庸一死了，〈深海之巢〉會從此不見天日嗎？不，即使失去庸一這個與外界聯繫的管道，堅次也會找到另一個人取代庸一，對外發表〈深海之巢〉。這個人將輕而易舉地成為庸一的後繼者，就算沒有庸一，世界依然正常運轉。庸一無法忍受這樣的恥辱。

發表〈深海之巢〉的人，一定要是我才行。

「不要違抗命運。」

堅次似乎看穿了庸一的心思。除了殺死詠子之外，作家須賀庸一沒有其他方法可以存活下去。

那杯有毒的葡萄酒，在此時的庸一眼裡，猶如沙漠中的海市蜃樓般遙遠。

八月上旬，明日美預定參加三天兩夜的夏令營活動。

參加者必須先在東京的轉運站集合，一同搭乘主辦單位租的巴士，前往位於千葉縣的露營場地。主辦單位的員工會負責照顧孩子們，家長不需陪同。活動的主旨，是讓在都市長大的孩子們多接觸大自然，父母也可趁機放幾天假。

明日美連續三年都參加這個活動，似乎已交到一些朋友，吃飯的時候也不停跟母親聊著夏令營的事情。庸一從來不參與她們的對話，但每當她們聊到這個話題，庸一就會豎起耳朵聆聽。

「明日美參加夏令營的那幾天，你有什麼計畫？」

這天晚上，明日美已入睡，庸一坐在餐桌前喝啤酒。詠子洗完碗盤，突然這麼問。庸一正希望她問這個問題。

「一起出去吃飯吧？我來訂餐廳。」

「眞的可以嗎？」

詠子睜大眼睛，顯得有些意外。去年和前年明日美參加夏令營的期間，夫妻倆都沒外出用餐。而且，庸一和詠子外出用餐，從來不曾特地預訂餐廳。爲了避免詠子起疑，庸一故意喝著啤酒，以罐身遮住臉。

明日美出發那天，詠子負責帶女兒前往轉運站。平常總是睡到接近中午的庸一特地起了個大早，在門口送妻子和女兒出門。明日美戴了一頂寬簷帽，穿著連帽T恤及牛仔褲，揹了個大背包。

明日美從頭到尾都沒有看父親一眼，庸一卻不禁愣愣注視著態度高傲的女兒。或許這是最後一次看見她了。

「小心點。」

庸一朝女兒喊了一聲，但明日美沒回應。母女倆撐起陽傘，並肩走在豔陽下，就這麼逐漸遠去。

家裡只剩下庸一。回到書房，他打開上了鎖的抽屜，取出泛著黑色光澤的瓶子。這裡頭的顆粒或許只有幾公克的重量，卻足以改變好幾個人的一生。想到這一點，庸一便感覺瓶子異常沉重。

執行計畫的時間，預定在明天中午。在麥茶裡摻入老鼠藥，讓詠子喝下。在這段期間裡，庸一故意外出，製造不在場證明。明日美後天才會回來，不用擔心女兒會誤喝有毒麥茶。計畫本身相當單純，沒什麼特別的手法。等到確認詠子死亡之後，就打電話報警。

「千萬不能粗心大意。」

當初在水道橋的公寓裡，堅次再三提醒庸一。

「雖然你就算坐了牢，還是能繼續當『監獄作家』，但如果可以的話，最好不要走到這一步。如果不想吃牢飯，遺書和不在場證明的準備，絕對不能馬虎。」

庸一的岳母，也就是詠子的母親，已因肝癌過世。從前母親和詠子一起居住的那棟建築，在十多年前就已拆除，後來母親一直住在位於押上的公寓。發現罹癌之後，母親住院將近一年，還是不治身亡。基於本人生前的希望，詠子沒爲母親舉行喪禮。母親死後安葬在墨田區的墓園，從住家搭乘公車只要約三十分鐘的車程，每年到了母親的忌日，庸一一家人就會前往掃墓。

詠子經常提醒庸一，將來她死後，想與母親葬在一起。母親在詠子心中的分量，大到庸一難以想像的地步。庸一只見過岳母數次，印象中是個平凡的婦人，沒什麼特徵。如果詠子的魅力降低數十倍，大概就會像那樣子吧。

總之，從詠子的立場來看，她確實有留下遺言的理由。只要稍微推一把，要她主動寫下遺書並不難。有了遺書，警方就會認定她是自殺。詠子斷氣的時候，庸一故意到其他地方繞一繞，製造出不在場證明就行了。

庸一坐在書房的地板上，在腦袋裡反覆演練整個流程。一次又一次地練習，一次又一次地誘騙詠子寫下遺書。如果這個環節失敗，計畫將功虧一簣，〈深海之巢〉也將永遠沒有發表的一天。

走出書房的時候，太陽已西斜。光是擬定計畫，就花了將近半天。送明日美到車站的詠子，早已回來，坐在客廳的和室椅上看電視。見庸一走出來，她抬頭問：

「怎麼了？」

「幫我拿筆和信紙來。」

詠子緩緩起身，從抽屜裡拿出紙筆。庸一關掉電視，拉過矮桌，在詠子的對面盤腿坐下。

「如果我死了，把我跟妳葬在一起。」

聽丈夫突然提起死後的事，詠子並未流露詫異之色，只是歪著頭問：

「這樣的話，你也會進墨田那邊的墓園，你願意嗎？」

「詠子，妳呢？妳對死後有什麼打算？」

「如果我死了，想跟母親葬在一起，不用辦喪禮。」

「就這樣？」

「就這樣。」

此時，詠子的雙眸就像在「男爵」初遇時那麼深邃，有如宇宙般浩瀚無垠，閃爍著無數的星光。

庸一拿起筆，在信紙上寫下：

〔將我與妻子詠子葬在一起。〕

簽上名字之後，他將信紙交給詠子。

「我們互相拿著對方的遺書，不管誰先死，另一個人都要遵守約定。」

詠子瞥了庸一一眼，默默接過信紙，接著拿起筆，在另一張信紙上寫下娟秀的字跡。

〔請將我與母親葬在一起。〕

詠子簽了名後擱下筆，把信紙交給庸一。

「這樣可以嗎？」

「很好。」

「但我不見得會遵守約定。」

「就算妳不遵守，我也會遵守。」

詠子的臉上浮現一抹微笑。

庸一就這樣拿到了詠子的遺書，接下來只剩殺死詠子了。

這天晚上，庸一帶詠子去法國餐廳，還難得跟詠子做了愛。兩人蓋著同一條棉被，詠子已熟睡，庸一卻輾轉難眠，直到早上都不曾闔眼。明明全身疲勞又沉重，但就是睡不著。

今天就是殺死詠子的日子。

要讓須賀庸一以作家的身分活下去，這是唯一的方法。

夜裡，庸一好幾次想像詠子死前痛苦掙扎的模樣，內心湧起強烈的愧疚與恐懼。從今以後，將一輩子活在殺死詠子的陰影中。光是想到那種壓力，便感覺幾乎快被壓垮。如果可以的話，好想拋下一切，找個地方躲起來。

晨光自窗外透入，庸一在朦朧的意識中下定決心。

既然這是命運，只能照做了。

庸一下了床，躲在書房裡，又重讀了〈深海之巢〉一遍。

＊＊＊

盛夏的早晨，隨著天空泛起魚肚白，氣溫逐漸攀升，感覺越來越悶熱。

洋市將摻有老鼠藥的麥茶放進冰箱，躡手躡腳地離開廚房。惠以子還在寢室裡熟睡。家裡明明開了冷氣，洋市卻汗流不止，連腳底也滲出不少汗，走路時險些滑倒。

洋市將鑰匙和錢包塞進褲袋，輕輕推開家門，走到屋外。外頭的氣溫高得令人咋舌，蟬鳴聲十分刺耳。陽光有如箭矢，穿透衣褲，毫不留情地刺在皮膚上。洋市穿上涼鞋，將手放在額前遮擋陽光，在街上隨意亂走。

夏天的早上，惠以子一定會喝麥茶。這是洋市觀察數天發現的習慣。每天一起床，她會先喝一杯昨晚泡好的麥茶。換句話說，數個小時內，惠以子一定會喝下老鼠藥。只要在外頭消磨一段時間，回家就會看見惠以子的屍體。接著，把遺書放在屍體的附近，讓老鼠藥的瓶身沾上惠以子的指紋後，隨意丟在地上，最後打電話報案。要做的事情只有這些，接下來扮演一個堅強的丈夫就行了。

女兒得知母親過世，想必會大受打擊。不過，這也莫可奈何。反正父母遲早有一天會死，女兒的母親只是死得比較早、死因比較奇特而已。

洋市走在路上，每隔一會就因天氣炎熱而咂嘴。時間太早，小鋼珠店還沒開。洋市決定找一家有冷氣的咖啡廳，看看週刊雜誌，等待惠以子斷氣。沒想到，清晨的溫度與濕度竟然如此令人難以忍受。

離住家越遠，一股可怕的死亡引力勒住脖子的感覺就越強烈。

＊＊＊

咖啡廳的冷氣開得太強了。

服務生送上來的早餐，庸一一口也沒吃，只是坐在角落的座位上，假裝看著週刊雜誌。雖然每個字都進入眼中，腦袋卻無法理解內容。一頁一頁地翻過去，翻到最後一頁，就回到封面，從頭翻起。庸一重複著這樣的動作，不知過了多久。原本以爲時間差不多了，一看店內的掛鐘，發現才在店裡坐了二十分鐘。

爲了轉換心情，庸一端起早已涼掉的咖啡，啜了一口。除了苦澀之外，嘗不出任何滋味。吐司硬得像被擠壓過，水煮蛋吃起來像吞沙子。上次來這家咖啡廳的時候，早餐沒這麼難吃。庸一心裡明白，問題不是出在咖啡廳，而是自己，於是乾脆不吃了。

庸一將手肘拄在桌面上，雙手交握，抵住額頭。每一分、每一秒都漫長到令人難以置信。時間的流動彷彿陷入停滯的狀態。庸一瞪著掛鐘，感覺似乎有另一個人也這樣瞪著自己。這一切的一切，或許都是一種測試。

你眞的願意這麼做嗎？

庸一聽見一道男聲，但左右張望，周圍一個客人也沒有。

現在還來得及，趕快回家。

庸一抱住腦袋，呼吸像狗一樣急促。拚命拉扯頭髮，還是沒辦法讓那道聲音消失。

根本沒有所謂的命運，未來掌握在你的手上。

那是庸一自己的聲音。時鐘的滴答聲越來越響亮。每過一秒，詠子就更接近死亡一步。現在還來得及。不，這是早已決定的事情。決定的事情也可以更改。可是，要怎麼向堅次交代？別再管弟弟了，這攸關家人的性命。不，須賀庸一不屬於我一個人，既然堅次叫我殺人，我只能殺人。殺了詠子，能得到什麼？好不容易獲得避風港，卻要親手毀掉，豈不是太矛盾了嗎……

庸一將捲成一圈的雜誌捏爛，塞進雜誌架，接著掏出千圓鈔票，扔在櫃檯上。

離開咖啡廳，庸一拔腿狂奔。從這裡跑回家，大概得花十五分鐘。戶外變得更加悶熱了，庸一跑得全身大汗淋漓，臉色卻一片慘白。或許來不及了。不，或許還來得及。如果眞的來得及，庸一打算把一切告訴詠子。讓詠子知道庸一曾想對她做什麼。讓詠子知道過去那些作品都是誰寫的。庸一打算退出文壇，不再當個作家。如此一來，就能掙脫堅次的束縛，重獲自由。

庸一以幾乎要撞破大門的氣勢進入屋內。詠子站在走廊上，穿著睡衣，頭髮還沒梳理，眼皮看起來也很沉重，顯然剛起床沒多久。

「早啊，你去哪裡了？」

「妳喝麥茶了嗎？」

詠子皺起眉頭，不明白庸一爲什麼這麼問。庸一衝進廚房，打開冰箱。放在靠外側的那罐麥茶，一點也沒減少。庸一鬆一口氣，癱坐在地上。幸好趕上了，庸一的手指微微顫抖。

「怎麼了？」

或許是口渴的關係，詠子聲音有些沙啞。她從旁邊伸出手，想拿那罐麥茶，庸一趕緊制止。

「別喝！喝了會死！」

詠子的手一頓，有點好笑地看著庸一，問道：

「什麼意思？」

「麥茶裡有毒，喝了會死。」

詠子嚇得縮手，後退了幾步。

詠子與庸一隔著餐桌相對而坐。庸一倒了杯自來水，潤了潤喉嚨。

「妳聽我說，事情是這樣的……」

庸一說出一切的始末。當年弟弟堅次假裝自殺，其實還活著。過去發表的小說都是堅次寫的。為了獲得私小說家的頭銜，必須將小說中的內容化為現實。這一次，堅次竟然要他殺死詠子，並且偽裝成自殺。

「對不起，騙了妳這麼多年。」

詠子聽得瞠目結舌。庸一只能低頭道歉。他根本不是什麼流氓作家，只是一無是處的男人。他只能聽從他人的指示活下去，卻又提不起勇氣殺人，沒辦法殺死心愛的妻子。庸一頻頻低頭鞠躬，懇求詠子的原諒。詠子既沒責備，也沒說出任何原諒的話語，只是睜大眼睛，默默聽著。

「堅次說，在我殺死妳之前，不會給我下一篇作品。拿不到稿子，須賀庸一這個作家形同死亡。」

「為什麼你不自己寫？」

詠子終於開口，提出疑問。

「我沒有寫作的才能。」

「只要你弟弟不寫，你就沒辦法繼續當作家？」

「沒錯，如果想繼續當作家，必須殺了妳。但我不能爲了當作家就殺死妳，所以……」

「爲什麼不殺？」

庸一完全沒料到詠子會是這種反應，錯愕地瞪大眼睛。庸一以爲，詠子不希望被殺死。一旦得知差點被毒殺，她應該會勃然大怒。然而，詠子的反應卻不是這樣。那張沒化妝的臉瞪著庸一，彷彿在責怪丈夫太沒膽識。

「你當了超過二十年的作家。只要我一死，你不僅能繼續當作家，還能得到最想要的醜聞，爲什麼不做？」

「咦？我要是做了，妳就會沒命。」

庸一無法理解妻子爲什麼說出這樣的話。爲什麼要丈夫殺了她？難道她睡迷糊了嗎？可是，詠子的雙眼睜得極大，黑色瞳眸中有星光閃爍，顯然並未睡迷糊，而且不是在開玩笑。

「不當作家，你要做什麼？」

「我再慢慢想，總之，找個作家以外的工作……」

「如果是這樣，我會跟你離婚。」

庸一頓時啞口無言，腦袋一片空白，耳中嗡嗡作響。

「你說到目前爲止，都是依照弟弟寫出的故事過日子。既然如此，我愛的不是眞正的你，而是依照弟弟的小說過日子的須賀庸一。我愛的是那個可以爲了自身的慾望殺死妻子的男人。」

庸一驚訝得手足無措，嘴裡不停喊著「等一下」、「妳冷靜點」，但詠子毫不理會，接著說：

「一旦偏離你弟弟寫的故事，我就無法再愛你了。我愛的不是『眞正的須賀庸一』。我愛的須賀庸一，是那個目中無人、無法融入社會的文士。我愛的是那個虛僞、不眞實，有如人偶般的須賀庸一。至於你眞正的心聲，過去我不知道，未來我也不想知道。」

結褵多年的妻子，此時在庸一的眼裡竟像個陌生的女人。

這些人都瘋了，庸一不禁如此想著。不管是堅次也好，詠子也罷，他們都瘋了。庸一完全無法理解他們的想法。就像把一具人體翻開一樣，現實與虛構翻轉了過來。內臟沐浴在陽光下，光滑的皮膚在體內蠕動，這些人竟然都沒有察覺自己有多荒謬。

「妳是說，要我殺了妳？」

「可以對你下指令的人不是我。你只能依照自己的判斷，採取必要的行動，就跟過去一樣。」

如果將庸一比喻成只能照著堅次的小說演戲的人偶，那麼，詠子就是一面映照出庸一人生的鏡子。當庸一還是常在郊區酒館鬧事的文壇無名新人，詠子穿著男裝在色情三溫暖當櫃檯小姐。當庸一成爲名聲響亮的頂尖作家，詠子打扮得花枝招展，一看就像是無賴派（註）作家的情婦。當女兒出生之後，庸一開始追求安定，詠子又成爲典型的賢妻良母。

有其夫必有其妻，庸一的腦海浮現這句話。

一輩子只能依賴他人而活的兩個人，都來到了無法回頭的地步。

這是眞的嗎？明明庸一一度懸崖勒馬。未來明明可以和詠子共度眞正屬於自己的人生。但如今看來，不管再怎麼掙扎，還是無法改變必須殺死詠子的結局。所有的反抗都失去了意義。

庸一感覺眼眶發燙，卻沒有淚水流下。如果得不到詠子的愛，繼續活著又有什麼意義？既然如此，不如將她殺死，讓她永遠愛著自己。

或許這就是命運吧。不管再怎麼逃，最後都會到達相同的終點。

詠子驀然起身，打開冰箱，將裝著麥茶的玻璃容器拿到桌上。裝滿茶褐色液體的容

註：日本在二戰結束後興起的一種作家類型，主要的特徵是反權威及反道德，比如坂口安吾、太宰治都被歸爲這一派。

器表面，映出一張宛如死人般的男人臉孔。沒錯，庸一早就死了。決定進入堅次創作的虛構世界的那一天，庸一便已失去靈魂。

詠子取來新的杯子，倒滿麥茶，沒有絲毫猶豫。

「既然要僞裝成自殺，你是不是別在場比較好？」

詠子的語氣極爲平淡，甚至流露一股冷冽的寒意。當一個人刻意以理性壓抑面對死亡的恐懼，或許嗓音就會變成這樣。庸一站了起來，緩緩走向大門。在餐桌即將從視野中消失的瞬間，庸一轉頭望向詠子。只見詠子的表情有如蠟像般空洞。

「遺書的內容，你可要照做。」

「嗯。」

庸一僵硬地點點頭。這成爲兩人最後的對話。

庸一走出家門，在街上像遊魂一樣漫無目標地走著。爲了盡可能遠離住家，只能不斷向前邁步。走了好一陣子，周圍的景色越來越陌生，庸一還是繼續前進。經過大馬路，越過十字路口，穿過小巷，直到前方無路可走才轉身。遠離了繁華的鬧區，也遠離了住宅區。途中，庸一與許多路人擦身而過，其中有個女人指著他。因爲有一陣子常上電視，庸一走在街上偶爾會被人認出來。

這樣算是有不在場證明了嗎？庸一不清楚該在外面待多久。

太陽已升到頭頂上方。庸一感到飢餓，卻沒停下腳步。

不僅身上滿是汗水，而且口乾舌燥，庸一不禁想像起詠子喝麥茶的景象。從玻璃容器把麥茶倒入杯子裡，一口氣灌下肚。數秒之後，大量鮮血從口中噴出，整個人癱倒在地。此時，詠子不知是否已斷氣？

太陽逐漸西斜，庸一突然轉過身，沿著來時路折返。差不多該回去了，不能一直把詠子一個人留在家裡。

走在大馬路上的人，都有著和詠子一樣的表情。庸一感到一陣噁心，忍不住蹲下。眼前天旋地轉，那些閃爍的光點好似詠子眼中的星星。

——究竟是他們瘋了，還是我瘋了？

庸一感覺全身宛如服下毒藥般灼熱。

堅次的計策相當成功。

三個月後，〈深海之巢〉發表在方潤社的雜誌上，獲得驚人的迴響。撇開作品本身的文學價值不談，社會大眾幾乎是以醜聞的角度來看待這件事。連從來不登作家醜聞的週刊雜誌，也無法完全漠視這起社會案件。

社會輿論大多認爲，這篇短篇小說寫出了命案的眞相。知名作家的妻子不是死於自殺，而是死於僞裝成自殺的他殺。這篇小說正是須賀庸一的殺人自白，警方應該立刻逮捕他。類似的意見占了絕大多數。

談話性節目和體育報紙（註）也紛紛拿這起事件來大作文章。隨著須賀事件的報導在社會上鬧得沸沸揚揚，相關雜誌及著作跟著銷量大漲，各出版社都紛紛再版，須賀庸一成爲全國民眾口中的殺人作家。

對於電視台及雜誌的採訪，庸一幾乎是來者不拒。

「什麼殺人自白，開什麼玩笑？如果我眞的殺了她，怎麼可能寫出來？就是因爲我沒殺她，才能這麼寫，不是嗎？」

庸一全力扮演起「作家須賀庸一」這個角色。不時醉醺醺地出現在鏡頭前，有時還會揪著播報員的領子大呼小叫。每當做出這類舉動，須賀庸一的著作銷量就會更上一層樓。

從頭到尾庸一只有一次以關係人的身分接受警方的查問。警方只是問一些如「妻子過世的時候你在哪裡」之類的例行性問題。詠子斷氣的時候，街上很多人都看見庸一，不在場證明可說十分充足。

然而，警方眞正在意的是另一件事。除了裝著麥茶的杯子之外，警方在玻璃容器裡也檢驗出老鼠藥的成分，這一點警方認爲不太合理。依照常理來推想，要在麥茶裡摻入老鼠藥，只需倒出一杯麥茶，在杯裡摻入老鼠藥就行了。沒必要把老鼠藥倒入一大罐的玻璃容器內，再從玻璃容器倒出麥茶。

負責調查的警察，明顯是從庸一毒殺妻子的方向辦案。畢竟凶手只要事先把老鼠藥摻入玻璃容器內，有沒有不在場證明根本毫無意義。對庸一進行查問的時候，警察反覆提到以詠子的名義購買老鼠藥的紀錄。但庸一始終回答「不知道」、「沒印象」，警方也無計可施。

經過這次的查問之後，警方便不曾再找上庸一。

遺留在現場的那封詠子親筆所寫的遺書，成爲對庸一有利的關鍵性證據。除此之外，庸一發表〈深海之巢〉，也意外地降低警方的懷疑。警方認爲，按理眞正的凶手不可能在殺人之後，對外公布殺人自白。何況是像須賀庸一這樣的公眾人物，更是沒理由做出這種荒謬的行徑。換句話說，警方認定小說中所寫的，只是參考現實事件的虛構情節。

庸一在詠子的梳妝台抽屜裡，找到自己寫給詠子的遺書。在報警之前，庸一已燒毀這封遺書。所有可能引起警方懷疑的東西，都必須事先毀掉。反正庸一死後根本沒資格跟詠子葬在一起，他寫的遺書自然也沒有留著的必要。

書店的門口擺滿須賀庸一從以前到現在的作品，幾乎是一擺上就被買光。出版社緊急再版，維持書店的貨源。刊載〈深海之巢〉的文藝雜誌也不斷增印，銷售量高到令人不敢相信文藝雜誌會出現這樣的數字。

註：日本的體育報紙內容多涵蓋娛樂、演藝圈新聞及八卦話題。

隨著這起事件受到世人關注，文壇對〈深海之巢〉的文學評價也越來越高。某評論家甚至以「完美詮釋人類原罪的平成神話」形容這篇作品。來自四面八方的評論如雨後春筍般湧出，一般多認爲，這篇作品可說是須賀庸一在文壇上的轉捩點。

一切如同堅次的預期。

只是，這個計畫還是帶來一個意外的後遺症，就是明日美的處境。

明日美對父親抱持的感情已不再是輕蔑，而是憎恨。跟社會上絕大多數的民眾一樣，她深信母親是遭到父親毒害。明日美在學校受到種種排擠與欺凌，這些庸一也心知肚明。即使如此，接受採訪時，庸一仍持續裝出一副惡棍的模樣。如果不這麼做，庸一感覺自己會被殺害妻子的罪惡感壓垮。

基於自我防衛本能，庸一持續扮演一個卑鄙無恥的文士。

有一天，自稱是詠子堂哥的人，與妻子一同前來拜訪庸一。他們聲稱在新聞報導上得知明日美的處境，不希望明日美繼續過這樣的生活。

「須賀先生，你有辦法獨力撫養明日美長大嗎？」

「明日美和我們一起生活，應該會比較幸福。」

說穿了，這對夫妻想收養明日美。庸一哼笑一聲，說道：

「求之不得。」

於是，明日美小學一畢業，就搬進詠子堂哥夫妻的家。

隔年春天，騷動逐漸平息，庸一悄悄來到位於水道橋的堅次住處。自從發表〈深海之巢〉，庸一就不曾與堅次聯絡。那段時期，社會大眾的目光都聚集在庸一身上，要是隨便與堅次接觸，可能會讓堅次的身分曝光。直到周圍不再有記者及攝影機，庸一才來見堅次。

「哥哥，你眞厲害，我太佩服你了。」

許久不見的堅次看起來十分愉快。

「你在電視上耍壞的表現，我都看到了。老實說，我沒想到你這麼放得開。對了，書的銷量驚人，不曉得再版了多少次，這下賺翻了。」

工作檯上放著一只葡萄酒杯。這幕情景與庸一企圖毒殺堅次的那天相同。這個屋裡的時間，彷彿停在那一刻。

「接下來，你覺得該寫什麼比較好？我大概想到了三個方向。例如，可以寫那起案子發生之後，你跟女兒的關係，不然就是寫一些過去的回憶……」

「堅次。」

庸一打斷堅次的話，他錯愕地轉頭看著哥哥。

「這是我最後一次跟你說話。以後我不會再和你聯絡，就算是電話也一樣。」

「……噢，是嗎？我無所謂，反正最近我們都沒什麼往來。既然如此，各種手續之類的雜事就交給你處理了。」

堅次露出掃興的眼神，坐回椅子上，玩弄著葡萄酒杯裡的深紅色液體。

「你今天特地來找我，就是爲了跟我說這句話？」

庸一今天前來，還有一個目的。既然下定決心今後不再聯絡，有件事非得向弟弟問清楚不可。

「『深海之巢』指的就是你這個房間嗎？」

杯裡的葡萄酒不再搖晃。堅次傾斜杯子，緩緩啜了一口。這杯葡萄酒裡當然沒下毒。他以手背抹了抹嘴唇，高聲說道：

「這就任憑你想像了。」

庸一心裡明白，到死都不可能逃出這個男人的手掌心，只能活在他創作出的故事中。在這沒有任何人看見的海底，接下來堅次還會繼續製造出更多名爲小說的炸彈，直到他創作出的虛構故事充滿這個世界。

＊＊＊

在警署的屋簷下仰望天空，幾乎是一片漆黑。陰天的夜晚，像是垂下布簾般黑暗。唯一的光明，來自那矇朧的白月。光芒的輪廓黯淡而模糊。洋市離開了警署，朝著明月的方向前進。

電線桿的後面棲息著神祕的深海魚。外表滑溜，形狀有如細長的鯰魚，在陰暗處緩緩游動。另外還有狀似幽浮的生物，以鐵絲般的四肢抵著地面。半空中懸浮著變種水母，不斷釋放出紅、白光芒。

那月光是唯一能夠引導自己回到陸地的指標。洋市用力揮舞雙手，想讓身體浮起，但不知爲何身體竟異常沉重，緊貼著海底。以前也發生過類似的狀況。沒錯，他不知想逃離這片深海多少次，卻總是徒勞無功。

洋市放棄游泳，一步步走向月光，但那光芒是如此遙遠，距離完全沒有拉近。歸巢的時間快到了。奇形怪狀的魚兒們都往巢的方向游去。盤繞的水流帶動了洋市的身體。

最後，洋市回到沒有惠以子的家。除了這裡之外，洋市無處可去。

洋市推開深海之巢的門。

看見餐桌旁那道人影，強大的水壓瞬間壓碎了洋市的眼球。

第五章　巡禮

那是一種混雜了舒暢與憂鬱的奇妙感覺。

若要形容，就像是做了一個長年渴望的惡夢。

離開都立醫院時，庸一感覺腳步虛浮，宛如走在雲層之上。雙腳完全沒有踩踏地面的觸感。難道這眞的是惡夢嗎？如果是的話，未免來得太晚。爲什麼隔了這麼多年，才終於做了這樣的夢？

前方亮起紅燈，庸一在斑馬線前方停下腳步。站在附近的年輕女人，正滑著智慧型手機的螢幕。站在她旁邊的年輕男人，以及站在年輕男人旁邊的中年婦人，也拿著類似的智慧型手機。

庸一雖然有手機，卻是傳統的折疊式手機。他曾在通訊行把玩過智慧型手機，但螢幕上的字太小，實在很難操控。這年頭以電腦寫作已不稀奇，甚至有作家是用智慧型手機來寫小說。第一次聽到這個傳聞時，庸一驚訝萬分。

過去庸一認爲握筆在稿紙上書寫的身體動作，是成爲一個作家不可或缺的條件。或許有一部分的原因，在於抄寫稿子是庸一身爲作家負責的唯一工作。倘若堅次改用電腦或智慧型手機來寫作，當然就不再需要庸一以自己的筆跡重新抄寫。

交通號誌轉爲綠燈，人潮往前移動。庸一撫摸著疼痛的膝蓋，緩緩前進。三月的冷空氣，帶來了宛如綁住全身上下每處關節的痛楚。

今天醫生診斷，庸一罹患了第四期胰臟癌，也就是末期。胰臟癌的患者大多沒有症狀，當身體不舒服到必須就醫時，往往已是末期。聽著醫生的說明，庸一冷靜回想這段日子的身體變化。

第一個感覺到的變化，是背部的疼痛感，但這並未讓庸一產生想要看醫生的念頭。畢竟已年過七旬，膝蓋及腰椎經常隱隱作痛，就算多了背部的疼痛，也沒什麼大不了。另一個症狀，是食慾的減退，庸一同樣認爲這是年紀造成的影響。在這個年紀還能大啖美食的人，本來就不多。

庸一決定接受癌症檢查，是因爲內科醫生發現他有黃疸。再加上庸一隨口提到背部疼痛、食慾不振等身體變化，於是醫生勸告「爲了保險起見，最好接受檢查」。庸一雖然覺得麻煩，但與這個醫生每隔一段日子就得見上一次面，實在不好意思拒絕。最後，庸一帶著醫生的介紹信（註），前往都立醫院。

走了一會，庸一感覺身體越來越倦怠，只好坐在路旁的花壇邊緣稍稍休息。或許是剛聽到罹癌的噩耗，他覺得身體格外沉重。

由於末期胰臟癌已無法靠手術摘除腫瘤，庸一只能選擇接受化學治療，此後每星期必須以點滴的方式，注射一種名爲吉西他濱（Gemcitabine）的藥劑。醫生雖然沒有宣

註：根據日本的醫療法規，民眾到大醫院接受檢查或治療，如果沒有小診所開立的介紹信，會被收取昂貴的追加費用。這種介紹信制度有點類似台灣的轉診制度。

告剩餘壽命，但庸一心裡很清楚沒多少日子好活了。

終於等到這一天……庸一暗自呢喃。

自從詠子死後，庸一便一直等著這一天的到來。庸一沒辦法自殺。殺死妻子的男人，怎麼能夠自絕生命？他只能繼續扮演作家須賀庸一，等待疾病或意外帶來死訊。

這一等，就等了將近三十年。

剛剛簽署的醫療同意書上，年份的欄位印著「令和二年」（二〇二〇年）。

堅次來到東京，威脅上班族購買奧運門票，再轉賣給金券行賺取暴利，是發生在一九六四年的事情。如今相隔超過半世紀，東京將在今年第二次舉辦奧運。這次恐怕很難再像上次那樣靠轉賣大賺一筆，但應該還是會有不少投機分子，幹出違法轉賣門票的行徑吧。

庸一按著膝蓋站起來，繼續往前走。

搭電車回到位於龜戶的住家，足足花了一個小時。庸一拖著不聽使喚的身體，走到廚房喝了一杯水。一手按著大理石的檯面，另一手將水倒進嘴裡。自來水通過喉嚨時發出咕嚕聲響，繼續流向胃部。當庸一彎下脖子時，忽然有種走進陌生屋子的錯覺。紋路細緻的暗灰色壁紙，五十吋的薄型電視機。一座茶褐色的皮革沙發，似乎比老態龍鍾的屋主更具存在感。

數年前，庸一在第三任妻子的建議下，重新整修整棟屋子。基本的隔間還是相同，但外觀及內部裝潢都變得時髦，完全不像是原本的屋子。看著完工的新家，庸一的感想是自己與詠子、明日美的回憶，終於完全消失了。

如今，庸一與第三任妻子也已離婚。兩人相差二十歲以上，現在她過著怎樣的生活，庸一一無所知。

將杯子放入流理槽時，背上又是一陣疼痛。庸一扶著牆壁走向書房，很後悔沒趁那時候在家裡裝設一些扶手。

庸一坐在寫字檯前，從抽屜取出信紙，以鋼筆簡單寫下罹患末期癌症一事。

這是一封給堅次的信。自從發生〈深海之巢〉那件事，庸一便不再與堅次說話。如果遇上非聯絡不可的情況，就寫信告知。實際上，庸一寫給堅次的信，一年不到一封。

〔恐怕撐不過一年。〕

庸一煩惱了一會，決定寫下自己猜測的剩餘壽命，反正應該相差不遠。

封好了信，庸一放在門口的鞋櫃上，打算趁下次外出順便投遞。下一次外出，很可能是三天後到醫院回診。如今，庸一幾乎沒什麼必要外出。不與編輯見面，也不與人相約喝酒。沒有家人，也沒有朋友。連生活用品及食材，也可請代購幫忙，不需親自出門。唯一非出門不可的情況，只有到醫院回診。

剩下的時間，還夠發表新作品嗎？如果可以的話，庸一想再發表一篇小說。

然而，這個想法能不能實現，完全取決於弟弟。庸一的人生完全受到堅次掌控。

五月，庸一收到堅次的回信。

這時，庸一已開始接受化學治療，每星期打一次點滴，打三星期就休息一星期。這樣的療程，庸一已做完兩次。目前爲止，沒什麼嚴重的副作用，只是牙齦偶爾會流血。但也沒看見什麼療效，背痛及黃疸的症狀都未改善。

庸一能夠做的事情，只有每天過著一成不變的生活。庸一對死亡並不感到恐懼。理由很簡單，因爲庸一早已喪失自由意志。雖然須賀庸一的肉體還在繼續呼吸，但體內已沒有須賀庸一原本的靈魂。就像一具空殼，塞滿了堅次虛構的故事。

庸一心中唯一的牽掛，就是明日美。雖然明日美是庸一的親生女兒，但發表〈深海之巢〉後，明日美被詠子的親戚領養了。如今她過著怎樣的生活，庸一毫不知情。想必直到今天，明日美依然無法原諒父親吧。因爲她相信母親詠子是死於庸一之手。她不曾寫信或打電話回這個家，就算庸一想跟她聯絡，也一定會遭到拒絕。由於見不到她的面，庸一很想知道她現在過得好不好。

這天早上，庸一打開信箱，發現一個角形一號（註）的信封，寄件人是堅次。從厚度來推測，應該裝著稿子。上回堅次寄來稿子，大約是一年前的事。庸一走回書房，心裡有些納悶。印象中，最近應該沒有必須交的稿子。

邁入五十歲後半，堅次寫稿的速度變慢了。原本每兩個月會寄來一篇短篇作品，逐漸變成四個月一篇，後來又變成半年一篇。如果是超過三百張稿紙的長篇作品，費時超過一年也是常有的情況。

堅次寄來稿子的間隔拉長，庸一求之不得。要把稿子上所寫的虛構故事化爲現實，非常耗費心力。事實上，庸一第二次及第三次結婚，都只是遵循稿子上的指示。庸一根本不愛那兩個女人。唯一的理由，就是爲了符合小說中的內容。因此，堅次的稿子久久才寄來一次，對年事已高的庸一來說，實在值得慶幸。

堅次不寄來稿子，庸一當然也沒有稿子可以向編輯交差。雖然拖稿的情況越來越嚴重，但編輯們都願意耐心等候。像庸一這樣的老作家，自然擁有相當多的書迷，作品每次出版，都有一定程度的銷售量。再加上，庸一擔任過許多文學獎的評選委員，在文壇早已建立難以動搖的地位。多年來，庸一一直有著「最後的文士」的美譽，面對這種大文豪，沒有編輯敢催稿。交情最深厚的中村編輯，早已從方潤社退休。

庸一拿起書房的剪刀，小心翼翼地剪去信封的邊角。果不其然，裡頭是大約兩百張的稿紙，以夾子夾成一冊。庸一將信封微微傾斜，飄出一張小小的紙片。那是一張正方形的便條紙，上頭有著堅次的潦草字跡。

〔以此爲封筆之作，發表方式由你決定。〕

註：日本信封的制式尺寸之一，大小爲二七〇公釐×三八二公釐，剛好適合放入稿紙。

庸一不由得全身顫抖。

從上次的東京奧運到現在，已過了半個世紀以上。名爲須賀庸一的作家，幾乎歷經相同的歲月。如今，須賀庸一的歷史將以這部作品畫下句點。眞的可以就這麼結束嗎？庸一如此想著。不，這是必然的結果。封筆是遲早會發生的事情。須賀庸一畢竟是有血有肉的活人，遲早會斷氣、腐朽、消失。

面對稿子，庸一不自主地挺直了腰桿。第一頁上寫的標題是〈巡禮〉。

怎樣的內容才有資格成爲封筆之作，庸一也說不上來。既然堅次決定以此爲封筆之作，不論內容爲何，庸一都有義務加以接納。

庸一屏住呼吸，翻開人生中的最後一篇小說。

＊＊＊

算起來，好幾年沒造訪方潤社了。現在都是編輯親自到家裡討論事情，洋市很少有機會前往出版社。

年輕的責任編輯特地爲洋市準備了一間會議室。洋市拉開會議室的門，看見N早已等在裡頭。N說著「好久不見」，一邊伸出右手。洋市輕輕握住他的手。兩人掌心的乾燥皮膚互相摩擦，發出沙沙聲響。

「菅先生，別來無恙？」

N看起來依舊睿智而機靈。這麼多年了，他仍戴著那副玳瑁眼鏡。他卸下出版業界的工作，至今已超過十五年，言行舉止卻不失爲一個精明幹練的老編輯。例如，他維持著當年那有「鐵面具」之稱的撲克臉孔，以及充滿智慧的沉著口吻。這一切都意味著，如今N依然保有過人的敏銳觀察力。

「N，你一點都沒變。」

N沒回應，甚至表情也絲毫未變，只是以眼神催促洋市切入正題。今天這場會面，是洋市提出的要求。洋市不再客套，直截了當地說：

「我向來很少去醫院，不久前做檢查，竟然發現得了末期的胰臟癌。」

N的臉上閃過一抹詫異之色。

「眞的嗎？」

「我想將最後一篇小說託付給你。」

站在後方的年輕編輯聽到這句話，連忙問：

「菅老師，N先生已不是我們出版社的編輯。」

「這我當然知道，但你們出版社總是會請一些不屬於內部職員的外編來處理稿子吧？你們當作是那個意思就行了。N，如果你願意幫我看這份稿子，我就交給你。大概有兩百張稿紙。要是你不願意，我就扔進垃圾桶。」

「老師，請您千萬不要亂來。」

洋市朝年輕編輯揮揮手，彷彿在驅趕煩人的蚊蟲。年輕編輯遲疑了一下，或許是明白抗議也沒用，默默走出會議室。洋市湊向N，再次強調：

「你應該不會拒絕吧？我的封筆之作，就麻煩你了。」

＊＊＊

會議室裡只剩下兩個人。中村朝著庸一的臉上仔細打量了一會，問道：

「爲什麼是我？」

「因爲只有你知道我弟弟的事。唯有知道作品都是出自我弟弟之手的人，才能眞正理解這篇封筆之作的意義。」

庸一早料到中村會這麼問，答得泰然自若。

「這篇作品會揭穿你弟弟代筆的事？」

「不會明講，但意思很接近了。」

庸一從紙袋裡拿出〈巡禮〉的稿子，擱在桌上。中村瞥了一眼，雙手交抱在胸前，嘆了口氣。

「眞是強人所難。」

畢竟認識了這麼多年，庸一非常清楚中村的性格。面對親手提拔的作家所寫的作品，他絕對沒辦法忍著不看。更何況，這是被稱爲「最後的文士」的大文豪的封筆之作，他更不可能視而不見。就算他已退休，不再是個編輯，但身爲編輯的本能必定早就成爲身體的一部分。

「好吧，這份稿子我就接下了。出版社這邊，我會負責交涉。」

「就這麼說定。」

庸一隨即將稿子塞回紙袋裡，中村的臉上掠過一抹失望。

「我還不能看？」

「時機還沒成熟，過一陣子再交給你，別心急。」

庸一半開玩笑地說道。中村只能無奈地「噢」了一聲。

「你弟弟的身體還好嗎？」

「我不知道，但既然還能寫稿子，應該是不錯吧。我很多年沒見到他了……有菸灰缸嗎？」

中村並未說出「這裡禁菸」這種掃興的話。他默默走出會議室，不一會拿著一個鋁製菸灰缸走進來。庸一從菸盒裡抽出一根香菸，點著了火。這三十年來，香菸的價格上漲不少，能夠抽菸的地方卻越來越少。庸一過往愛抽的金蝙蝠牌香菸去年停產，如今抽的是另一個牌子的香菸。

一大片迷濛的紫煙，讓中村忍不住瞇起雙眼。

「須賀先生，你認爲什麼是文士？」

庸一忍不住皺起眉頭。中村很少提出這種毫無意義的問題。

「這個問題就跟『純文學的定義是什麼』一樣愚蠢。討論定義這種事情，只是浪費時間而已。我只能說那是一種感覺。某些人喜歡叫某些人文士，那是他們的自由。」

「要怎麼做，才能醞釀出那種感覺？」

庸一不禁轉頭凝視中村那對潛藏在眼鏡後的雙眸。雖然眼皮下垂，蓋住一半的瞳孔，但眼神的犀利絲毫不減當年。從中村嚴肅的表情，可以看出這並非只是單純的閒聊。

「其實我一直感到很不可思議。請恕我直言，須賀先生，你從來不自己寫稿子，嚴格來說你並不算是一個作家。但你的所作所爲，無疑是眞正的文士。爲什麼會有這情況，我實在百思不解。」

「這確實是個好問題。」

「當年第一次見面的時候，我曾對你說，要讓須賀庸一成爲一個成功的作家，你們兄弟必須建立起絕對的信賴關係。我不清楚你們之間發生過什麼事，但你們已快要實現這個目標。超過半個世紀的歲月裡，你們一直維持著絕對的信賴關係。」

絕對的信賴關係？打從一開始，就沒有那種東西，有的只是無盡的義務。依循著弟弟的小說內容而活的義務，以及不斷爲哥哥寫出人生的義務。

「你散發出的氛圍，是只有爲小說犧牲自我的作家才能散發的氛圍。當一個作家能夠完全與小說融爲一體，就能夠稱爲文士。而且，在沒有『實作』的這層意義上，你可以算是最純正的文士。」

庸一裝模作樣地將小指伸進耳洞裡掏了掏。中村的這一套論點或許有著文學評論上的意義，卻沒辦法引起庸一的興趣。庸一吹去沾在小指上的耳垢，說道：

「我看你應該去當評論家。」

庸一將菸頭拿到菸灰缸裡捻熄，起身接著說：

「不好意思，特地把你叫出來。這樁麻煩事，再勞煩你多費心了。」

中村本來還想開口，最後什麼都沒說，只是微微頷首。庸一朝著站在會議室外的年輕編輯丟下一句「我走了」，便邁步離開方潤社。庸一心想，至少自己跨出了第一步。

最後的文士……庸一已記不得，第一次有人這麼稱呼自己是在什麼時候了。

庸一從未深入思考這個稱呼的實質意義，只覺得這是聽起來很舒服的稱號，而且只有經過嚴格挑選的人才能擁有。雖然世上的作家及小說家多如牛毛，但唯獨自己有資格稱爲文士。對庸一來說，文士就是這麼一個能夠刺激虛榮心的字眼。

如果有人說世上不存在無法寫作的文士，那麼自己就是第一個反例。庸一打算挺起胸膛這麼告訴他人。

從前「男爵」所在的地點，如今整棟建築都拆除重建，變成一棟五層辦公大樓。庸一望向大門旁的看板，一樓是便利商店，二樓以上是一家從來沒聽過的企業。

庸一忍受著背部的疼痛，頂著一張泛黃的臉孔，在街上左顧右盼，漫無目標地走著。

這條街上往昔盡是色情行業和酒家，每到晚上總是非常熱鬧。如今所有特種行業都消失了，只剩下連鎖式的居酒屋和咖啡廳，看起來與其他街道沒什麼不同。錦糸町雖然仍有一些聚集特種行業的區域，但範圍也縮小了。

車站前面的「尾島屋」酒館，以及深夜照常營業的書店，都在很久以前就結束營業。原本這兩家店所在的位置，如今變成了中華料理餐廳及公寓。

庸一搭上都營公車，前往墓園。此時距離忌日還有三個月。

在那條街上，庸一遇見詠子。不曾與女人有肌膚之親的庸一，在同事的慫恿下踏進「男爵」。詠子是那裡的櫃檯人員。當時的詠子，從未想過可以靠著自己的雙手開創自己的人生。沒想到就在這個時期，庸一出現在她的眼前。

後來，詠子雖然離開從小生長的土地，但直到母親過世爲止，詠子一直對母親相當關心。她一直在心裡感謝著把自己生下來的母親。庸一與堅次的狀況卻截然不同。兄弟倆不斷以寫小說的方式，詛咒著自己活在這個世上的事實。這麼一想，「文士」是多麼諷刺的稱號啊。

在墓園前下車的乘客，只有庸一。他空著手走入墓園，取鐵桶裝了一些水。詠子和岳母的墳墓距離汲水區頗遠。庸一以杓子舀水，淋在她們的墓碑上，仔細刷洗乾淨，接著燒了一炷香，對著墓碑雙手合十。今天來掃墓，他既沒帶鮮花，也沒帶佛珠。

然而，庸一閉上雙眼，可以感覺到詠子就站在自己的面前。

詠子依然是四十多歲的模樣，身上穿著睡衣。她低頭看著蹲在地上的庸一，既沒化妝，也沒梳理頭髮，像是才剛起床沒多久。沒錯，當年詠子服毒而死的時候，就是這身打扮。

——得知死期將近才來掃墓，會不會太現實了一點？

詠子如此低語。那聲音十分冰冷。庸一抬頭仰望詠子。只見詠子背對著陽光，顯得異常雪白。陽光彷彿可以穿透她的身體。

「我不來掃墓，是怕明日美知道，她一定會不開心。」

——這只是你的藉口。眞正的理由，是你來到這裡會感覺心情沉重，不是嗎？

庸一垂下頭，看著合攏的雙手。沒錯，正如詠子所言。一次都不曾來掃墓，是因爲來到這種地方，會想起往事。站在詠子的墓碑前，會想起在那個八月的清晨，對詠子說出眞相的情景。每當想起那件事，強烈的自我厭惡及無力感便會襲向庸一，幾乎要將他的身體撕裂。

——今天你來掃墓，也是逼不得已。因爲小說裡這麼寫，不是嗎？

沒錯。今天來掃墓，只是因爲〈巡禮〉中有這麼一段劇情。庸一的人生完全受到弟弟掌控，弟弟一聲令下，他只能像個傻子一樣聽命行事。

「再過不久，我就會去找妳了。」

——明日美要怎麼辦？

「什麼怎麼辦？」

——難道你就這麼撒手歸西，完全不跟她聯絡？

詠子毫無顧忌地戳中庸一的痛處。對於即將結束生命的庸一而言，明日美是內心唯一的牽掛。但庸一還沒有見女兒的覺悟。庸一輕蔑著期待與女兒和解的自己。如果強調自己死期已近，明日美就算心中有再多怨懟，或許還是會願意與父親修復關係。庸一暗暗期盼，卻又覺得這樣的想法太天眞。

倘若只是見個面、說說話，或許能夠獲得她的諒解。諒解？自己到底想要獲得誰的諒解？

穿著打扮與死前相同的詠子，此刻依然看著庸一。其實，庸一心裡很清楚，眼前那身穿睡衣的詠子只是幻覺，兩人的對話都只是幻聽。實際上，庸一不過是在自問自答，在沒有其他掃墓者的墓園裡演著獨角戲。

——接下來，你要去哪裡？

「鐘淵。」

——從前上班的工廠？

幻覺中的詠子什麼都知道。這也是理所當然的事，因爲她是庸一製造出來的幻覺。在保持沉默的墓碑旁，詠子的幻影一動也不動，只是不停說著話。

——終點是故鄉，對吧？

這樣的內容，確實符合〈巡禮〉這個標題。前往每一個地點的同時，回顧庸一所走過的痕跡，檢視每一段往事。但小說的內容完全沒提到明日美。對堅次來說，女兒在須賀庸一的人生裡不具任何重要性，沒有提及的必要。

——的確很適合當成封筆之作，只不過有些美化了。

堅次的作品總是帶著一股危險的氛圍。若要形容，就像是連作者也無法抑制的一種情結。然而，在〈巡禮〉這篇作品裡，幾乎感受不到這種情結。整篇作品中規中矩，卻也不免令人失望。

「內容不是我決定的。我的工作只是把內容化爲現實。」

——也對，這是你唯一的才能。

詠子的身影宛如海市蜃樓般微微搖曳，最後緩緩消失，眼前只剩下一座墓碑。庸一提起水桶，沿著一座座墳墓之間的道路前進，走向墓園的出口。庸一心裡很清楚，這是自己第一次來掃墓，也是最後一次。

當年就職的中矢製作所如今依然健在，庸一有些吃驚。他事先請中村上網查過相關資訊。

從庸一遭到開除，已過數十個年頭，社長也換了三任。工廠的規模由當初的數十名員工，增加至三百多名。在以車床機為主的機械製造領域，中矢製作所已具有中堅的規模。總公司及主要的工廠依然在鐘淵，但當年在工廠裡的員工沒有一個還留在公司裡。

明知是白費力氣，庸一仍必須跑一趟鐘淵。因為在〈巡禮〉的劇情裡，菅洋市造訪年輕時工作的工廠。中村替庸一提出採訪的申請，告訴對方是為了寫作上的需要，想請教一些問題。或許是須賀庸一的名氣夠大，對方爽快地答應。

這天，庸一與中村一同前往中矢製作所。出來迎接兩人的是宣傳部主任，雖然很年輕，待人接物卻周到而謹慎。庸一先問了幾個事先準備好的制式化問題後，閒話家常般說道：

「其實，我曾在這裡工作。」

「須賀先生曾在這裡工作？是真的嗎？」

宣傳部主任驚訝地問道。

「那是很久以前的事了。我在東京奧運的兩年後離職，應該是一九六六年。我只做了不到兩年。」

「原來如此……我完全不知道，真是失禮了。」

「沒關係，畢竟這麼多年了，不知道也很正常。由於這個緣故，我想問問看，有沒有辦法和當初在這裡工作的人取得聯絡？」

「唔，原來是這麼回事。您記得那些人的名字嗎？」

庸一努力回想起幾個名字，宣傳部主任一臉認眞地寫下來。除了當時的同事森實夫之外，庸一只記得少數幾個人的名字。主任答應查到任何線索，都會主動聯絡。

兩個星期後，庸一接到中村打來的電話。

「中矢製作所那邊打電話來，說幾乎什麼也沒查到。」

那宣傳部主任十分守信用，把調查的結果告知中村。畢竟是半個世紀以前的事情，幾乎無法取得當時的作業員的聯絡方式。庸一早預料到會是這樣的結果，正要結束通話，中村忽然又說：

「等等，關於和你一起進公司的森實夫，對方說雖然還沒證實，但有個大學教授也叫森實夫，個人資料完全相符，或許就是當年的那個人。需要進一步求證嗎？」

庸一仔細回想，如果沒記錯，森是沒考上大學，才進入中矢製作所工作。他對大學抱持強烈的憧憬，或許是在離職之後，努力考上了大學。

隔天，中村送來森實夫教授的照片。那是任職於某私立大學工學部的教授，從照片看來，儘管庸一沒什麼把握，不過確實與當時的同事有幾分相似。姓名和出生年份都與認識的森相同，只不過髮型完全不同，頭頂禿了一大片，僅有耳朵上方殘留著一些白髮。

於是，庸一透過中村向對方提出採訪申請。這次刻意不提須賀庸一的名字，只說有位作家想寫一篇紀實散文，希望詢問教授一些問題。或許是經常接受這樣的採訪，對方爽快地答應。採訪的地點，就約在森教授的大學研究室。

「聽說森教授是機械工學的權威，與許多大型製造廠都有往來。」

前往大學的路上，庸一與中村在電車裡並肩而坐，中村提到一些關於名譽教授森實夫的資訊。

「如果他是當年那個森，可真的算是出人頭地了。」

「從他取得學位的年度往前推算，應該是在離開中矢製作所的隔年就讀大學一年級。或許是辭去工作後，苦讀考上了大學吧。他的專業領域是系統控制工學。」

「系統控制工學？那是幹什麼的？」

「詳情我也不清楚，似乎是從數理方面的角度設計機械系統，讓機械依照目的進行作業的學問。」

庸一聽得一頭霧水。兩個年過七十的男人，一起歪著腦袋思索這個專業名詞。庸一想像著這個畫面，不禁有些鬱悶。

兩人在遠離都心的郊區下了電車，攔計程車前往大學校區。

「你的身體還好嗎？」中村問道。

「沒什麼變化。」庸一回答。距離得知罹癌已過三個月，除了背痛和關節痛之外，日常生活上沒什麼困擾之處。不過，醫生曾告誡，身體隨時可能出現變化。庸一總是刻意不去思考罹癌的事。就算每天活得提心吊膽，也沒辦法讓腫瘤變小。

「那件事處理得如何？」

「目前還很難說，但已有眉目。」

聽到中村的回答，庸一沉默不語。

名譽教授森實夫的研究室關著門，但從門口的牌子可知教授在研究室內。中村敲敲門，門內傳出一聲「請進」，聲音相當沙啞。一旁的庸一伸出手，推開門板。

看見眼前那個老人的瞬間，庸一已確信他就是當年在中矢製作所的森實夫。他坐在辦公椅上，手肘靠著椅子的扶手。一看見庸一，他頓時傻住了，宛如雕像般動也不動。

庸一大剌剌地走進去。這個房間似乎是辦公用途，整片牆壁都是書架。

「……你是阿凡？」

森說出令人懷念的綽號。

「你還記得我？」

「在電視上看過你好幾次。」

森明顯帶著戒心，絲毫沒有與庸一敘舊的意思。

「我不知道是你要來，這算是欺騙吧？」

「抱歉，用這種拐彎抹角的手段。我擔心說出須賀先生的名字，你會不肯見他。」

中村率先向森道歉。庸一毫不理會，好奇地左右張望。

「你的身分地位跟當年完全不一樣了呢。辭去工廠的工作之後，你又去考大學？現在你是堂堂的教授，眞是了不起。我眞的佩服，不是在開玩笑。當年我完全沒料到，一個每天流連色情場所的人，竟然是未來的博士。大家應該都很尊敬你吧？」

「你來找我做什麼？」

森根本不想和庸一閒聊。從他的態度看來，只想趕快送走眼前的麻煩人物。爲了卸下他的心防，庸一決定先說一些無關緊要的話。

「當然是爲了採訪你。雖然我搞不太清楚，但聽說你研究的是讓機械乖乖聽話的方法？能不能簡單說明一下？」

森嘆了一口氣，開始說明自己的專業領域。如果不是中村也在場，或許他會二話不說就把庸一趕出去。由於還有第三人，他不敢表現得太失禮。

「我的研究對象，主要是工業用的作業機器人。例如車床的機器，有些不是要靠人力組裝嗎？這種複雜的作業，從前不可能交給機器處理。但近年來加工技術和程式技術越來越發達，就算是高精密度的作業，某種程度上已可交給自動化的機器人。作業用機器人的研發不僅能夠提高生產效率，還能減少人力需求及降低職業災害的風險。」

庸一依稀記得當年組裝車床機械的作業。那工作非常辛苦，需要耐心，而且頗耗費體力。

「你製作的就是能夠取代作業員的機器人？」

「簡單來說，就是這麼回事。不過，機器人只能忠實執行當初輸入的工作內容，除此之外，什麼也不能做。例如負責組裝零件的機器人，就算遇上零件有細微缺損或傷痕，還是會不管三七二十一地進行組裝作業。除非事先加入挑出不良品的程式，否則機器人沒辦法判斷零件的好壞。」

聽著森的解釋，庸一不禁心想，自己不也是這樣嗎？

哥哥只能依照弟弟輸入的指令採取行動。就算零件有缺損，也沒辦法拒絕施工。事前並未加入判斷能不能施工的程式。森所描述的研究內容，幾乎就是庸一的一生。

「我知道了，我懂了。眞是太有幫助了。接下來，我們談談正題吧。」

庸一無法忍受那種不舒服的感覺，強行打斷森的話。

「不好意思，能不能請你先到外頭繞一繞？」

庸一轉頭對中村說道。中村有些不快，但也只能照做。門一關上，庸一立刻坐上一張有滾輪的椅子，舉腳朝地板一踢，往森的方向滑去。森面露詫異，庸一湊到森的耳畔，說道：

「還我一百萬圓。」

聽到這句話，森整個人反射性地往後縮。那副碩大眼鏡的深處，一對凹陷的眼珠驚愕地凝視著庸一。那雙瞳眸流露出的恐懼之色，庸一當然都看在眼裡。

「以前你說要給我一百萬圓，你還記得嗎？就是我在公園揍了你一頓的那天晚上，你自己說的話，該不會忘了吧？那個時候的一百萬圓，現在至少有五百萬圓的價值。」

「你在開什麼玩笑？」

森張口大喊，光禿的頭頂上冒出青筋。

「你放心，我只拿一百萬圓。」

「我爲什麼要給你錢？你快滾！」

庸一感覺自己像在欺負老人，心裡有點過意不去，但轉念又想，反正自己也是老人。而且無論如何，得從這個人的身上榨出一些錢才行。因爲除了預留的治療費用之外，戶頭裡已完全沒有錢。

「我的年紀也不小了，實在沒力氣打架。如果可以的話，我不想動粗。我勸你乖乖掏錢出來，免得我寫出什麼無聊的事情。」

森不再理會庸一，轉向電腦。庸一旋即又說：

「你都一隻腳踏進棺材裡了，不會希望在這個時候丟盡老臉吧。」

「什麼意思？」

「你也知道，我是個作家。這年頭雖然出版業不太景氣，但我的書還是賣得不錯。

假如我在書裡寫一些關於你的事，應該能印個幾萬本。內容可能稍微加油添醋，比如你背著老婆在外面偷腥，或是盜領公款……」

庸一隨口胡謅，森卻臉色大變。或許他眞的做過什麼不可告人的事情，剛好被庸一說中，所以感到心虛吧。

「你放心，我只會跟你討一次錢。只要你付一百萬圓，我就不會寫出你的事情。」

「就算你寫了，讀者也不見得會信。」

「眞的嗎？要不要試試？」

庸一故意湊過去，語帶威脅。森似乎又想起什麼，將頭轉向一邊，眼神左右飄移。

庸一擅自拿起桌上的便條紙和原子筆，寫下了自己的地址。

「這個月內，以現金袋送一百萬圓過來。要是沒收到你的錢，我就在書裡把你的祕密全抖出來。」

「等等，你到底知道哪些事？」

森問得膽戰心驚。庸一沒回答，只是淡淡一笑。

月底，庸一果然收到森寄來的現金袋。共分成兩袋，每袋五十萬圓。庸一有些意外，沒想到這麼容易就勒索成功。不過，或許並不是森特別容易受騙。任何人都一樣，年紀越大，越擔心名譽受損。尤其是社會地位較高的人，更會有這種傾向。森年輕的時候極好女色，庸一猜想令他心虛的事多半跟女人有關，但反正眞相是什麼已不重要。

打一開始，庸一就決定好這一百萬圓要怎麼用了。庸一把兩疊鈔票隨手丟在客廳的桌上，從書房取來一張稿紙，以鋼筆寫下「喪葬費」。辦一場小規模的家庭式喪禮，一百萬圓應該綽綽有餘。

其實，庸一並不在乎死後有沒有喪禮。就算沒有也無所謂。然而，庸一很清楚自己在社會上有不低的知名度。即使沒有辦喪禮的打算，出版社那些人也會擅自舉辦告別會之類的活動。與其讓他們胡搞，不如辦一場簡單的喪禮了事。

此時，庸一已漸漸明白〈巡禮〉這篇小說的意義。

說穿了，就是爲死亡預作準備。得知哥哥沒剩多少日子好活，於是堅次寫出這樣的作品讓哥哥安排後事，想來也是合情合理。這麼多年來，堅次一直是靠著庸一與世界接觸，或許想以他的方式爲一切畫下句點。

即使如此，該做的事情還是沒什麼不同。庸一的職責跟往昔一樣，必須忠實地將虛構轉化爲現實。

＊＊＊

深藍色的日本海，黝黑的沙灘，陰鬱的天空。

一切的一切，都與當初離開時如出一轍。故鄉的海邊景色，不管過了多少年都不會改變。雖然一部分的海岸因堤防工程而禁止進入，但沙灘還是相當遼闊，水平線長到無法一眼望盡。

相較之下，陸地有極大的變化。從前幾乎不會有人造訪的沙灘，如今有許多散步及慢跑的人。此外，還有不少人在玩水，有的攜家帶眷，有的是成群的年輕人。沙灘與道路的邊界線上，蓋起不少海濱茶屋。幾個土木工人蹲在混凝土塊上抽菸，一個身穿潛水裝的年輕男人在替衝浪板上蠟油。

不知何時起，這片沙灘成爲享受海水浴的熱門景點。

這裡曾是兄弟倆最重要的避風港。兩人總是坐在潮濕的沙灘上，愣愣看著大海和天空，度過一天，偶爾會有一搭沒一搭地聊些無關緊要的瑣事。那些在陰霾不開的天空下無所事事的時光，曾讓洋市感到相當愜意。

洋市面對大海，接著轉頭望向左手邊那座突出海面的懸崖。以前只是一片廣場的崖頂，如今架起欄杆，成了一座瞭望台。

十五歲的弟弟，就是從那崖頂離開陸地。

＊＊＊

庸一在海岸邊的定食餐廳吃過遲來的午餐，接著登上通往瞭望台的階梯。以前這裡只是一條沒經過修整的坡道，左右兩旁都是雜木林，如今竟然變成一座長長的階梯，兩側的樹木也都砍除，站在階梯上就可望見海面。階梯的途中還有雜貨店，簡直成了一處觀光景點。

庸一承受著橫向吹來的海風，慢慢往上走。對一個罹患末期癌症的老人來說，登上這座階梯絕不輕鬆。每走上幾階，庸一就要停步片刻。走到雜貨店的時候，還在旁邊的長椅上休息了一下。十幾歲的時候，爬到崖頂不必花十五分鐘。眼下已走了三十分鐘，卻連一半都還沒走到。由於這裡沒有車道，當然也沒辦法搭計程車。

庸一在雜貨店裡買了一瓶綠茶，店老闆露出古怪的笑容，說道：

「請問你是須賀庸一先生嗎？」

雖然幾乎不曾返鄉，但這裡確實是庸一的家鄉。或許是這個緣故，抵達鎮上之後，庸一已被認出兩次。他覺得很煩，但因爲坐在店旁的長椅上歇腳，店老闆問話總不能當沒聽見，只好應了一聲「嗯」。

「果然，我就知道是你。你常常回來嗎？」

店老闆看起來年紀和庸一差不多，身材微胖，眼睛瞇成兩條線，額頭微禿。

「不，很久沒回來了。」

自從爲了〈來自無響室〉返回老家，庸一再也沒回來過。

從小居住的那棟屋子，父母去世後由庸一繼承。數年之後，庸一決定把屋子拆了。庸一曾詢問堅次的意見，堅次的回答是「我什麼也不要」。拆除屋子的時候，所有家具及一些零碎的小東西也都扔了，只留下少數的貴重物品。庸一將土地賣給了當地的不動產業者，後來那塊土地有什麼變化，他一無所悉。

「我看過你的作品，想請你簽個名，但我沒有簽名板，不曉得方不方便？」

「你想要殺人凶手的簽名？」

聽到這句話，店老闆做作的笑容頓時轉爲尷尬。每當遇上懶得應付的簽名要求時，這句話總是十分有效。認識庸一的人，大多對那起殺妻風波略知一二。

然而，店老闆只面露遲疑，並未打消念頭。庸一無奈，只好站起來，丟下一句「我走了」，便拿著喝到一半的寶特瓶邁步而行。店老闆挺識趣，沒再多說什麼。

庸一花了整整一個小時，才走到崖上。映入眼簾的，是一大片被欄杆圍起的廣大空地。原本環繞在周圍的雜木林都被砍除，視野變得十分寬廣，大海的景色一覽無遺。地上的雜草也都被清除乾淨，還設有幾張長椅。跟上次來的時候相比，瞭望台的設備周全許多。除了庸一之外，此時台上並沒有其他人。

庸一緊靠著欄杆，探出上半身。從欄杆到懸崖的邊緣，還有相當長的距離。區公所的人應該也知道，從前有學生從這裡跳崖自殺。崖上的警告標語還健在。

「你來得眞慢。」

以爲是其他遊客，庸一轉頭一看，竟然是張熟悉的臉孔。站在背後的人，赫然就是堅次。那大量的白髮與布滿皺紋的臉孔，與庸一有幾分神似。堅次雖然老了，臉上依然帶著微笑，與總是板著臉的庸一截然不同。兩人三十年沒見，庸一卻一點也不感到懷念。如果把命運塑造成人的形狀，應該就會像眼前這個男人吧。

「原來你也來了？」

堅次並未告知他會返鄉，庸一也沒告知堅次自己會在今天來到瞭望台。仔細回想，以前也發生過類似的狀況。爲了〈來自無響室〉返鄉時，庸一也是在這座瞭望台上遇見弟弟。

「你怎會知道我在這裡？難不成你一直在這裡等著我？」

堅次露出宛如以顏料畫出來的淡淡微笑。定睛一看，堅次的右手拿著一個大信封，除此之外，什麼也沒拿。庸一喝光綠茶，坐在長椅上。來自海平面的強勁海風，颳走庸一手中的空寶特瓶。

「你讀讀看吧。」

堅次遞出手中的信封。每次要寄稿子給庸一，堅次都會使用這種角形一號的信封。庸一朝堅次上下打量，想看出他的意圖。堅次毫不理會，硬是遞出信封。庸一就這麼一頭霧水地接了過來，打開一看，果然是一疊稿紙。

稿紙上寫的當然是一篇小說。那工整漂亮的字跡，自然而然地吸引庸一的目光。

＊＊＊

庸一穿上熟悉的作業服，走進新辦公大樓的電梯。剛進工廠工作的時候，中矢製作所的辦公室還只是平房，如今已變成氣派的大樓，工廠的面積也擴張了。

作業服的胸前繡著「須賀」，領子上的安全衛生負責人徽章閃閃發亮。

自從四十多歲時轉任管理職，庸一的工作地點自長年熟悉的作業現場，轉調到製造管理部的總務單位。雖然少了動手組裝機械的快感，但新的工作同樣帶來相當大的成就感。

庸一在頂樓走出電梯。這是高階主管的辦公樓層。庸一從社長室開始依序敲門，如果有人回應，就開門入內，說出預先想好的那句話。

「這些年來受您諸多關照，能夠在這裡工作到退休，是我的榮幸。」

庸一在公司裡的資歷相當老，與所有高階主管都有私交，有些主管拍拍庸一的肩膀，有些則絮絮叨叨地說了好些感謝之語。跟高階主管道別後，庸一依著樓層順序往下，去每一個部門打招呼。庸一在大多數的部門都有朋友，這些人會把同事全叫過來，讓庸一逐一向他們道別。

辦公大樓的所有樓層都打過招呼後，庸一回到工廠，走進從前待過的作業現場。正值上班時間，年輕作業員們正忙著手邊的工作。庸一不想打擾大家，只打算跟管理室的主管打聲招呼。那主管的資歷也沒庸一老，他拉著庸一說道：

「等一下，今天是你最後一天上班，讓大家送你離開吧。」

那主管說完，拿出手機，對作業現場的領班下達指示。

「須賀先生要跟大家打聲招呼，你把大家全都帶過來。」

「不必麻煩了⋯⋯」

「那可不行，我們都受過你很多照顧。」

數分鐘後，管理室裡擠滿現場作業員，不少人無法進入，只好聚集在門口。庸一不禁感慨，這間公司從原本的小工廠成長到今天，竟然擁有這麼多員工。庸一含淚對大家說了幾句話，眾人熱烈鼓掌。

「我們準備了花束，想表達謝意。」

充當司儀的主管高聲一喊，隸屬於製造技術部的森捧著一束花走過來。他將花束遞到庸一的面前，露出靦腆的笑容，庸一也不禁笑了起來。

「要送花，也不找個年輕一點的。」

「別這麼說嘛，讓一起進公司的同事送花，別有一番情調。」

森笑著應道。他已退休過一次，但受到續聘，所以又回公司來。

「你眞的不接受公司退休後的續聘嗎？現在後悔還來得及。」

「我工作得夠久了，接下來想過輕鬆一點的日子。」

年輕職員拿著數位相機，指揮所有人聚集在一起，拍了張大合照。庸一是主角，當然站在中央，身旁是森。在眾多公司的年輕人圍繞下，庸一對著鏡頭露出如沐春風的微笑。

＊＊＊

庸一從稿子上抬起眼。這篇小說裡，登場的主角不是「菅洋市」，而是正在讀著小說的「須賀庸一」。庸一帶著滿心的憤怒與困惑，皺眉問道：

「這是怎麼回事？」

「你可以選擇的人生之一。」

年老的堅次答得氣定神閒。海風送來潮水的氣味，波濤聲越來越響亮。

稿子還沒讀完，庸一又翻開下一頁。

***

第一次穿上西裝禮服，比想像中不舒服。長年在工廠裡工作的庸一，連商務西裝也很少穿。如今穿上這麼多層的西裝禮服，當然會有種身體動彈不得的感覺。

典禮還沒開始，休息室裡只有親子三人。身穿純白婚紗的明日美，眼眶早已蓄滿淚水。站在旁邊的詠子穿著黑色和服，握著泫然欲泣的女兒的手。

「你也說兩句話嘛。」

詠子在庸一的耳畔低聲說道。庸一想開口，卻不曉得這種場合該說什麼才好。煩惱許久，才擠出兩句像樣的話。

「雖然結了婚，妳還是我們的女兒。以後有什麼需要幫忙的事，儘管回來找我們。」

「我知道。」

明日美淡淡回答，同時以手帕擦了擦眼角。

「今天是結婚的日子，你竟然叫她回來找我們，太不吉利了吧？」

詠子哭笑不得。庸一聳了聳肩，不知該怎麼回應。

教堂響起掌聲，新郎似乎已進場。緊接著是一陣對新郎的祝賀聲。新娘一家人在服務人員的引導下，來到教堂的門口。詠子爲明日美蓋下面紗。終於要進場了，庸一不禁有些緊張，吞了口唾沫。

「你要站在右邊。」

原本站在明日美左邊的庸一，在詠子的指示下趕緊移向右邊。明明早已練習過，卻還是幾乎忘光了。庸一伸出左臂，明日美戴著手套輕輕抓住父親的手肘。

服務人員自兩側拉開門。明日美進場的瞬間，教堂裡響起歡呼聲。同時，啜泣聲及「好美」的讚嘆聲此起彼落，紛紛鑽進庸一的耳中。新娘的周圍出現一陣陣的閃光燈，緊接著奏起華格納的結婚進行曲，庸一配合著明日美的步調，在紅毯上小心翼翼地一步步往前踏。前方的祭壇上站著一名外國神父，神父的面前是身穿白色禮服的新郎。

庸一在祭壇前停下腳步，與新郎面對面。兩人配合著對方的呼吸，一同鞠躬行禮。然後，庸一僵硬地牽起明日美的右手，交到新郎的手上。任務到此結束。想起來很緊張，做起來其實沒什麼。

明日美與新郎一同踏上祭壇。看著明日美的背影，庸一感覺胸口湧起一股熱流。

＊＊＊

庸一坐在長椅上，默默看著弟弟。堅次什麼也沒說，只以眼神催促哥哥繼續讀下去。瞭望台上沒有其他遊客。頭上沒有海鳥，腳下沒有昆蟲。除了兄弟倆之外，沒有任何生物，簡直像是進入巨大的立體模型中。

這裡有大海、有森林、有泥土。這裡是實物大小的虛構世界。一個只爲了兄弟倆準備的虛構世界。不，正確來說，是只爲了庸一而準備。

庸一繼續讀起下一段。

＊＊＊

小小的花壇，正適合這座小小的庭院。紅磚圍起的庭院一角，詠子以腐葉土塡滿，並且撒上種子。爲花壇澆水，是詠子每天的慣例。

這年春天，庭院裡的鐵線蓮和萬壽菊開出美麗的花朵。自從明日美離家和女婿一起生活，詠子就在庭院裡栽種花草。詠子並未挑選特別華麗或特殊的花種。雖然都是常見的花草，卻足以讓原本冷冷清清的庭院變得色彩繽紛。偶爾有客人上門，都會稱讚庭院裡的花開得眞美。

庸一也喜歡坐在緣廊上，欣賞庭院裡的花朵。退休之後，庸一有許多空閒，最近當起導護義工。每天要做的事情，就是站在兒童的通學路上，拿著旗子引導孩子們避開危險的區域。每天早上當完義工，庸一習慣坐在緣廊上，一邊喝茶，一邊欣賞花壇裡盛開的花朵。

每當庸一啜著茶，看著庭院，總會感嘆自己眞的老了。

年輕的時候，庸一也做過許多荒唐的事情。經常從白天一直工作到三更半夜，或是不管三七二十一地喝酒，喝到不醒人事。當時的庸一，根本沒想過自己會有坐在緣廊上喝茶的一天。

隨著年齡漸增，身體逐漸沒辦法負荷那些年少輕狂的舉動。精神上也逐漸失去了年輕時的衝勁，只想要安安穩穩地度過每一天。如今飲食也變清淡了，每天還得按時吃藥。沒事的時候，就是散散步、看看電視。雖然是典型的退休老人生活，但庸一並沒有什麼不滿。

詠子做完家事，也來到緣廊坐下。兩人並肩看著庭院。

對夫妻倆來說，這幢獨棟房屋實在大了些，只是到處都充滿與明日美的回憶，兩人都不打算拆掉這個家，搬到公寓居住。女兒雖然出嫁了，還是必須爲她留下能夠回來的家。何況，如果搬到公寓去住，就沒辦法栽種花草了。

「眞美。」

庸一說出心中的感想。詠子點點頭，彷彿是理所當然的事情。不知何處傳來山雀的叫聲。轉頭一看，小鳥的身影在陽光下跳動。

「我也該培養一點興趣。」

「你老是這麼說，但每次都是三分鐘熱度。」

退休後，庸一參加過陶藝和繪畫的體驗教室，但都沒辦法全心投入。雖然心裡有著想要做出的形狀，或是想要畫出來的圖案，但雙手太過笨拙，總是無法如願，最後因心情煩躁而不想再嘗試。

「不然，我來寫本自傳吧。」

「這興趣不錯，而且不花錢。」

原本只是隨口說說，沒想到詠子居然大爲贊成。仔細想想，庸一也覺得這個點子不錯。雖然庸一的人生十分平凡，沒什麼戲劇性的變化，但寫成自傳或許會比想像中有趣。反正不是爲了取悅他人，完全是寫給自己看的。

「你可別突然說想要自費出版。」詠子說道。

「我要是有那種文筆，早就當作家了。」

庸一一口喝光杯裡的焙茶，從緣廊上站了起來。印象中，書房的角落有一些用途不明的稿紙。而且當初退休的時候，有人送名牌的原子筆給他。既然想要寫自傳，擇日不如撞日，就從今天開始吧。

庸一輕快地走向書房。

＊＊＊

庸一閉上眼睛，沒辦法再讀下去。閱讀這種幻想中的人生，猶如酷刑。

「怎麼不看了？後面還有好多故事。」

堅次指著庸一手上的稿子，但庸一實在沒精力面對這些幻想。海風比剛剛更加強勁，幾乎能以狂風來形容，強大的風壓不斷橫打在庸一的身上。庸一雙手緊緊抓住稿紙，稿紙的邊角不停上下翻舞。

「你饒了我吧。」

「爲什麼你要露出這種宛如被害者的表情？」

堅次的話聲毫無抑揚頓挫，而且音調相當高，有如變聲前的少年。

「這裡寫的，都是哥哥自願捨棄的人生。如今你過著這種悲哀的人生，完全都是你——須賀庸一自己的選擇。」

庸一感到一陣錯愕，腦袋一片空白。任何人都可以說出這種話，只有弟弟堅次不行。因爲庸一這輩子完全照弟弟所寫的小說而活。爲了將虛構化爲現實，庸一被迫與暴力爲伍，終日酗酒爲樂，還殺害了妻子。

「這樣的人生不是我選的，是你幫我決定的。堅次，是你強迫我接受這樣的人生。」

「不，哥哥，這都是你自己選的。」

「你竟敢說這種話！」

庸一氣得將稿紙扔在地上。那一疊稿紙瞬間飛散，在狂風中上下翻轉。每張稿紙彷彿都獲得生命，朝著大海振翅而飛。數不清的稿紙在空中飛舞的景象，宛若一場白色暴風雨。描寫虛構人生的無數小說，就這麼脫離庸一的雙手。那些在高空中翩翩起舞的稿紙，彷彿在嘲笑著庸一，說著「別想過安穩的人生」。

須臾之間，所有的稿紙都消失了。

「其實，你心裡很清楚。」

「住口！」

堅次毫不理會哥哥的制止。庸一張口大喊，想要掩蓋堅次的聲音，但堅次那不變的少年嗓音乘著海風，清清楚楚地鑽入庸一的耳中。

「哥哥，從一開始，你就是一個人。」

那個晚上，庸一親眼目睹弟弟從懸崖上墜落。

庸一衝上前制止。抓緊手電筒，蹬飛泥土，整個人奔到堅次的面前，抱住堅次的身體。但下一瞬間，堅次的身體自庸一的懷裡往下滑。兩腳踏空的弟弟，垂直墜入波濤洶湧的海中。庸一伸出手，但堅次並未拉住哥哥的手，雙眸中不帶一絲神采。肉體撞擊水面的聲響，在庸一的周圍不斷迴盪。

庸一臉色慘白地走在夜晚的坡道上，不斷告訴自己「這一切都是假的」。弟弟沒有死。弟弟只是假裝死了。其實，弟弟悄悄離開家鄉，打算隱姓埋名，悄悄過屬於自己的人生。庸一只是受到堅次委託，把周圍的人騙得團團轉，讓大家都以為堅次真的死了。

庸一如同行屍走肉般踏進警署，在父母的面前哭著下跪。庸一不斷告訴自己，這只是演戲而已。要演得好像堅次死了。其實堅次根本沒死，大家都被騙了。堅次還活著。沒錯，堅次還活著。找不到遺體，就是最好的證據。

堅次很喜歡閱讀小說。如果他還活著，一定會以當上作家為目標吧。於是，庸一寫起小說，心想「我只是代為抄寫」。庸一模仿堅次工整的筆跡，在西日暮里的公寓裡，一邊從事肉體勞動，一邊獨自寫著小說。為了欺騙自己「堅次還活著」，庸一只能不斷重複做著這件事。

然而，庸一缺乏文學素養。儘管依著想像寫起小說，但很快就遇上瓶頸，不知該如何下筆。

於是，庸一將堅次讀過的小說全部買來細讀。堅次特別愛讀的類型是私小說，那是一種以作者自身為題材的小說。假如堅次還活著，一定也會寫私小說吧。可是堅次根本不存在，當然無法以堅次為題材，庸一只好以自己為題材。

只花了一天一夜，庸一就寫出一篇以「菅洋市」爲主角的小說。故事裡的菅洋市，就是庸一的分身。庸一宛如被堅次附身，以驚人的速度完成大約一百張稿紙的短篇小說，命名爲〈最北端〉。

〈最北端〉必須是一篇以庸一自身爲題材的私小說。因此，庸一強迫自己過著與小說內容如出一轍的生活。隨著生活越來越放蕩不羈，這種頹廢的生活也反過來激起庸一的創作慾望。自從獲得編輯的青睞，庸一又陸陸續續發表許多作品。

堅次彷彿隨時都在身邊。雖然握筆的人是庸一，但他總是想像著，堅次才是故事的創作者。每當庸一面對稿紙，便會暗自祈禱作品能順利完成。

不知不覺間，庸一成爲自己筆下小說的奴隸。

寫稿的過程中，庸一從來不曾想過自己必須實踐小說的情節。他只是專心聆聽堅次的聲音，寫下堅次應該會寫出的情節。等到完成作品，重新拿起來讀，才驚訝於劇情竟是如此異想天開。雖然是庸一自己寫的小說，但在小說完成之前，連庸一也不知道那將是一篇怎樣的小說。

庸一酗酒、動粗、殺害妻子，不是因爲他人，而是因爲自己寫下這樣的小說。到了這個地步，庸一已無法回頭。庸一只有寫私小說的才能。嘗試寫其他類型的小說，卻被編輯批評得一文不值。庸一想繼續當一個作家，只能繼續寫出須賀庸一的人生。

庸一只好扮演一個流氓作家，讓自己陷入孤獨。庸一心裡時常想著，是誰害自己淪落到這個地步？

是堅次。沒錯，雖然動筆的是自己，但在背後操控的總是堅次。如今過著不得安寧的人生，到底是誰的責任？是堅次。是那天晚上從崖上跳下去的弟弟。是那個讓自己一輩子活在後悔中的弟弟。

堅次就像是庸一的分身，就像是永遠無法清除的刺青，就像是文身（註）。

「你終於想起來了。」

七十二歲的堅次揚起滿是皺紋的嘴角，對著哥哥露出熟悉的微笑。

「哥哥，你做得很好。靠著一股鑽牛角尖的衝勁，居然能做到這種地步，實在了不起。這個人生是屬於須賀庸一的，不屬於其他任何人。」

「不，須賀庸一是我和你合力創作出來的！」

此時，堅次的笑容充滿對哥哥的鼓舞與安慰，不帶一絲自私與冷酷。

「哥哥，不管是好是壞，這就是你的人生。我只是你的故事裡的登場人物之一，除此之外，我什麼也不是。別再把人生的責任推到我的頭上。」

年老的堅次朝著懸崖的邊緣緩緩走去，彷彿只是在住家附近散步。那景象與當年一

註：日文音同「分身」。

模一樣。撲面而來的狂風，捲起堅次的頭髮。庸一想要起身，身體卻在長椅上動彈不得。

「快回來！堅次！」

庸一張口大喊，但弟弟並未回頭，依然一步步朝著大海走去。他的雙手抓住那排及腰的欄杆，把腳跨了上去，雖然全身失去平衡，還是順利翻過欄杆。他繼續往前走，通過那塊警告標語，踏上沒經過整地的泥土崖面。庸一只能眼睜睜看著堅次的背影逐漸遠離。

「你並不是想要尋死！你只是想要到一個遙遠的地方！所以你沒必要跳下去，只要逃走就行了！尋死和逃走不一樣！人一旦死掉，就沒辦法逃了！」

堅次彷彿沒聽見庸一的呼喚，繼續往前走著，距離懸崖的邊緣只剩下數公尺。再往前走幾步，他就會墜入海中。庸一沒辦法別過頭，也沒辦法閉上眼睛，只能眼睜睜地看著即將發生的事情。片刻之間，堅次的雙腳踏在崖邊。那俯視著海面的矮小身軀，不斷被海風往陸地的方向推擠。

這一瞬間，庸一終於掙脫那條看不見的繩索，整個人彈跳起來，翻過柵欄，朝著崖邊奔去。

「別跳！」

庸一大喊的同時，從後方伸手抱住弟弟。

但堅次的身體已朝著浪花滾滾的海面墜落，庸一的雙手什麼也沒抱到。數秒之後，波浪之間傳來物體墜海的沉重聲響。下一瞬間，世界恢復原狀。風聲及宛如地震般的轟隆海潮聲，不斷在耳畔迴響。

這才是眞正的現實。

庸一跪在地上，摀住了臉。呼吸系統痙攣，幾乎無法喘息。雖然沒流淚，嘴角卻不斷逸出哽咽聲。放下雙手時，眼前是一片愁雲慘霧的天空。灰色圖紋在天上緩緩蠕動，彷彿擁有生命。

良久之後，庸一退回瞭望台。當初輕易飛越欄杆，此時要翻回去卻費了九牛二虎之力。坐回長椅的同時，庸一發現地上掉了一張稿紙。拾起一看，上頭有著堅次的筆跡。這是弟弟寫的最後一張稿子。

＊＊＊

從一開始，洋市便心知肚明。既然一切起於這個小鎮，最後也應該在這裡結束。能夠爲洋市畫下句點的人，只有洋市自己。

＊＊＊

回程的路上，庸一小心翼翼地走下階梯。由於剛剛全力奔跑的關係，此時膝蓋隱隱作痛。緩慢前進的過程中，太陽逐漸西斜。腳下那道長長的影子，彷彿在陪伴庸一前進。

好不容易走到買瓶裝綠茶的雜貨店。就是遭店老闆要求簽名，庸一設法拒絕的那家店。這次庸一並未停步歇息，打算直接通過。沒想到，有個坐在長椅上的人突然喊道：

「請問你是須賀庸一先生嗎？」

轉頭一看，那是個留著鬍子的男人，約莫五十多歲，露出靦腆的笑容。對庸一來說，那是張陌生的臉孔。「是又怎樣？」庸一反問。男人登時喜形於色。庸一仔細回想，還是想不起在哪裡見過對方。

「以前我們見過一面，我一直希望能夠再見到你。這家雜貨店的老闆是我的朋友，他知道我想見你，所以特地聯絡我。我心想只要在這裡等著，或許你會再度經過。」

「抱歉，我完全不記得你是誰。」

「那是好久以前的事了。當時我還是個小學生，正在放暑假。我們一家人住在東京，搭電車返鄉探親。弟弟在電車內大吵大鬧，父母都拿他沒轍。須賀先生，你突然出現，要我安撫弟弟。」

記憶如火花般一閃而過。那時候的庸一，爲了發表〈來自無響室〉，帶著詠子一同返回故鄉。在電車上，庸一遇上那一家四口。庸一以同樣身爲哥哥的立場，要求在弟弟旁邊的少年，幫忙安撫哭泣的弟弟。那少年的臉孔，逐漸與眼前的男人重疊。

「我想起來了。」

「眞的嗎？太好了，我以爲你一定不會記得。須賀先生，多虧有你，我才能跟弟弟和解。」

「你們吵架了？」

「不，我們的家庭狀況有些複雜。」

男人有些吞吞吐吐，旋即露出下定決心的表情，說道：

「我和弟弟是同母異父。由於這個緣故，從小我就對弟弟抱持敵意。對我來說，只有母親是眞正的親人，弟弟卻同時擁有父親和母親。或許我是嫉妒他吧。在別人的眼裡可能很幼稚，但我覺得是相當嚴重的問題。在那之前，我一直沒把弟弟當成眞正的家人看待，弟弟也刻意遠離我。」

兩人站在雜貨店的旁邊，男人繼續道：

「但那一天，你把我們當成『兄弟』。你告訴我，既然我是哥哥，應該管好弟弟。你的一句話，讓我放下心中的大石。其實，我一直很想把弟弟當成家人，又擔心大家不允許我這麼做。須賀先生，是你解開我身上的枷鎖，讓我明白全世界都承認我們是兄弟，是一家人。」

「我沒做過那麼了不起的事。」

庸一站得累了，往長椅坐下。雖然依稀記得見過那對年幼的兄弟，庸一卻不記得自己曾改變他們的人生。不過，那留著鬍子的男人感慨萬千地看著自己，庸一也不好意思完全不理會。或許是年紀大了，最近越來越能體會他人的感受。

「你弟弟現下在做什麼？」

庸一隨口問道。不料，男人想也不想地回答：

「他過世了。」

庸一完全沒想到會換來這樣的答案。

「當時他才三十歲，我在家鄉就職，他在東京工作。他覺得活著太痛苦，竟然自殺了。我連他有煩惱都不知道。我也不明白自己爲什麼沒察覺，這件事一直讓我很後悔。」

男人說得輕描淡寫。或許是因爲事隔多年，他學會強忍傷痛，保持心靈的平靜。庸一經歷過不少生離死別，聽到一個原本早就遺忘的男人的弟弟自殺身亡，如果是平常，心情絕對不會有任何波動起伏。

沒想到，此時庸一竟有種哭泣的衝動，淚腺彷彿失去控制。庸一垂下頭，以右手摀著雙眼，淚水不停滑落地面。

「……爲什麼讓弟弟死了？」

庸一知道這個問題毫無道理。他詢問的對象其實並非眼前的男人，而是自己。原本壓抑著情感的男人，臉孔突然像哭泣的孩子般扭曲變形，牙齒不停打顫，喉嚨發出哽咽聲。

「我弟弟是個好人，但心思太纖細敏感，周圍的人應該更加關心他才對。我明明做得到，卻沒做。我替自己找了很多藉口，什麼住得太遠、他已是成年人、雙方都有家庭……就算找再多的藉口，也沒辦法消除心中的懊悔。」

找藉口是心理上的防衛反應，稱不上是什麼罪過。庸一想這麼告訴他，卻只感到淚水不斷湧出，一句話也說不出來。

「就算是兄弟，也有自己的人生，不可能隨時隨地互相關心。但我希望跟他的感情更好一點，這樣他在尋死之前，或許會想打電話給我。一通電話，或許就能改變他的命運。」

失去弟弟之後，庸一就不斷逃避著無法改變命運的窩囊的自己。藉由告訴自己堅次沒死，迴避一切該負的責任。到頭來，只得到一個被虛構的故事搞得面目全非的人生。

不管是對庸一來說，還是對眼前的男人來說，弟弟都是距離自己最近的人。一旦失去分身，雖然身體不會受到任何影響，內心卻會產生無數看不見的傷痕。一個不承認自己受傷的人，當然也無法接受治療。

「對不起……對不起……」

男人的臉頰也出現淚痕。滑落的淚珠，散失在來自海上的狂風中。

下一班電車要等二十分鐘。雖然還沒完全天黑，月台上卻頗爲昏暗，照明也已點亮。細細長長的月台上，站在角落的庸一拿起手機，看見中村傳來的簡訊，立刻撥打電話。

「問到了嗎？」

「她來墓園掃墓，被我等到了。」

庸一委託中村幫忙調查明日美的聯絡方式。

今天是詠子的忌日，庸一知道明日美一定會去墓園掃墓，事先告訴了中村。果不其然，明日美獨自出現在墓園。中村發揮從前當編輯的交涉能力，成功問出明日美的電話號碼及地址。

「聯絡方式就在剛剛寄給你的簡訊裡。」

「好，謝謝你。」

沉默片刻，中村說道：

「這是你第一次對我說謝謝。」

通話結束，庸一依然一動也不動，凝視著液晶螢幕。明日美的電話號碼就在手機螢幕上。只要撥打這個號碼，就能和明日美通話。問題是，要說什麼？面對三十年不見的女兒，庸一實在想不到該說什麼才好。

庸一關掉螢幕，收起手機。現在不是通話的好時機，庸一如此想著。至少等想到該說什麼再打吧。既然知道電話號碼，沒必要心急。

——就算找再多藉口，也沒辦法消除我心中的懊悔。

驀地，耳畔響起男人說過的話。背部又疼痛不已。這樣的身體，不知道還能撐多久。拜託中村幫忙打聽明日美的聯絡方式，不正是爲了這個理由嗎？

庸一想也不想地掏出手機，不管三七二十一地選擇明日美的電話號碼。一將手機拿到耳邊，隨即聽見了等待鈴聲。可以對女兒說什麼話，等等自然會想得到，總之，先聽聽女兒的聲音吧。庸一既期盼女兒趕快接電話，又希望女兒永遠不要接電話。

等待鈴聲戛然而止，電話接通了。

「我是山本。」

聽見女兒的聲音，庸一霎時腦袋一片空白。當然，那與記憶裡的少女嗓音截然不同。而且「山本」這個姓氏，也不是當初領養明日美的那對夫妻的姓氏。起初，庸一以爲打錯號碼，但轉念一想，明日美可能已結婚，所以換了姓氏。

「我是須賀庸一。」

接下來是一陣沉默。氣氛凝重的程度，彷彿伸手就觸摸得到。對方得知通話對象的身分後，顯然立刻提高了警覺。

「有什麼事？」

對方的聲音頓時充滿敵意。庸一隨口說出浮現在心頭的話。

「我罹患末期癌症，沒多少日子好活了。」

「那又怎樣？」

明日美的語氣不帶一絲一毫的關心。她多半早當親生父親死了。庸一忍不住吐露深藏在心中的願望：

「我的喪禮，希望由妳擔任喪主。」

明日美沒回答。

「我家裡有一百萬圓，就用那筆錢來辦喪禮吧。」

明日美還是沒回話。即使如此，庸一已心滿意足。至少這通電話，證明女兒並非虛構故事中的人物。對於現實與虛構徹底翻轉的庸一來說，光是有一個能夠相信的現實，便該滿足了。

「就這樣，我掛電話了。」

庸一主動結束通話。月台上的夜色比剛剛更濃了一些。

心中已無任何牽掛。

庸一驟然醒悟，這裡就是巡禮的終點。

庸一轉頭望向垂掛在月台屋頂下方的時鐘，想要確認時間，視野卻一片模糊，什麼也看不清楚。應該早就過了二十分鐘，電車卻還沒來。庸一面對鐵軌，倚靠著牆壁。雙腿越來越痠軟，沒辦法繼續站著。膝蓋再也支撐不住，身體逐漸往下滑。最後，庸一幾乎是整個人蜷曲在月台上，背靠著牆壁，頭埋入雙膝之間，兩手無力地下垂。手掌感覺像是觸摸著某種粗糙的物體。

肌肉彷彿放棄了職責，全身逐漸鬆弛，原本十分惱人的背痛也消失了。眼前宛如籠罩著一片濃霧，連自己在想什麼也不知道。

現在是什麼時候？這裡是哪裡？我是誰？

我到底是誰？

須賀庸一……這個名字好熟悉。

菅洋市……兩個名字聽起來好像。或許這才是我的名字。

然而，不論是何者，現實都不會有所不同。因爲這兩個名字代表同一人。他們有著相同的生命軌跡，經歷過相同的人生起伏。只不過，一個擁有活生生的肉體，另一個只活在文字中。除此之外，兩人並沒有絲毫不同。

濃霧逐漸遠去，化成烏雲。這是個陰天。庸一的頭頂上，永遠有著陰霾不開的天空。那灰色的雲海，彷彿刻意掩蓋上方的遼闊藍天。不論逃到何處，都沒有意義。打從一出生，自己就像被關在堅硬的繭中。跟堅次創作出來的虛構人物一樣。庸一感覺自己被捉摸不到的烏雲包圍，越來越喘不過氣。不僅呼吸困難，而且連呼救都沒辦法。只能像被撈上岸的魚一樣，張著乾裂的嘴唇，用力吐氣。

電車還是沒來。

尾聲

紅茶的冰涼感，自喉嚨流入胃中。

距離約定的時間還有十五分鐘，我已坐在咖啡廳裡。一股難以言喻的不安，讓我忍不住朝身旁的丈夫瞥了一眼。我不敢一個人面對這件事，於是懇求丈夫陪在我的身邊。

「放心，不會有事的。」

丈夫給了我一個溫暖的笑容。不管遇上什麼麻煩，他總是能拉我一把。

我的膝蓋上放著一只提袋，提袋裡裝有〈文身〉的稿子。我甚至不知該如何形容讀完稿子時，內心承受的衝擊。這厚厚一疊寄到我家的稿紙，記錄著須賀庸一的人生。我反覆讀了好幾遍，上頭的文字一再讓我感到憤怒、悲傷、難過、無奈與空虛。

一個一輩子活在弟弟的陰影中的哥哥。那就是我的親生父親。

當然，這不能改變他浪蕩一生的事實。我並不打算肯定父親的人生。他傷害那麼多人，我不認為他值得同情。更何況，這篇稿子也證實母親的確是遭父親殺害。如果他沒寫出〈深海之巢〉，沒購買老鼠藥，沒把老鼠藥摻入麥茶，我的母親不會死於非命。

然而……

我對這篇小說究竟有幾分真實感到好奇。父親的弟弟自殺身亡，這個部分肯定不是虛構情節。須賀庸一的書迷及評論家，都知道須賀庸一有個名叫堅次的弟弟，在十五歲的時候自殺。

問題在於，須賀庸一與堅次之間，是否有著〈文身〉中描述的那層關係？那個男人眞的一輩子都飽受罪惡感的折磨嗎？抑或，他只是拿弟弟來當醉生夢死的藉口？要找出這個問題的答案，必須查清楚〈文身〉這篇小說到底是虛構之作，還是寫實之作。沒釐清這個問題，我實在不知道該如何看待父親。

我感覺口乾舌燥，拿起冰紅茶又啜了一口。就在這時，一道人影出現在咖啡廳的店門口。那是個老人，戴著厚厚的眼鏡，他毫不猶豫地朝我們走來，我們立刻起身迎接。

「抱歉，百忙之中打擾你。」

「請別這麼說。」

中村客客氣氣地回了一禮，坐在我的正對面。三人說了幾句客套話，便直接切入正題。我從提袋裡取出〈文身〉的稿子，放在中村的面前。

「請問你記得這份稿子嗎？」

中村沒回答。但他沒拿起稿子翻看，就是最好的回答。這證明他已讀過這份稿子，所以沒必要再次確認內容。

「這份稿子是你寄給我的嗎？」

在〈文身〉的最後一章裡，父親一直是與年老的中村編輯一同行動。除了中村之外，我想不出父親還能把稿子託付給誰。

中村淡淡點頭，彷彿早料到我會這麼問。

「須賀先生過世不久，我收到他寄來的包裹。除了兩份稿子之外，還有一封信。信中要我將〈巡禮〉當成封筆之作對外發表，並且在喪禮結束後，把〈文身〉寄給明日美小姐。」

中村將〈文身〉的稿子推了回來。我拿起那疊沉甸甸的稿紙，放回提袋裡。

「這份稿子眞的是我父親寫的嗎？」

「沒錯，那確實是須賀庸一的筆跡。」

既然長年擔任編輯的中村這麼說，應該不會有錯。

「讀完這篇稿子時，我也嚇一大跳。」

中村嘴上這麼說，臉上卻毫無驚愕之色。

「稿子裡寫的內容都是事實嗎？」

「這個嘛……至少須賀先生當年帶著稿子到方潤社時，我們的對話就和作品裡的橋段一模一樣。這件事讓我留下深刻的印象，所以我記得很清楚。當時須賀先生的確告訴我，眞正的作者是他的弟弟。所以在讀〈文身〉之前，有超過五十年的時間，我一直相信須賀先生的作品都是弟弟寫的。畢竟唯有〈最北端〉的稿子，筆跡完全不同。不過後來想想，須賀先生或許是故意這麼做。從一開始，他就需要一個共犯，一個願意跟他一起說謊的對象。能找到這樣的人，謊言才不容易被揭穿。」

「在所有的編輯當中，『作品是弟弟寫的』這句話，他只對你說過？」

「至少就我所知，其他的編輯都不知情。」

服務生送上特調咖啡，中村碰也沒碰，繼續道：

「文學獎的候電會結束，他打電話給弟弟，這個橋段也是事實。當然，我聽不見對方的聲音。但至少在我的面前，他一直表現出眞的有個弟弟的態度。」

「他的弟弟明明死了，爲什麼他要刻意裝出弟弟還活著的樣子？」

「這個嘛……」

原本侃侃而談的中村，此時竟遲疑了起來。

丈夫叫來服務生，加點一杯冰紅茶。手邊的杯子不知不覺空了，但我甚至不記得拿起來喝過。

「讀了〈文身〉之後，我曾到須賀先生的父母下葬的墓園，向管理墓園的寺方人員詢問弟弟……也就是堅次先生的遺體是否葬在那裡。我得到的回答是，弟弟並未納骨，換句話說，遺體一直沒找到也是事實。」

「有沒有可能……堅次先生眞的還活著？」

中村停頓一下，似乎下定了決心，一臉嚴肅地說：

出現數秒的沉默，我不明白中村這麼說是什麼意思。從一開始，我就是以須賀堅次已死爲前提進行討論。

「等等，他的弟弟不是早在一九六三年就死了嗎？」

「紀錄上是這樣沒錯，但並沒有須賀堅次已死的證據。」

聽起來不像是在開玩笑，也不像是思緒混亂。中村的態度始終非常沉著冷靜。

「這有可能嗎？一個人能夠在沒有戶籍的狀況下，隱姓埋名半個世紀以上？按理來想，這幾乎不可能做得到。」

「如果有人願意積極提供協助，倒也不是絕對做不到。」

我忍不住想重複同一句話，最後選擇沉默。

〈文身〉中關於弟弟的一切，難道不是須賀庸一的妄想與幻覺？難道那些都是發生在現實生活中的事？不，可能性太低。就算理論上做得到，但生活中處處都必須非常小心謹慎，我實在不認爲父親做得到這種事。

「好吧，姑且假設須賀堅次眞的活著。但這麼一來，不是與〈文身〉的結尾互相矛盾嗎？在〈文身〉這部作品裡，弟弟早就死了。難道每一段劇情都是眞的，唯有這個部分撒謊？爲什麼須賀庸一要這麼寫？」

「私小說也是一種小說，既然是小說，就有可能同時包含現實與虛構。只要是創作上有必要，私小說的作者也會撒謊。至於爲什麼作者要這麼寫，就不得而知了。」

中村故意說得輕描淡寫，彷彿是在緩和我激動的情緒。

「……但說穿了，這只是你的臆測，不是嗎？」

「如今我們能做的事，也只有臆測而已。既然當事人已過世，我們永遠無法確認哪些部分是現實，哪些部分是虛構。」

「這我當然明白。」

我的口氣不禁有些不耐煩。中村的視線隔著鏡片朝我射來。

「明日美小姐，妳到底想知道什麼？」

這麼一問，我一時說不出話。我也不想繼續爲那個男人的事情煩心，但讀過那樣的小說，不免會想要釐清劇情的眞僞。

「什麼是虛構、什麼是現實，或許並沒有那麼重要。」

中村說著，從公事包取出一顆小小的石頭，擱在桌上。看起來只是平凡無奇的石頭，但讀過小說的我，馬上猜出石頭的來歷。

「這就是『彩虹的骨頭』。」

彩虹也有骨頭。這是少年時期堅次對哥哥撒的謊。我父親信以爲眞，一直認爲弟弟給的小石頭是眞正的彩虹骨頭。

「業者在整理遺物的時候，差點把這東西丟了，幸好我偶然看到，這東西才能保留到現在。畢竟沒有金錢上的價值，根本不會有人在意這顆小小的石頭。但須賀庸一直到過世之前，都相信這是彩虹的骨頭。」

「怎麼可能？」

我以手指輕輕一碰，那淡褐色的石頭微微左右搖擺。

「再怎麼天眞的人，也不可能相信這是彩虹的骨頭吧？」

「是嗎？只要打從心底相信，任何虛構都能變成現實。須賀先生用他的一生證明了這件事。現在我請問妳，妳有辦法證明這不是彩虹的骨頭嗎？」

中村的視線移向放著稿子的提袋。

如果只是要進行口舌之爭，我當然可以繼續和他爭辯，但這麼做沒有任何意義。我不知該說什麼才好，只好保持沉默。中村似乎看穿我的想法，繼續試圖說服我。

「重要的不是說了什麼話，而是說話的那個人值不值得相信，不是嗎？妳願意相信須賀庸一嗎？這個問題的答案，將決定許多事情到底是虛構還是現實。好比一枚硬幣，只要輕輕翻轉，正面就變成背面。當然也可能兩面都是正面。」

「這種舌粲蓮花的話術，說得再多也沒什麼意義。」

丈夫從旁插話。這是他第一次參與我們的討論。我感覺猶如一盆冷水潑在頭上，瞬間恢復冷靜。中村露出掃興的表情，將視線轉向一邊，說道：

「我只能就目前所知的範圍，提供我的想法。除了以上這些，你們還有什麼想問的問題嗎？」

當我回過神，「彩虹的骨頭」已從桌上消失。「如果沒有，我就先告辭了。」中村說著便站了起來。他掏出一千圓要付咖啡的錢，但丈夫堅持不肯收下。我仰頭望著中村離開座位。臨走之際，中村又說：

「我們只要知道須賀庸一是最後的文士，便足夠了。」

我心裡明白，他這句話並不是在虛張聲勢。他想表達的是，一篇作品只要有閱讀的價值，內容是不是事實並不重要。

丈夫拿起提袋，忽然發出「啊」的一聲輕呼。我轉頭望去，只見他將手伸進提袋裡，拿出那顆淡褐色的石頭。

「這不是……」

此時中村早已走出店外。就算追趕上去，恐怕也來不及了。

遭到遺忘的彩虹骨頭，彷彿正在等著看我接下來會怎麼做。

這天晚上，我再次讀起〈文身〉。須賀堅次是真的死了，還是依然活在世上？我細讀每一段文字，但從字裡行間完全讀不出眞相。

不過，就在不知道讀到第幾遍的時候，我發現一個疑點。

在〈文身〉這篇小說裡，完全沒有須賀庸一寫下〈文身〉的橋段。

父親確實死於故鄉的車站，這一點與小說中的描述相符。如果堅次眞的自殺了，〈文身〉的作者當然就是父親。何況，稿子上的字也是父親的筆跡。

但有沒有可能，是堅次模仿了父親的筆跡？

這篇小說的作者到底是誰？

我越是思考，越是覺得這篇小說疑點重重。

最後，我決定放棄判斷哪個環節是現實。

現實與虛構的界線，早已模糊不清。

筆記型電腦的螢幕上，顯示著一排排的文字。在文書處理軟體定義出的框架內，我不斷將腦海中的想法轉化爲字句。

週末的下午兩點。我連午餐也沒吃，一直在自己的房間裡打著字。丈夫與大學時代的朋友有約，早上就出門了。丈夫出門之後，我就一直把自己關在房間裡，算一算已將近四個小時。此刻，我的注意力已到達極限。最好的證據，就是我開始在意時間了。

「休息一下吧。」

我喃喃自語，一邊走進廚房，找些不用費心處理的食物來吃。我在冰箱裡找到一些吐司，稍微烤過之後，就這麼吃了。

到頭來，〈文身〉並未告訴我任何明確的事實。唯一可以肯定的是，〈文身〉這篇小說讓我這輩子再也無法忘記父親。

姑且不談作者到底是誰，這篇小說確實記錄了父親的一生。只要有這篇小說，後人便能不斷回顧與審視須賀庸一這個人物。

老實說，我有一點羨慕。

參加喪禮的時候，面對那些不斷訴說著父親生平事蹟的人，我只感到不屑。如今，我認爲死後依然能活在他人回憶中的父親，實在太幸福。須賀庸一的小說直到今天依然活著。只要他的小說還有讀者，他就不會完全遭到世人遺忘。

在我的內心深處，一直有著「要留下活著的證據」的使命感。

總有一天，我也會離開人世。當那天來臨時，希望丈夫和朋友能偶爾憶起我這個人。我不希望徹底遭到遺忘。因此，我必須寫下自己的人生紀錄。雖然我沒寫過小說，也沒什麼寫作的才華，但除了寫成文章之外，我不知道還能怎麼做。

呈現在螢幕上的自傳，包含我一半的人生。

出生的家庭。長大的家庭。因身爲須賀庸一的女兒而遭受的種種屈辱。對親生父親的憎恨。對親生母親的複雜感情。要把這些難以描述的感情化爲文字，就像是把一棵大樹雕成佛像，需要付出極爲龐大的心血。

然而，我不能放棄。如果沒辦法回顧過去，我要如何迎接未來？我一定要將經歷過的風風雨雨化爲文字才行。

我回到房間，繼續打起字。原本空白的畫面，逐漸被文字塡滿。

到頭來，我選擇了跟父親一樣的方法，這一點讓我有些憂鬱。

他拋不開弟弟自殺的往事，只好逃進名爲小說的虛構世界裡。雖然他成爲知名的作家，雖然他獲得文學獎，但一直到死，他都沒辦法獲得解脫。而我是在得知父親的人生之後，才開始寫小說。

小時候父親對我漠不關心，幸好養父母收養了我，我打從心底感謝他們。如今兩人都已過世，但他們臨死之前，還在為我的事情擔心。對我來說，養父母才是真正的父母。

然而，若是問我，須賀庸一、須賀詠子是不是我的父母，我也無法斬釘截鐵地否認。

唯有專心敲打著鍵盤的時候，我才能暫時忘記現實。光是看著我一點一滴建立起來的虛構城堡，我就感到一股酥麻的快感竄過背脊。但每當這種時候，我又會想起自己的身上流著作家的血，心情變得非常憂鬱。

「文身」的意思，正如同「紋身」。一旦將圖騰紋上了身，便再也無法抹除。我的身體彷彿已被紋上須賀庸一的殘影。

下午四點多，丈夫回來了。打字打得精疲力竭的我，坐在客廳的沙發上休息。喝得微醉的丈夫遞給我一封信。

「有妳的信。」

白色信封的正面，確實寫著我的名字。翻到背面，寄件人的名字赫然寫著「威利・迪克斯」。那筆跡與〈文身〉稿子上的筆跡截然不同。

霎時，我感覺得出自己的臉色變得蒼白。那正是「地道王」之一的威利的全名。

「怎麼了？」丈夫問道。

我沒理會丈夫，轉身奔進房間。心臟噗通亂跳，彷彿在對我提出警告。不能拆信，千萬不能拆信。但我無視於直覺，拆開那封信。裡頭只有一張信紙，信紙上只寫著一行字。

看見那行字，我的肩膀不由自主地微微顫抖。

那不是恐懼，而是一種類似雀屏中選的極度亢奮。

當作家與小說融爲一體，就能夠稱爲文士。〈文身〉裡確實有這麼一段話。我曾極端厭惡文士。我曾認定那是在社會上任性妄爲，過著荒唐生活的自私之人。如今，文士成爲我心中最大的憧憬。若能與小說融爲一體，等於擁有不滅的生命。我將能夠以文字的狀態永遠存在，永遠不會遭到重要的人遺忘。

或許我一直在期盼這封信。沒錯，或許我到目前爲止的人生，正是爲了這行字而存在。

我立刻掀開筆記型電腦，繼續打起了尚未完成的作品。文思泉湧，打字的速度幾乎追趕不上。放在桌上的彩虹骨頭，不斷發出細微的晃動聲。

〈給丹尼的女兒：妳準備好要當最後的文士了嗎？〉

（全文完）

E FICTION 46／文身

原著書名／文身
作　者／岩井圭也
原出版者／祥傳社
翻　譯／李彥樺
責任編輯／陳盈竹
業務．行銷／陳紫晴．徐慧芬
編輯總監／劉麗真
總 經 理／陳逸瑛
榮譽社長／詹宏志
發 行 人／涂玉雲
出 版 社／獨步文化
城邦文化事業股份有限公司
104台北市中山區民生東路二段141號5樓
電話：(02) 2500-7696　傳眞：(02) 2500-1967
發　行／英屬蓋曼群島商家庭傳媒股份有限公司
城邦分公司
104 台北市中山區民生東路二段141號2樓
網址／www.cite.com.tw
讀者服務專線／(02) 2500-7718；2500-7719
服務時間／週一至週五：09：30～12：00　13：30～17：00
24小時傳眞服務／(02) 2500-1900；2500-1991
讀者服務信箱E-mail／service@readingclub.com.tw
劃撥帳號／19863813
戶名／書虫股份有限公司
香港發行所／城邦（香港）出版集團有限公司
香港灣仔駱克道193號東超商業中心1樓
電話／(852) 2508-6231　傳眞／(852) 2578-9337
E-mail／hkcite@biznetvigator.com
馬新發行所／城邦（馬新）出版集團
Cite (M) Sdn Bhd
41, Jalan Radin Anum, Bandar Baru Sri Petaling,
57000 Kuala Lumpur, Malaysia.
Tel: (603) 90578822
Fax:(603) 90576622
email:cite@cite.com.my
封面設計／蕭旭芳
排　版／游淑萍
印　刷／中原造像股份有限公司
●2022（民111）2月初版
售價420元
Original Japanese title: BUN SHIN

ISBN 978-626-7073-13-1（平裝）
ISBN 9786267073193（EPUB）

國家圖書館出版品預行編目資料

文身 / 岩井圭也著；李彥樺譯. –初版. – 台北市：獨步文化，城邦文化出版：家庭傳媒城邦分公司發行，民111.02
面 ； 公分. --（E fiction ; 46）
譯自：文身
ISBN 978-626-7073-13-1（平裝）
ISBN 9786267073193（EPUB）

861.57　　110019978

獨步文化
APEX PRESS

廣告回函
北區郵政管理登記證
台北廣字第000791號
郵資已付，免貼郵票

104台北市民生東路二段 141 號 2 樓

英屬蓋曼群島商家庭傳媒股份有限公司
城邦分公司

請沿虛線對摺，謝謝！

獨步文化
APEX PRESS

書號: 1UR046	**書名**: 文身	**編碼**:

請於此處用膠水黏貼

獨步文化 APEX PRESS

讀者回函卡

謝謝您購買我們出版的書籍！

請費心填寫此回函卡，我們將不定期寄上城邦集團最新的出版訊息。

姓名：＿＿＿＿＿＿＿＿ 性別：□男 □女

生日：西元＿＿＿＿年＿＿＿＿月＿＿＿＿日

地址：＿＿＿＿＿＿＿＿

聯絡電話：＿＿＿＿＿＿＿＿ 傳真：＿＿＿＿＿＿＿＿

E-mail：＿＿＿＿＿＿＿＿

學歷：□1.小學 □2.國中 □3.高中 □4.大專 □5.研究所以上

職業：□1.學生 □2.軍公教 □3.服務 □4.金融 □5.製造 □6.資訊

□7.傳播 □8.自由業 □9.農漁牧 □10.家管 □11.退休

□12.其他＿＿＿＿＿＿＿＿

您從何種方式得知本書消息？

□1.書店 □2.網路 □3.報紙 □4.雜誌 □5.廣播 □6.電視

□7.親友推薦 □8.其他＿＿＿＿＿＿＿＿

您通常以何種方式購書？

□1.書店 □2.網路 □3.傳真訂購 □4.郵局劃撥 □5.其他

您喜歡閱讀哪些類別的書籍？

□1.財經商業 □2.自然科學 □3.歷史 □4.法律 □5.文學

□6.休閒旅遊 □7.小說 □8.人物傳記 □9.生活、勵志 □10.其他

對我們的建議：＿＿＿＿＿＿＿＿

＿＿＿＿＿＿＿＿

＿＿＿＿＿＿＿＿

為提供訂購、行銷、客戶管理或其他合於營業登記項目或章程所定業務需要之目的，家庭傳媒集團（即英屬蓋曼群島商家庭傳媒股份有限公司城邦分公司、城邦文化事業股份有限公司、書虫股份有限公司、墨刻出版股份有限公司、城邦原創股份有限公司），於本集團之營運期間及地區內，將以mail、傳真、電話、簡訊、郵寄或其他公告方式利用您提供之資料（資料類別：C001、C002、C003、C011等）。利用對象除本集團外，亦可能包括相關服務的協力機構。如您有依個資法第三條或其他需服務之處，得洽詢本公司服務信箱cite_apexpress@cite.com.tw請求協助。相關資料不提供亦不影響您的權益。

□我已詳讀權利義務之相關條款，並同意遵守。

請於此處用膠水黏貼